Chicas en la luna

GRANTRAVESÍA

JANET McNALLY

Chicas en la luna

Traducción de
Karina Simpson

GRANTRAVESÍA

CHICAS EN LA LUNA

Título original: *Girls in the Moon*

© 2016, Janet McNally
Todos los derechos reservados

Traducción: Karina Simpson

Diseño de portada: Jorge Matías Garnica / La Geometría Secreta

D.R. © 2017, Editorial Océano, S.L.
Milanesat 21-23, Edificio Océano
08017 Barcelona, España
www.oceano.com

D. R. © 2017, Editorial Océano de México, S.A. de C.V.
Eugenio Sue 55, Col. Polanco Chapultepec
C.P. 11560, Miguel Hidalgo, Ciudad de México
www.oceano.mx
www.grantravesia.com

Primera edición: 2017

ISBN: 978-607-527-130-9

IMPRESO EN MÉXICO / *PRINTED IN MEXICO*

Para mis chicas en la luna,
y para Jesse, quien ha grabado
tantas cintas de música para mí.

Sing me a lullaby. Sing me the alphabet.
Sing me a story I haven't heard yet.
"My Favorite Chords",
The Weakerthans

uno

Los secretos, mamá me dijo una vez, son sólo historias volteadas hacia dentro.

Estábamos sentadas en el jardín una noche despejada y oscura y, como podía ver el apacible zigzag de Casiopea en el cielo sobre mí, imaginé una estrella envolviéndose en sí misma hasta colapsar. Sabía que dejaría un espacio negro y parpadeante sobre la atmósfera, abierto y hambriento y lleno de palabras. Sería insaciable.

Pero no le dije eso a mamá. En cambio, le dije que sonaba sospechosamente como la letra de una de las canciones de papá. Yo sabía que ella sabría cuál: *Dentro de este secreto están todas las historias que solías contar, hace años y meses y días, cuando yo te conocía tan bien.*

Mamá sonrió y se encogió de hombros.

—Sí, porque yo escribí ese verso —levantó la vista hacia el cielo negro azabache salpicado de estrellas y, como siempre, no dijo nada más. Esta historia permaneció al revés y escondida, siempre.

Así que esa noche decidí buscar una prueba por mi cuenta, como lo había hecho tantas veces antes. Bajé las escaleras a escondidas después de que mamá se fue a la cama. Fui hasta su gabinete de discos compactos y me paré en el círculo de luz ámbar proveniente de la calle que brillaba a través de la ventana. Pasé mi dedo sobre el plástico duro de los lomos de los discos hasta que vi su nombre, Kieran Ferris, y el título de su primera grabación como solista, *Haven*, que se publicó cuando yo tenía tres años. Deslicé el cuadernillo de notas en papel brillante fuera de la caja y encontré el espacio de la canción titulada "Secret Story". Sus nombres —K. Ferris, M. Ferris— encerrados entre paréntesis después del título, un año después de que terminaron. En una docena de canciones, en pequeños lugares esparcidos como éste, ellos estarían juntos por siempre.

En tres horas estaré en un avión hacia Nueva York para ver a mi hermana, Luna, pero justo ahora estoy en la cocina intentando cerrar mi maleta. Es agosto y la habitación se siente como una fiebre. Me recuesto sobre la maleta y jalo el cierre lo más fuerte que puedo, pero los bordes no se tocan. Descanso mi mejilla sobre el nailon y respiro profundo. Hace tanto calor que casi creo que toda el agua de mi cuerpo se evapora lentamente. Mi cabello se desliza empapado a través de mi frente y cae sobre el piso de duela.

Recostada ahí, saco mi teléfono y envío un mensaje de texto, la letra de una canción que flotó dentro de mi cabeza. *Rayo de sol en la dirección incorrecta, resplandor entreverado en el cielo.* Observo las palabras en la pantalla por un segundo, y luego presiono enviar.

Justo en ese momento, el rostro de mamá aparece en la ventana más cercana a mí y me sobresalto.

—¿Ya casi estás lista? —pregunta. A través del mosquitero su rostro luce borroso, un óvalo pálido con una masa de cabello oscuro sobre él. Ha estado un poco nerviosa desde que compré mi boleto de avión, aunque sé que no lo admitirá. En cambio, ha limpiado cada centímetro de la casa y esta mañana le declaró la guerra al césped. Ha estado en el jardín durante horas, arrancando la hierba salvaje y decapitando dientes de león. Detrás de ella puedo ver a los combatientes del enemigo marchitándose en un triste montón junto a la entrada de los coches. Claro que, para mamá, no es suficiente sólo *hacerlo*. También tiene que narrarlo a través de la ventana mientras desayuno. El discurso esencial es *Yo soy mujer, escúchame hierba*, etcétera, etcétera, a través de todo mi tazón de avena.

—Mmm, sí, ya casi —me siento y me balanceo suavemente sobre la maleta, y al fin logro cerrar el cierre. Es una maleta vieja de Luna: pequeña, verde oscuro, un poco sucia en las esquinas. Está llena a reventar. Me fue difícil decidir qué llevar porque no puedo estar segura de cuál Luna encontraré cuando llegue. ¿Será Luna Dulce y Adorable, exhalando amor y gentileza en cada respiración? ¿O será Luna el Volcán Durmiente, con toda la energía y los restos de enojo canalizados en alguna parte debajo de la superficie? Ella siempre está cambiando, moviéndose, y quiero estar preparada.

La última vez que vino fue en abril para sus vacaciones de primavera, y fue entonces que le dijo a mamá que no volvería a Columbia para estudiar el segundo año de la universidad. Ahora no, dijo, pero eventualmente volvería. Este invierno viajaría por la Costa Oeste con su banda a partir de septiembre.

—Me dieron autorización para faltar —dijo—. Fui con la secretaria de admisiones y todo eso —miraba por la ventana en vez de mirar a mamá. El árbol de magnolia florecía furiosamente al otro lado de la ventana, presionando sus largos y cremosos pétalos contra el vidrio—. Voy a conservar la beca —dijo Luna.

Mamá guardó silencio. Tenía la frente arrugada y los labios apretados.

Luna respiró profundo.

—Pensé que *tú* me comprenderías —le dijo a nuestra mamá—. Tú también dejaste la escuela antes de terminar. Y volviste. Eventualmente.

Desde mi lugar en el sofá, frente a ella, no veía cómo Luna podía esperar que la comprendiera. Nuestra mamá ni siquiera hablaba acerca del tiempo que formó parte de Shelter. ¿Cómo alguien podría pensar que ella estaría bien si Luna dejaba la escuela para seguir más o menos el mismo camino?

—Tengo que hacer esto ahora —dijo mi hermana—. No voy a tener otra oportunidad.

Esperé a que mamá le dijera que no, pero ella se limitó a respirar profundo, y luego exhaló.

—De acuerdo —dijo. Después salió a la cochera y comenzó a trabajar en una escultura puntiaguda de tres metros de alto que vendió un mes después a uno de los jugadores de los Sables de Búfalo. Él la instaló frente a su enorme mansión en las afueras de Spaulding Lake, donde brillaba peligrosamente en toda esa luz del sol de vecindario de ricos. Más tarde bromeé con Ben acerca de que la escultura básicamente había sido forjada por la ira. Él asintió.

—Los jugadores de hockey necesitan esa energía —dijo él—. Siempre están golpeando cabezas.

—Entonces lo que me estás diciendo —le dije— es que debería estar contenta porque mamá hace arte con su furia, en vez de otra cosa, cualquiera que sea.

Él asintió.

—Sólo quería confirmarlo —dije.

Mamá todavía está en la ventana, mirándome. Sus antebrazos descansan en el alféizar y puedo ver que exhibe su gesto de *mamá preocupada*.

—No hay nada que ver aquí —digo—. Sólo tuve algunas dificultades técnicas. Está bajo control.

Entonces se vuelve a agachar, sin duda buscando a esa canalla hierba de ambrosía debajo de las hortensias. Podría seguir haciéndolo todo el día. Lo que es seguro es que esa mujer no siente calor. Es una artista que esculpe con metal, y es la más feliz con un soplete en la mano, con su arco de flama azul tan concentrada como si le fuera a disparar a una estrella. Su amigo Jake del departamento de arte la llama Diosa de la Fundición, y en gran medida es por su mal genio —como el de Luna, un incendio lento que deriva en una erupción en alguna parte más allá del límite—, así como la escultura de metal. Ella trabaja en un taller que construyó en nuestra cochera, y yo trato de mantenerme fuera de todo eso por temor a ser golpeada (¿aniquilada?) por ella.

Mi perra, Dusty, (springfield, obviamente) bebe agua de su plato cromado y camino hacia allá para rellenarlo. Cuando vuelvo a poner el plato en el piso miro por la ventana, que está abierta poco más de la mitad por la humedad. Los ejes internos están cubiertos con cien años de pintura y la ventana nunca se abre más en el verano, lo cual es uno de los muchos encantos de una casa victoriana. Luna y yo nacimos en Nueva York, donde vivían mis padres en un departamento de West Village, repleto de discos y amplificadores y guitarras. Yo tenía casi dos años cuando rompieron, y mamá nos trajo de vuelta a Búfalo, donde vivían mis abuelos y donde ella misma había crecido. Compró nuestra casa en ruinas. La arregló. Mis abuelos ayudaron tanto como ella se los permitió, pero prácticamente hizo todo el trabajo sola. Eso explica esta ventana.

Al verla ahora en el jardín —arrancando la hierba con un ligero vestido morado, y el cabello envuelto en un moño enmarañado, con los pies descalzos y un poco sucios— uno nunca sabría su secreto, la persona que solía ser. Uno nunca sabría que hace veinte años mamá fue la primera chica en la luna.

Ya sé que suena como una locura. Pero no es lo que creen. No había un traje espacial blanco e inflado, no había un cielo lleno de estrellas hasta que pareciera una geoda abierta en la oscuridad. No se paró a la orilla de un mar lunar vacío, con los tobillos hundidos en el polvo, ni miró la joya de nuestro planeta dando vueltas. Era algo más simple que eso, más terrenal y simbólico. En todo caso, como ya lo dije antes, ella no hablará al respecto: la luna, la música y todas las demás cosas que sucedieron antes de que naciera mi hermana.

Ahora arrastro mi maleta por el umbral, y al mismo tiempo intento mantener la puerta abierta con el pie. Dusty también se apresura a salir, y sufrimos un pequeño embotellamiento hasta que brinca sobre mi espinilla y se libera. Afuera, considero la posibilidad de arrojar mi maleta por el borde del cobertizo para no tener que bajarla por las escaleras, pero lo pienso dos veces. Mamá me observa.

—Se ve muy pesada —dice. Está recargada en el coche, y sus guantes de jardinería color rosa oscuro están sobre la hierba.

—Mmm, no tanto —continuó jalando, y trato de no quejarme en voz alta. Mantengo la mirada sobre la suya conforme doy tumbos con la maleta al bajar cada escalón, con una pequeña (y falsa) sonrisa congelada en mi rostro. Al llegar abajo inhalo profundo y saco la manija para usar las ruedas.

—El lado positivo —digo al levantar la maleta para meterla en la cajuela abierta— es que estoy trabajando mucho los músculos —flexiono un bíceps como demostración.

—Me doy muy buena cuenta —dice secamente. Dusty baila alrededor de sus pies haciendo leves sonidos mientras la olfatea, e intentando convencerla de que la lleve a alguna parte en coche.

—Pronto, Dusty —dice, y al escucharla Dusty se recuesta sobre la hierba, con la barbilla sobre sus patas.

Puedo oler las magníficas rosas, dulces e intensas como un perfume antiguo, liberando su aroma bajo la ventana como si fueran animales asustados por el violento ataque de mamá. Me inclino hacia ellas.

—No se preocupen —digo en un murmullo teatral—, no les hará daño a *ustedes*.

Mamá sonríe.

—Hey —dice—, soy muy eficiente para quitar la hierba. Se ve muy bien aquí afuera.

—La Reina del Jardín —digo. Ella asiente.

—Bueno, hay otra cosa que debes guardar en tu maleta —dice y levanta su dedo índice—. Está en el estudio. ¿Por qué no llevas a Dusty afuera?, yo estaré lista cuando vuelvan.

Ésta es una estrategia que mamá ha usado desde que yo era una niña pequeña: distraer y ocupar. Abro la boca, lista para protestar, pero ya desapareció en el interior de la cochera. Así que sigo a Dusty hacia la calle y tatareo una canción que intenté olvidar hace mucho tiempo.

El sol es un aro blanco brillante en el cielo y la acera está caliente bajo mis pies descalzos. Calle abajo, una podadora zumba como abeja somnolienta. En unos minutos habré partido, y en unas horas estaré lejos de la ciudad. Mi verano termina en una semana. Así que éste es el momento —cuando estoy a punto de partir, de irme finalmente— en que Tessa al fin aparece.

dos

Mi mejor amiga surge de la nada, navegando frente a su casa sobre su vieja bicicleta azul. Su cabello brilla dorado bajo el sol. Dusty voltea y mira hacia el otro lado de la calle, sus suaves orejas giran como antenas parabólicas. Alarga la nariz y olfatea el aire, buscando el olor de Tessa en el viento. Mueve la cola.

—Traidora —murmuro, y Dusty voltea a verme, todavía moviendo la cola. Me pregunto por qué no escuché la chirriante llanta trasera de la bicicleta de Tessa, *scriii, scriii*, como advertencia, pero la brisa alborota las hojas de los árboles. Estuve aquí afuera todos los días de este verano, y ella no apareció ni una sola vez.

Pero veo la ventana de su habitación desde la mía, justo arriba de la enredadera de madreselva que usábamos para escaparnos de su habitación en la noche. Han pasado meses, pero estoy segura de que podría hacerlo con los ojos vendados y descalza si fuera necesario, y sabría dónde tirar mis zapatos para que no acabaran en medio de los arbustos de rosas. Cuando teníamos doce nos escapábamos para platicar y mecernos en los columpios que estaban en nuestra calle, felices sólo con nuestras sombras a la luz de los faroles. Después comenzamos a ir a fiestas, y una vez fuimos a un bar sombrío en la calle Allen donde no nos pidieron identificación. En las raras noches en que ella se escapaba sola, Tessa me enviaba un mensaje de texto en cuanto llegaba a casa y luego hacía la señal de ok en código Morse con su linterna: tres destellos largos, luego uno largo, uno corto y uno largo. Todavía tengo el hábito de mirar su ventana todas las noches, pero nunca la veo mirando la mía.

Incluso ahora, lanza su cabello de mechas teñidas como un poni, pero no voltea a verme. La puerta de la cochera ya está abierta, un catálogo de objetos de los veranos del pasado y el presente de la familia Whiting: alberquitas de plástico decolorado apiladas como conchas marinas sobre un arenero en forma de tortuga, una bolsa de malla de balones de futbol bajo tres redes de tenis fijadas a la pared. Junto a la puerta hay un cochecito Radio Flyer destartalado que usábamos para pasear a nuestras muñecas por la calle.

Hace dos meses, o durante años antes de eso, yo ya estaría del otro lado de la calle para cuando Tessa llegara a la cochera. Podría incluso haber sabido que vendría antes de que llegara, pero ahora las cosas son diferentes. Así que no sé si correr hacia mi jardín o si darme la vuelta despacio, rodear el árbol hasta estar frente a mi casa y fingir que no la he visto.

Algo me hace quedarme.

Tessa salta de su bicicleta y la detiene justo dentro de la cochera. Yo espero que use la puerta secreta hacia el jardín y desaparezca de nuevo por unos cuantos meses más, por un año, para siempre. Pero entonces se da la vuelta y me mira.

Se me corta el aliento cuando intento respirar, y siento mi corazón revoloteando detrás de mis costillas. Tessa camina en mi dirección. Se ve delgada, sonrojada, y su cabello vuela alrededor de su cabeza como listones al viento. Da un golpe suave a una caléndula con su sandalia. Espera. Dusty jala la correa y luego voltea a verme.

Antes de que pueda detenerme, comienzo a caminar hacia el lado de Ashland donde está Tessa, y siento el calor del asfalto bajo mis pies. Al borde de la acera me detengo y la miro, en pie a medio camino entre la cochera y yo.

—Hey —digo. Suelto la correa y Dusty va hacia ella. Olfatea sus rodillas.

Tessa trae puestos unos lentes de sol, así que no puedo ver sus ojos. Pero no importa, porque se agacha en ese momento. Pone las manos en la cabeza de Dusty.

—Hey —dice, pero no es claro si me habla a mí o a la perra.

Conocí a Tessa en el verano en que yo tenía cinco años. Luna tenía siete, y estaba molesta porque la niña que se había mudado a la casa de enfrente tenía mi edad, y no la suya. Aun así, las tres jugamos todo el verano en nuestros jardines, y cuando Luna entró a segundo grado y encontró a su propia mejor amiga, Pilar, nuestro grupo se volvió de cuatro.

Tessa me agradó de inmediato porque era divertida y valiente, incluso cuando la valentía no significaba otra cosa que quedarse quieta mientras una abeja zumbaba alrededor de su cabeza, o brincar entre dos bancas del parque que estaban casi demasiado separadas para lograrlo. Sus papás discutían mucho, y a veces, sentadas y recargadas contra la pared de la casa de Tessa y escuchando sus murmullos furiosos, yo agradecía que mis padres se hubieran divorciado desde que tenía memoria.

Doy unos cuantos pasos hacia la entrada de los coches en dirección a Tessa, mi primera incursión en la propiedad de los Whiting en todo el verano. Luego abro la boca. Estoy tan acostumbraba a contarle lo que me pasa que no puedo evitarlo, incluso después de dos meses de total silencio.

—Hoy me voy a Nueva York —digo—. Luna y mamá apenas se hablan. Creo que me envían como emisario de la paz o algo así —dibujo un arco en la acera con la punta de mi pie—. Como embajadora —de pronto aparece un mar de sinónimos en mi cabeza: *diplomática, enviada, mensajera*. Mi cerebro se ha convertido en un programa enloquecido de vocabulario.

Tessa guarda silencio, todavía agachada en el pavimento, y me quedo ahí parada, esperando que hable. Finalmente, lo hace.

—Luna estaba en Pitchfork —dice, todavía hablándole a Dusty o quizás a la calle detrás de ella—. En julio.

—Lo sé —digo. Hace como un mes el sitio de música publicó una fotografía en su página principal, junto con una pequeña historia acerca de la gira de invierno de los Moons. "Luna y los Moons ascienden en Estados Unidos", decía el pie de foto, y debajo un subtítulo: "La hija de Meg Ferris sigue la órbita de su madre". En la foto Luna está sentada en una banca con los chicos en pie detrás. Ella se está riendo, con las manos posadas sobre la madera rojiza a cada lado. Un perfecto rayo de luz del sol atraviesa la ventana y cae sobre su regazo. Han pasado cuatro meses desde la última vez que vi a mi hermana, y a veces se me dificulta creer que ella es real. Las fotos como ésa, donde aparece luminosa y mirando más allá de la cámara, no ayudan.

Tessa se pone en pie, y de pronto temo que se irá antes de que pueda decirle algo importante.

—Voy a ver a papá —digo—. Lo he decidido. Aunque Luna no quiera.

—Buena suerte —dice Tessa, su voz en neutral. No me pregunta cuál es mi plan, ni por qué finalmente decidí hacerlo después de pensarlo por tanto tiempo. Luego sacude la cabeza—. Ayer, mientras estaba en el trabajo, programaron "Summerlong" al menos tres veces.

Ésta es otra de las canciones de papá, y no me sorprende que suene donde trabaja Tessa: una tienda para patinadores y esquiadores de tablas para nieve. La música ahí es implacablemente dinámica y energética, intentando que la gente compre guantes y sombreros y dos chamarras para esquiar cuando sólo necesitan una. O, cuando ya hace calor, dos tablas o dos pares de rodilleras de plástico. "Summerlong" encajaría bien ahí porque suena a una canción feliz, aunque la mayoría de la gente no percibe que su mensaje es triste.

La canción se incluyó en el mismo primer disco de solista que "Secret Story", un año después de que Shelter se separó, pero todavía se escucha en 92.9 FM, Hot Mixx Radio (¡Calienta el día con tus canciones favoritas!) de mayo a septiembre. El mes pasado la escuché en el supermercado. Estaba en la zona de los cereales, y mamá estaba en la sección de congelados, y como resultado tenemos más cajas de Rice Krispies y de paletas heladas de frambuesa de lo que puede consumir en un año una familia de dos personas. Ambas seguimos la misma estrategia: continuar tomando productos, despacio y de forma deliberada. Leer los ingredientes, montar un espectáculo como si intentáramos tomar la decisión correcta, y luego elegir ambos. Fue un excelente teatro de compras, pero nadie estaba mirando. El punto esencial fue evadirnos la una a la otra hasta que la canción terminara para que no tuviéramos que hablar al respecto. Ella llevaba el carrito, así que yo era la rara que iba cargando media docena de cajas de cereales General Mills. Tenía los brazos tan llenos que apenas podía ver por encima de ellos. Cuando la encontré sonaba la canción

"Cruel Summer" de Bananarama, y mamá sólo miró mi torre de cajas y asintió, como diciendo *Es perfectamente normal que hayas elegido seis cajas de cereal*. Las puse en el carrito.

Pienso contarle esta historia a Tessa, pero no lo hago.

—Lo siento —digo en una voz entre burlona y seria—, de parte de toda mi familia.

Por un momento, veo la sombra de una sonrisa cruzar el rostro de Tessa y pienso que quizá todo estará bien. Luego ella sacude la cabeza.

—Ya he aprendido a entonarla —dice. Cruza los brazos, su postura es como una especie de cerca, una frontera que la protege de mí. Una de las cosas que siempre me han agradado de Tessa es que está dispuesta a sentirse indecisa. No siempre está segura de todo, como lo están mamá y mi hermana. O al menos, antes no lo estaba. Ahora parece bastante segura.

No debería ser así. Tessa debería comprender. Ella fue la primera en idear la Teoría del Horizonte.

Papá salió de mi vida hace tres años de la misma forma en que el sol se desliza detrás de la línea del horizonte: sabes que todavía existe, pero no estás seguro de dónde exactamente. Flota de regreso a la vista de cuando en cuando; en su caso, en las páginas de la revista *Rolling Stone* o en un programa de media noche en la televisión. Y fue Tessa quien *googleó* el mapa del estudio de papá en Williamsburg y me ayudó a encontrar la revista —la revista que le mostraré a Luna— en eBay. Ella me dejó usar su tarjeta de crédito. Creo que nunca le pagué.

Ahora Tessa mira por encima de su hombro hacia su casa, pero no veo a nadie ahí.

—La revista llegó —le digo—, eh, hace tiempo. ¿Quieres verla? Puedo ir por ella.

—No, así está bien —dice.

—Creo que todavía te debo ocho dólares.

—Lo añadiré a tu cuenta —dice y retrocede un paso, pero no se va. Sigue parada ahí, aunque ahora mira tan intensamente hacia la copa del roble arriba de nosotros, que casi volteo a mirar también.

Una sensación repentina de desesperación me atraviesa como un escalofrío. Todo el verano quise una oportunidad para hablar con Tessa, pero ahora estoy aquí y ella parece que está escuchándome y no puedo recordar qué es aquello que quería decirle. Todo este lío sucedió por un secreto, un secreto que guardé con la esperanza de protegerla, pero ahora sé que no puedes guardar un secreto a salvo. Puedes intentar tratarlo con cuidado, como una cáscara de huevo o un capullo diminuto. Pero los secretos no están huecos. Tienen materia y pesan. Nos orbitan como pequeñas lunas, y se mantienen cerca por nuestra gravedad mientras que nos atraen hacia la suya.

Quiero decirle eso, pero no logro que mi boca forme las palabras.

—Tessa, lo lamento —siento que mi voz comienza a temblar—. Yo... pensé que estaba haciendo lo correcto.

Ella mira hacia alguna parte a mi izquierda, así que le digo esto a un costado de su rostro.

—Ya lo sé —dice. Su voz es suave—. Pero no fue así. En verdad él me gustaba, Phoebe —dice.

—Lo sé —digo, y entonces una especie de demonio de honestidad entra en mi boca—. Y a mí también.

Entonces aguza un poco la mirada, y se muerde el labio inferior. Asiente, no como que si estuviera respondiendo una pregunta, sino como que ya tomó una decisión.

—Buena suerte en Nueva York —dice—. Diviértete con tu familia de celebridades.

Esta última parte no suena tan mal, sino casi sincera. ¿Es posible decir algo como eso y no ser sarcástica?

Se da la vuelta y camina hacia su casa, con sus sandalias haciendo ruido al golpear el concreto. Desaparece en la cueva oscura de su cochera y permanezco en pie, observando, mientras la puerta automática baja despacio hasta besar el piso.

Dusty me mira, con la cabeza inclinada como si escuchara todo con mucho cuidado, como si me preguntara *¿Qué demonios le sucede?* Toco su cabeza y ella presiona la oreja en mi muslo. En un segundo entraré, pero parece que no puedo mover mis pies todavía. Y justo entonces, cuando he bajado la guardia, la letra de "Summerlong" vuelve marchando a mi cabeza. *La luz te atrapará, la luz te acogerá, pero el verano no es largo. Largo verano.*

Nunca he comprendido qué significa eso. ¿Él está diciendo que es largo o que no lo es? Tal vez es una forma especial de largo. Como si no fuera muy largo, ¡largo verano!

Como sea.

Estoy segura de que papá lo usó como metáfora del final de su banda o de su matrimonio o de alguna otra cosa que arruinó, pero justo ahora se me dificulta no tomarlo literal. En unas cuantas semanas esta luz ardiente se va a desvanecer en luz ámbar y el verano se deslizará hacia el otoño. Tendré que volver a la escuela y enfrentar todo lo que he estado evitando desde junio. Pero aún huelga una semana entre ahora y entonces, y planeo conseguir algunas respuestas. Lo bueno es que tengo mucha ayuda audiovisual, y estoy dispuesta a comenzar desde aquí y buscar hacia atrás.

tres

La llave estaba atascada en la cerradura. Intenté no interpretar esto como una señal.

—¿Está todo bien? —preguntó mi hermana detrás de mí, y respondí sin dame la vuelta.

—Perfecto —dije. Inhalé profundo, cerré los ojos y moví la llave hacia la izquierda. Cuando la giré otra vez, hizo clic. La puerta se abrió.

Pero la dejé cerrada y bajé las escaleras dando saltos hasta llegar al césped. Kit estaba ahí con las niñas, parada junto al pequeño huerto que bordeaba un lado del jardín. Phoebe recogía dientes de león y Luna le hablaba a los rosales, pensé. Sobre nosotros, un árbol de maple plateado se arqueaba hacia el cielo. Ésta fue una de las cosas que me más gustaron de la casa la primera vez que la vi: el alto árbol en el césped de enfrente, los grandes arbustos junto a la acera. Era una vieja casa de granja en medio de la ciudad; era como una cabaña de cuento de hadas. Apenas podía verse desde la calle.

Luna se había quitado los zapatos en la hierba suave, y contaba los pasos que había entre los dos rosales: *uno-dos-tres-cuatro*. Había tomado clases de ballet medio año y lo hacía de manera natural; saltaba a través de su salón de baile lleno de espejos, y a través de la sala de nuestro departamento. Que ya no era *nuestro* departamento: era el departamento que habíamos vendido una semana antes a un banquero y su rubia esposa embarazada. Pensé en eso —en el lugar que había sido nuestro *hogar* hasta hacía muy poco— y se me cortó el aliento en los pulmones. Entonces Phoebe se echó sobre mis piernas con un puñado de dientes de león, riendo, y pude respirar otra vez. Me miró, sonriendo y entornando los ojos al sol, y casi estuve segura de la decisión que había tomado. Casi.

—Muy bien, chicas —dije, y tomé la mano de Phoebe y le di vueltas sobre la hierba una vez más. Ella rio y se dejó caer con fuerza sobre un montón de tréboles. Levanté una caja de cartón de la entrada para los coches, lo único que había llevado en el auto además de nuestras maletas. Los señores de la mudanza llevarían las cosas hasta el día siguiente, y yo tenía que recordar qué cosas había traído conmigo y qué cosas había dejado atrás.

—Vamos adentro para ver nuestra casa nueva —dije.

—¡Casa nueva! —repitió Phoebe. Cumpliría dos años en un par de meses y apenas comenzaba a formar oraciones completas, pero yo sabía que entendía casi todo.

Luna dejó de contar y volteó hacia mí.

—¿Puedo ver mi habitación? —preguntó.

Asentí.

—Claro que sí.

Extendió la mano y tomó la mía, y Kit columpió a Phoebe hasta cargarla apoyada en su cadera. Subimos los cinco escalones del estrecho cobertizo. Y de nuevo me detuve frente a la pesada puerta de madera.

—¿Y si hay invasores ahí? —dijo Kit, y me lanzó una sonrisa torcida. Se había cortado el pelo hacía un mes en una habitación de hotel en Chicago, durante la última semana de nuestra última gira. El corte hacía que sus ojos se vieran enormes, pero le sentaba bien.

—No hay ningún *invasor* —dije. Abrí la puerta y pateé la caja a través del umbral.

—Mapaches, entonces —Kit tocó la madera húmeda del marco de la puerta. Un gran rasguño recorría el borde a lo largo, y me pregunté en qué momento de los últimos cien años habría sucedido eso.

—¿Qué es un invasor? —preguntó Luna. Me miró, parpadeando y batiendo sus largas pestañas.

—Es difícil de explicar, preciosa —dije—, pero en nuestra casa no hay.

El interior era sombrío, las cortinas estaban cerradas en todas las ventanas del frente, pero un rayo de sol caía directo desde la ventana del comedor hasta el piso. Formaba un cuadro dorado perfecto en la duela, y justo en ese momento lo único que quise fue sentarme en ese espacio, para siempre si era necesario, o hasta descubrir qué era lo siguiente que debía hacer.

En cambio, jalé a Luna al interior, y Kit y Phoebe nos siguieron. Nos paramos por un momento en el silencio fresco y oscuro. Las ventanas estaban cerradas pero aun así escuché el canto de un pájaro.

—No es exactamente el Ritz, ¿verdad? —dijo Kit.

—No lo es —dije. Luna soltó mi mano y caminó hacia la cocina—. Pero el Ritz no es tan maravilloso después de todo.

Kit rio.

—Yo pensaba que era fantástico —se encogió de hombros al decirlo, pero estaba sonriendo y me sentí agradecida porque mi hermana no pensaba que yo estaba loca. Y si lo pensaba, no me lo había dicho.

—Dímelo otra vez —dijo Kit, y puso a Phoebe en el suelo—. ¿Por qué no les dices a mamá y papá que estamos aquí? —cruzó la sala y abrió la ventana que estaba a mi izquierda.

Deslicé la mano por el barandal. La madera estaba polvorienta, pero bajo el polvo era suave y brillante.

—Porque papá intentará arreglar las cosas —dije. Nuestros padres vivían a unos quince minutos de distancia, todavía en la casa donde crecimos. Eran amables y tranquilos, y yo los amaba, pero necesitaba pasar un día en esta casa antes de invitarlos a visitarnos.

Kit forcejeó para abrir la ventana, pero no lo consiguió.

—Mmm, no creo que eso sea algo malo —dijo—. Además, mamá tiene todos los suministros de limpieza que se han inventado.

—Tenemos una botella de limpiador Comet —dije—, en alguna parte de esa caja.

Kit deslizó la punta del pie a través de la duela. Dejó un rastro en el polvo.

—Creo que vamos a necesitar algo más que eso.

—Podemos llamarlos en la mañana —dije—. El teléfono ya debería estar conectado, hay que encontrar la caja de conexión —me agaché para hurgar en la caja. Estaba buscando un teléfono de disco color verde olivo de los sesenta que había tenido toda mi vida, o al menos desde que lo saqué del ático de mi abuela antes de irme a Nueva York años atrás.

—De todas formas quizá debería llamar a Kieran —dije.

Kit me miró.

—¿En verdad?

—Sí —dije, asintiendo, aunque no estaba del todo segura. Todavía no había descifrado las nuevas reglas—. Seguro él quiere saber que llegamos bien a Búfalo. Es decir, que las niñas llegaron bien.

Lo había visto por última vez dos días atrás, cuando los señores de la mudanza estaban empacando nuestras últimas cosas del departamento. Kit ya se había llevado a las niñas a su departamento en Brooklyn, donde planeábamos pasar la noche. Kieran y yo caminamos por el departamento incómodos, supuestamente supervisando la repartición de nuestras cosas. Finalmente me senté en el alféizar de la ventana de la sala para quitarme de en medio. Kieran se acercó y recargó la cadera en el alféizar. Me bajé de un salto, con los pies descalzos sobre el piso.

—¿Estás segura? —dijo Kieran en voz baja—. Todavía podríamos arreglar esto.

¿Arreglar qué?, quería decirle. *¿Nuestra familia? ¿La banda?* Miré por encima de su hombro y por accidente crucé miradas con uno de los señores de la mudanza que estaba del otro lado de la sala, un tipo de cabello oscuro con una bandana y una camiseta blanca, que cargaba un librero. Me sonrió y me pregunté cómo nos veíamos a sus ojos, aquí en nuestro departamento, separándonos. Miré otra vez a Kieran.

—¿Cómo? —pregunté.

—Encontraríamos la manera —dijo, y me miró sin parpadear. Me acarició la mejilla y delineó mis labios con su pulgar—. Podrías quedarte.

Por un segundo sentí que me congelaba, con mis pies in-

31

movilizados en ese espacio en el piso. Quería creerle. Puedo admitirlo. Sentí que me inclinaba hacia él un poco. Tal vez milímetros. Luego escuché el raspón de un mueble sobre el piso detrás de mí. Volví a poner el peso sobre mis talones.

—No puedo —dije—. No quiero esta vida para ellas. Ni para mí.

Kieran negó con la cabeza, y yo no supe qué significaba su gesto, que estaba en desacuerdo o que no comenzaría de nuevo esta conversación. Entonces sonrió, y antes de que él pudiera decir nada más, me di la vuelta y caminé hacia el pasillo. Hacia las escaleras, hacia la calle, hacia el metro.

Encontré una entrada para teléfono en la cocina, en una pared sobre la repisa. Conecté el cable del teléfono de mi abuela y levanté el pesado auricular. Nada. No había tono, y sentí el calor de las lágrimas en mis mejillas. Cerré muy fuerte los ojos sin voltear hacia mi hermana, pero supe que ella me miraba.

—Hay teléfonos públicos en Elmwood —dijo Kit, con voz suave—. O buscaremos a los vecinos después de la cena. Llamaré a mamá cuando nos despertemos mañana, y hoy por la noche llamaré a Kieran y le diré que llegamos bien. ¿De acuerdo?

—De acuerdo —dije. Una vez más, mi hermana me salvaba.

—Ahora —dijo Kit mientras caminaba hacia la ventana que estaba junto a la escalera—, sigamos buscando a esos invasores —jaló la cortina hacia un lado y se recargó en el barandal—. Tal vez están ocultos en el segundo piso.

Phoebe se paró frente a mí y levantó los brazos tratando de alcanzar el techo.

—Arriba —dijo—. Arriba.

Me agaché y la apreté entre mis brazos.

Luna caminó hacia Kit y puso sus manos sobre las rodillas de su tía. El cabello se le estaba saliendo de la coleta, y los mechones caían sobre su cuello. Se veía tan seria y tan adulta.

—¿Podemos ver mi habitación? —preguntó. Kit me miró, pidiendo mi aprobación.

—Claro —dije—. Es la que está a la derecha, subiendo las escaleras. Ahora es azul, pero podemos pintarla del color que elijas.

—Morado —dijo Luna sin pensarlo.

—De acuerdo —dije—. Entonces morado será —miré a Phoebe—. ¿Y tú, nena?

—Morado —dijo Phoebe.

—¡No! —dijo Luna. Giró hacia su hermana—. No puedes pintar la tuya de morado —y luego, con más gentileza, añadió—: ¿De acuerdo?

Phoebe frunció el ceño y miró a Luna, con las cejas juntas.

Kit alborotó el cabello de Luna.

—Phoebe puede elegir el color que ella desee, pequeña mandona —dijo—. Vamos.

Subieron las escaleras tomadas de la mano, y yo miré de nuevo mi caja de cartón. Esa noche dormiríamos en el colchón inflable, las cuatro, y vería a mis hijas respirar a la luz de los faroles de la calle. Luego, al día siguiente, mamá vendría con su caja llena de líquido desinfectante y cloro, y papá traería su caja metálica verde de herramientas, la que tiene su nombre impreso en una etiqueta. Intentarían arreglar mi vida a su manera discreta estilo Foster, sin admitir que mi vida estaba rota. Y entonces, en el invierno Kit iría a la facultad de Derecho en Washington y toda esta vida de estrella de rock comenzaría a parecer un sueño.

—¿Quieres ver tu habitación, Phoebe? —pregunté—. Puedes ver el jardín desde tu ventana. Todos los árboles y las flores.

Phoebe asintió con una expresión seria, y la levanté en mis brazos. Se sentía tan ligera, esta diminuta personita, y una vez más me maravilló que Kieran y yo la hubiéramos creado. Y me sentí tan contenta por tenerla, aunque no hubiera esperado tener dos hijas, y no a Kieran, a los veintisiete años.

Antes de subir las escaleras me detuve y me di la vuelta para que las dos pudiéramos mirar por la ventana. Phoebe puso una palma contra el vidrio. Vi nuestro reflejo vagamente, y me di cuenta de que Phoebe sonreía.

—¿Te gusta la casa? —pregunté. Phoebe asintió.

—Nueva casa nuestra casa —dijo, como si todo fuera una sola palabra. En cuanto lo escuché sentí una canción formándose en mi mente, construyendo su particular arquitectura, llenando sus habitaciones. Y entonces la apagué. Detuve la construcción antes de que comenzara.

Ya no tenía que escribir canciones, pero algún día tendría que explicarles todo eso —todo lo que había sucedido— a las niñas. Podía guardar las palabras para entonces. Tal vez comenzaría la historia con el final, y la contaría como un cuento de hadas: *Había una vez*... cuatro chicas en una casa casi vacía, y yo no tenía miedo.

Bueno, quizás un poco.

cuatro

Cuando Dusty y yo regresamos al jardín, mamá aún no llegaba. Había dejado mi bolsa en el cobertizo trasero hace rato, y la recojo. Ahora se siente ligera, comparada con mi maleta, pero cuando deslizo mi mano al bolsillo interior palpo la revista, escondida. Saco mi teléfono y mando un mensaje de texto con otra letra de canción: *Secretos tan pesados como pisapapeles de vidrio en nuestros bolsillos.* La respuesta vibra de inmediato: *¿Estás escribiendo acerca de nosotras? (Ja.)*

Entonces mamá sale cargando una pequeña escultura parecida a una flor, si las flores fueran picudas y futuristas y estuvieran hechas de acero. Me la entrega.

—Es una flor robot —digo—. Qué considerada. Tal vez pueda guardar ahí dentro mi pasta de dientes —volteo a ver la parte de abajo.

—Calla, hija. Flores y escultura. Estoy tratando de mezclar mis intereses —hace un gesto que asumo que debe significar *mezclar*, pero parece más como si estirara goma de mascar con particular entusiasmo—. Además, es para Luna —dice—. No para ti.

Claro. Luna, que me abandonó todo el verano por irse de gira con su banda después de decirle a nuestra mamá que no regresaría a la escuela. Convenientemente se saltó el viaje a Búfalo y se fue directo de Pittsburgh a Cleveland sin parar. Supongo que fue porque le resultaba más fácil decirle que no a mamá si no tenía que estar en la misma habitación con ella.

—Así que no vas a *hablar* con ella —digo—, ¿pero le vas a enviar una escultura?

—Yo hablo con ella —mamá ve los arbustos de frambuesa en lugar de mirarme a mí, y se detiene para acomodar una red protectora contra pájaros que se cayó. Jala un poco más fuerte de lo que debería, y observo cómo unas frambuesas verdes se desprenden y se deslizan hacia la cerca.

—¿Cuándo? —todavía sostengo la escultura con ambas manos. No hay dónde ponerla, y no sé qué hacer con ella.

—Le envié un mensaje de texto hace unos días —se arrodilla y jala una hierba con hojas puntiagudas de la tierra suelta bajo las frambuesas.

—Sólo decía que no puedo arreglar las cosas entre ustedes. Estás enviándome a hacerlo, pero no puedo.

Mamá me mira y me sonríe de una forma que significa que está bastante segura de que sí puedo hacerlo. De lado. A. Lado. Estoy decidida a llevar el mensaje.

—No estoy "enviándote" —dice. Su voz hace que las comillas prácticamente sean visibles en el aire. Se pone en pie y se sacude la hierba de las rodillas—. Vas de visita.

—Sí, claro —deslizo el pie por la hierba y mi dedo gordo se enreda en unos tréboles.

—Y si la oportunidad para hablar se presenta, nada te detiene si quieres intentarlo —mamá abre la puerta de su coche y comienza a hurgar en el asiento trasero—. Te escuchará —con la cabeza dentro del auto, su voz se escucha ahogada, así que me inclino hacia ella—. Sólo pídele que considere volver a la escuela en el otoño.

Respiro, y de pronto las cosas se sienten un poco torcidas. Todo lo que he deseado a lo largo del verano es irme, pero ahora no estoy segura de hacerlo.

—Tengo bastantes cosas que me preocupan, como para además preocuparme por Luna —digo.

Mamá se da la vuelta, estira la mano y me acomoda un mechón de cabello detrás de la oreja. Siento que unas lágrimas inesperadas amenazan con brotar de mis ojos.

—Ya sé que ha sido un verano difícil —dice—. Pero las cosas van a mejorar cuando vuelvas a la escuela.

—No lo creo —digo—. Me encontré a Tessa. No salió nada bien.

Mamá sólo conoce parte de la historia, que yo estaba guardando un secreto que podría lastimar a Tessa, algo que pensé que yo podría hacer que desapareciera. Ella no sabe lo que realmente sucedió. No sabe acerca de Ben, ni del hecho de que mis amigas Evie y Willa tampoco me han llamado en todo el verano.

Le extiendo la escultura a mamá. Se siente pesada como plomo, literalmente.

—¿Puedes tomar esto?

Hurga de nuevo en el asiento trasero y saca dos trozos de plástico de burbujas. Me entrega el primero.

—Para liberar el estrés —dice. Me recargo en el coche y comienzo a reventar las burbujas, tan rápido y fuerte que Dusty se acerca para ver qué estoy haciendo, y si se lo puede comer.

Mamá corta una larga tira de cinta plateada.

—¿Cargas cinta plateada en tu coche? —pregunto—. Estoy segura de que ésa es una práctica de un secuestrador.

Si fueras un sospechoso en *La ley y el orden*, la evidencia de la cinta plateada sería suficiente para atraparte.

Se encoge de hombros y pega la envoltura con la cinta plateada.

—Nunca sabes cuándo la vas a necesitar.

Siento el calor del coche a través de mi vestido. Acomodo mi postura.

—Bueno, lo intentaré. Pero no te prometo nada.

—Ésa es mi chica —me entrega el paquete, que se siente esponjoso por el plástico de burbujas pero también pesado, como si tuviera un centro denso. Como un cometa.

—Esto va a provocar que me bajen del avión, mamá —lo extiendo hacia ella—. Va a pasar por los rayos X y pensarán que es un arma, un arma envuelta con mucho cuidado. Un arma que es una reliquia de la familia.

Me sonríe ampliamente, una sonrisa que es idéntica a la de Luna.

—Vas a tener que registrar tu maleta, parece que pesa mil kilos. Y de todas formas, en la circunstancia apropiada cualquier objeto puede ser usado como arma.

—Lo dice la mujer que pasa sus días haciendo cosas puntiagudas de metal —sacudo la cabeza—. Serías sin duda la sospechosa número uno en *La ley y el orden*.

Abro el cierre de mi maleta un poco y trato de meter el paquete. Cuando levanto la vista, mamá me está observando con una mirada que Luna llama de *mamá triste*. Supongo que llegó el momento de la Gran Despedida. Creo que es mejor aquí que en el aeropuerto.

—No sé qué haría sin ti —dice mamá. Se acomoda un mechón de cabello y su anillo brilla con el sol, un aro de plata salpicado de agujeros.

—Es sólo una semana —digo. Una gloriosa semana en la que no tendré que llegar a casa de mi trabajo en Queen City Coffee oliendo a mezcla sudamericana y mantequilla de panqué. En la que no tendré que estar en la caja escuchando a otro tipo de cuarenta con traje de abogado y anillo de casado decirme que tengo ojos bonitos. Una semana en la que no tendré que mirar hacia la ventana de Tessa y ver un cuadrado vacío. Y además, a pesar de los ojos tristes de mamá, no debería ser tan difícil para ella dejarme partir. Ella sabe que, a diferencia de Luna, yo sí volveré.

—Lo sé. Ay, casi lo olvido —dice mamá—. Hice ésta para ti.

Se quita un brazalete de plata de la muñeca y lo pone en la mía. Todavía guarda el calor de su piel, y puedo ver que lo ha martillado para darle un acabado ondulado. Parece la superficie de un estanque en un día ventoso.

Luna y yo solíamos bromear con que sólo es cuestión de tiempo para que nuestra mamá nos forje un par de placas para perro y así nunca olvidemos a quién pertenecemos. Durante años, nos ha dado collares y aretes, brazaletes que nos pone en las muñecas y en nuestros tobillos. De alguna forma, para Luna es más fácil partir, incluso con todas esas cosas pesadas de metal que tiran de ella hacia abajo. Quizá sólo se las quita. Y lo que me pregunto es: ¿por qué yo no puedo hacer lo mismo?

Mamá cierra la cajuela y se sienta sobre el borde del auto. Parece que va a hablar en serio.

—Debemos hablar sobre las reglas.

—¿Reglas?

—Sólo unas cuantas.

—Me muero de ganas de escucharlas —me recargo sobre un costado del coche.

—Muy bien —dice—. Número uno: ten cuidado.

—De acuerdo.

—No debes beber —dice—. O no mucho.

—Sin problema —hasta ahora el alcohol y yo no nos llevamos bien, y no tengo prisa por cambiar eso.

—No músicos.

Lo dice y en mi mente se enciende una especie de letrero que dice: NO MÚSICOS, NO PERROS, NO ZAPATOS, NO HAY SERVICIO.

—Estoy muy segura de que habrá músicos —digo—. Como tu hija, por ejemplo.

Sacude la cabeza.

—No me refiero a eso.

—Bueno —digo—. ¿Entonces a qué te refieres? —tengo una idea bastante clara de qué quiere decir, pero prefiero escucharlo de su boca.

—Me refiero a que debes cuidarte.

—No todos son como papá —digo—. Al menos, eso creo. James es genial. Ah, *Luna* está saliendo con un músico, ¿verdad?

—una vez más, Luna tiene un conjunto de reglas diferente. ¿O será que Luna no sigue las reglas de nadie más que las suyas?

Mamá asiente de mala gana.

—James me cae bien, aunque no me guste que esté alentando a Luna a dejar la escuela.

—Ya sabes que Luna sólo hace lo que ella quiere hacer —digo—. Puedes *alentarla* hasta que las vacas regresen a casa, pero eso no importa.

—¿Vacas? —mamá alza las cejas.

—Ya sabes a qué me refiero —observo las nubes blancas y esponjosas viajando en el cielo como globos que escaparon de un desfile—. De todas formas, creo que me alejaré de los chicos por un rato. Ya tuve suficientes problemas.

—Eso es inteligente —dice mamá—. Porque los chicos *son* problemas.

Sonríe al decirlo, con sus dientes blancos brillando como perlas, pero sé que habla en serio. Es una de sus filosofías esenciales: *Las niñas son lo mejor, los chicos son problemas.* Algún día va a imprimir una camiseta con la primera parte de la frase al frente, y la segunda en la espalda. La verdadera pregunta es, cuando las cosas se pusieron mal con papá, ¿por qué mamá no armó una banda como The Bangles o Sleater-Kinney, o se lanzó de solista como Liz Phair? Podría haber terminado de una vez con los hombres. Podría haberlo tenido todo.

Y honestamente, después de los últimos meses, yo sería la primera en formarme para comprar esa estúpida camiseta. La compraría en todos los colores y me la pondría todos los días de la semana.

Mamá se agacha y recoge mi bolsa, que dejé en el césped junto a las escaleras. La abre y echa un vistazo al interior.

—¿Tienes algo de comer?

Prácticamente atravieso el jardín de un brinco para arrebatarle la bolsa. Gracias a Dios por esos diez años de clases de ballet que tomé sin nada de ganas. Aterrizo cerca del borde de la entrada de los coches y pesco la bolsa con un movimiento fluido.

—¡Sí! —y entonces, como pienso que mi brinco necesita un poco de contexto, le digo—: Y no te los voy a dar —abrazo la bolsa contra mi pecho.

Mamá me lanza una mirada, bastante segura de que estoy loca, pero está dispuesta a olvidarlo porque ya casi me voy.

Y sonrío inocente, sin mostrar los dientes, porque no quiero que vea lo que escondo: una copia de la revista *spin* de febrero de 1994, la que Tessa y yo compramos con su tarjeta de crédito.

La revista está un poco deteriorada, pero en buenas condiciones para tratarse de un montón de papel con dos décadas de antigüedad. La chica que aparece en la portada lleva puesto un vestido negro de mangas largas, los labios pintados de morado y los ojos con delineador negro. También mallas grises rotas y unas botas casi hasta la rodilla. No está sonriendo del todo, pero parece como si estuviera dispuesta a sonreír si le contaras una buena broma. Así qué, si me disculpan hablaré con una letra de Maddona: *¿Quién es esa chica?*

¡Bingo! Lo adivinaron.

La chica de la portada es mamá, y en tinta morada, a la altura de sus rodillas, están impresas las palabras: "Meg Ferris, Primera Chica en la Luna". Detrás de ella hay una pálida luna plateada, justo como la que aparece en la portada del disco de Shelter *Sea of Tranquility*, cuando la revista se publicó por primera vez. Y a su izquierda se ve el resto de la banda: el bajista y el baterista, Carter y Dan, que todavía visitan a mamá a veces, cuando pasan por Búfalo. Son como tíos: traen discos y carteles de conciertos para Luna y para mí, y nos llevan a comer pizza.

El último de la portada es el guitarrista, guapo y desgarbado, con una camiseta negra y jeans: papá. Kieran Ferris. Padre desobligado y escritor de canciones ambiguas e incomprensibles acerca del verano.

En el jardín, unos lirios color rosa oscuro florecen entre arbustos verdes, y unas margaritas de centro amarillo resplandecen como estrellas. Partiré y mamá seguirá aquí, decapitando rosas y quitando babosas de las dalias. Hará unas tres o cuatro esculturas la semana que me vaya, cada una destinada a terminar en la sala de algún rico. Y esperará a escuchar lo que Luna hará cuando la vea, cuando lleve este mensaje que mamá quiere que entregue.

Me dirijo hacia el coche. Mamá ya está sentada en el asiento del conductor y los Smiths retumban en las bocinas. Dusty está en el asiento trasero, con la nariz pegada a la ventana de mi lado, su cola es como un rehilete.

—Debes cuidar de mamá —le digo a través del vidrio, como si fuera la perrita que hacía de niñera en *Peter Pan*. Pero sé que Dusty no puede hacer mucho más que ladrarle a las motocicletas que pasan por nuestra calle o mantener el jardín libre de conejos. No hay manera en que tenga a Meg Ferris bajo control. Camino hacia la ventanilla de mamá.

—Vámonos —dice. Y se baja los lentes oscuros a los ojos—. Haz como un árbol, etcétera, etcétera.

—¿Cuando nos alejemos? Dejemos atrás los juegos de palabras —digo. Rodeo el coche y me detengo por un momento para enviar la letra de otra canción antes de que la olvide: *Voy a coser las palabras, ensartarlas como perlas en un hilo, recordarlas fuera de lugar y olvidar lo que acabas de decir.*

—¡Phoebe! —grita mamá. Oprimo enviar.

Abro la puerta de mi lado, con mi bolsa abrazada, como si dentro hubiera un gatito o un bebé, algo que necesita ser tratado con ternura o protegido del mundo y de sí mismo. Esta revista es un símbolo de por qué existo, pero también es símbolo de Tessa y de cómo arruiné las cosas entre nosotras. Encontrar esta revista puede ser la última cosa linda que Tessa hará por mí en la vida, porque la última cosa linda que yo intenté hacer por ella fue un error.

cinco

En abril pasado, cuando todavía éramos amigas, Tessa y yo fuimos a una fiesta en una vieja casona fuera de Parkside. Era uno de los primeros días agradables de primavera en Búfalo y aún estábamos desesperadas por el largo invierno y felices por estar afuera. Todo lo verde parecía un milagro. Las hojas en los árboles se veían frondosas y brillantes, y el olor a hierba me tenía embelesada, aunque en realidad no quería ir a esa fiesta. Aún así, me puse unos jeans y un suéter y saqué mi bici de la cochera, y luego seguí a Tessa a lo largo de las calles oscuras hasta Delaware Park.

Era una enorme casa victoriana a media calle del zoológico, así que dejamos nuestras bicis encadenadas a una cerca junto a las jirafas, a la orilla del parque. Queríamos llegar a pie. Es raro llevar bicis a una fiesta porque no puedes dejarlas en la entrada, y a Tessa siempre le preocupaba que no hubiera lugar para ellas en la parte trasera. Cuando pasamos la reja de las jirafas, vi que caminaban despacio con una expresión etérea y pasmada. Una de ellas bajó la cabeza hasta el suelo muy lentamente y con cuidado, como una grúa de construcción, y aun entonces tuvo que doblar sus piernas para alcanzar la hierba.

Me recargué en la cerca por un momento, quería seguir mirando, pero Tessa siguió de frente. Ella era la que quería ir a la fiesta, que era de un chico que conocíamos a medias de la escuela hermana de St. Clare, la Academia Alfred Delp. Sabía que habría un montón de chicos de escuelas privadas bebiendo cerveza e intentando guardar silencio para que los vecinos no llamaran a la policía. Puedo decir que definitivamente no era mi mejor plan. Aun así, una hora después tenía una cerveza en la mano calentándose, dado que básicamente la ignoraba. Era más como un objeto de utilería, tal vez un talismán, que algo que planeara beber. Si Tessa se hubiera dado cuenta, habría dicho que yo tenía miedo. Pero mi filosofía es muy diferente con respecto al alcohol. Ella ya iba en su segunda cerveza, que todavía estaba fría.

El jardín estaba bastante iluminado con luces colgadas como cuentas brillantes a lo largo de la cerca. El césped era de un verde esmeralda perfecto y los tallos de los tulipanes alzaban sus botones directo hacia el cielo. Estábamos sentadas alrededor de una fogata sobre una base de metal con nuestras amigas Evie y Willa y otras chicas de St. Clare. Quiero decir, yo estaba sentada en una silla oxidada de metal con los pies sobre la barra inferior y Tessa estaba parada, con la cadera recargada en la cerca. Le gustaba quedarse de pie. Era como uno de esos pájaros de cuello largo —creo que son las grullas— meciéndose en una pierna, o en las dos si hacía mucho aire. Siempre quería ver lo que vendría.

—¿Dónde están los chicos? —preguntó Tessa—. ¿No era esta fiesta de alguien de la Academia Delp? ¿Dónde están sus amigos?

—La proporción entre chicas y chicos no puede ser peor que la de la fiesta de Emerson en diciembre —dijo Evie.

45

Willa estiró las piernas frente a ella y cruzó los tobillos.

—Como sea. Si esta noche evitamos terminar en urgencias será un éxito.

La última fiesta a la que habíamos ido, en las vacaciones de invierno, fue en la enorme y vieja mansión de Emerson McGrath en Lincoln Parkway. Estaba iluminada con tantas luces de Navidad que uno habría pensado que sus padres esperaban visitantes del espacio exterior y querían asegurarse de que los extraterrestres supieran cómo llegar. Emerson le dijo a todo mundo que era una fiesta estilo *El gran Gatsby*, pero parecía que había sido sólo un pretexto para que ella pudiera usar un camisón de seda como atuendo y beber ginebra de un viejo vaso de cristal. Tessa y Evie no llevaban puestos camisones, pero también bebieron ginebra, así que las dos se tambaleaban como marineros al final de la noche. Willa y yo intentamos ayudarlas a caminar de vuelta a casa, pero cuando cruzamos el jardín del Museo Albright-Knox, Evie brincó la escultura que parece un plátano de papel maché, se resbaló y se torció el tobillo. Tuvo que llamar a su hermano Daniel para que la recogiera. Esa semana yo estaba postulada para secretaria de primero de preparatoria, y Evie para presidente. De alguna forma las dos ganamos, aunque ella tuvo que dar su discurso con muletas.

—El primer paso para la seguridad es evitar el arte moderno —le dije a Evie alzando las cejas.

Ella estiró su pie derecho, con una zapatilla de ballet brillante puesta, y lo rotó en un círculo.

—Ya sanó —dijo.

—Ya aprendió su lección —dijo Willa, mientras se amarraba su cabello rojo y rizado en la parte superior de la cabeza—.

O al menos sabe que Daniel no va a recogerla la próxima vez que se tropiece con una escultura en forma de plátano.

—¡Ya quisieras que viniera! —dijo Evie y le dio un golpecito a Willa en el hombro. Ella se sonrojó. Evie dice que todos saben que a Willa le gusta Daniel, aunque lo ha negado desde que íbamos en primer año.

De pronto mi teléfono sonó en mi bolsa y lo saqué. *Feliz sábado*, decía. *¿Qué hay?*

Fiesta de la prepa en un jardín, escribí. *Cerveza tibia y luz intensa, unas cuantas estrellas brillantes en el cielo.*

La pantalla de mi teléfono se encendió al recibir otro mensaje. *Eso es como la letra de una canción. Quizás, el inicio de una nueva.*

Sonreí. Frente a mí, Willa se incorporó y tomó el brazo de Evie.

—Vamos —dijo—. Debemos buscar un baño. Quiero hacer pipí.

Evie puso los ojos en blanco, pero dejó que Willa la llevara. Justo entonces, Tessa se paró de puntillas y miró hacia la calle. Incluso desde mi asiento pude ver a un grupo de chicos con suéteres y pantalones claros, encabezados por un chico rubio y delgado. Caminaron por la entrada de los coches aún en grupo, y luego se dispersaron por el jardín.

—Es él —murmuró Tessa, demasiado fuerte. Se inclinó hacia mí y su cabello cayó sobre mis hombros, y señaló hacia los chicos que acababan de entrar.

Volteé a ver al chico rubio, en cuya dirección Tessa había apuntado.

—¿Quién? —pregunté.

—El Chico Lacrosse —había estado hablando de él por meses. Incluso a mitad del invierno, Tessa lo había visto pedalear en bicicleta por Delaware con su palo de lacrosse atado a su espalda como una antena. Una vez se acercó tanto a él mientras manejaba el coche de su papá por Gates Circle, que casi lo atropella. Desde entonces, por sugerencia mía, se calmó un poco. ¿De qué sirve que te guste alguien, si ese alguien está muerto?, le dije entonces.

Ahora estiraba el cuello para verlo por donde estaban las bebidas.

—¿Estás segura? —pregunté—. No lleva un palo de lacrosse.

—¡Estoy segura! —dijo Tessa, murmurando un poco fuerte.

El chico rubio caminó con su cerveza cerca de donde estábamos sentadas, justo detrás de las sillas acomodadas en círculo. Uno de sus amigos lo siguió, un chico de cabello oscuro y ojos almendrados y bonitos hombros que se apreciaban incluso debajo del suéter.

—Hola —le dijo el rubio a Tessa, cuando vio que ella lo miraba. Le dio la vuelta a las sillas y se sentó frente a nosotras—. Soy Tyler —tenía el cabello largo y casi le rozaba los ojos, así que perpetuamente tenía la cabeza un poco inclinada. Pero era guapo.

—Tessa —respondió ella—. Y mi amiga es Phoebe —levanté la mano en forma de saludo. Su amigo de cabello oscuro sonrió.

—Yo soy Ben —dijo. Me miró cuando habló, pero le extendió la mano a Tessa, que estaba más cerca. Ella la estrechó.

—¿Ustedes juegan lacrosse? —preguntó Tessa. *Muy sutil, Nancy Drew*, pensé, pero al parecer ellos no creyeron que el comentario fuera extraño.

Ben asintió y Tessa me miró con los ojos muy abiertos. Yo sonreí.

—Así es —dijo Tyler, y señaló a Ben con su cerveza—. Él es un as.

Ben sonrió.

—Mamá creció en la reservación. Jugué mucho con mis primos cuando éramos niños.

—En serio, es una estrella —Tyler hizo un movimiento con las manos que pensé que era un ademán de un lanzamiento de lacrosse, pero en realidad parecía que estuviera paleando nieve en un día muy extraño—. Yo practico todo el tiempo, pero siempre me gana.

—Mi primo de ocho años podría ganarte —dijo Ben—, así que eso no significa gran cosa.

Un pavorreal chilló desde alguna parte del zoológico, un sonido estridente y nítido, más audible que cualquier cosa a nuestro alrededor. Muy adecuado, pensé. Tyler y Ben eran básicamente pavorreales, discutiendo entre ellos para impresionar a una hembra café oscuro. Sacudiendo sus traseros de pájaros y abanicando esas plumas iridiscentes de la cola, ¿y para qué?

Alguien del otro lado del jardín subió un poco más el volumen de la radio, y escuché la voz lastimera de una cantante de pop en ciernes por encima de rasgueos electrónicos.

—Taylor Swift —dijo Tyler, y arrugó la nariz.

—¿Qué? —preguntó Tessa—. ¿Eres tan sofisticado que la señorita Swift no te complace?

—No diría eso, exactamente. Sólo que últimamente he estado escuchando mucho rock de los noventa. Es un sonido diferente: más sucio. Nirvana, ¿ya sabes? Lo primero de Weezer. A veces Shelter.

Tessa rio, era una risa suave, dulce y cruel al mismo tiempo.

—¿Qué? —preguntó Tyler. Se inclinó hacia delante.

—¿Lo dices en serio? —preguntó Tessa. Me miró, y luego lo miró de vuelta a él—. Si quieres impresionarnos, vas a tener que esforzarte más.

Intenté enviar un mensaje a Tessa con la mirada, como *Quizá deberías esperar un poco antes de comenzar a jugar rudo.* Tyler se veía tan genuinamente confundido que estoy segura de que no tenía idea de quién era yo. Decidí terminar con el juego.

—Mi papá es Kieran Ferris —dije.

—¿Qué? —Tyler parecía anonadado—. Así que tu mamá es...

—Meg Ferris.

—Dios mío —dijo, con los ojos muy abiertos—. Yo sabía que ella vivía en Búfalo, pero pensé que era una ermitaña o algo así —sacudía su cabeza—. Nunca la veo en ninguna parte.

Pensé señalar que sólo porque no la hubiera visto —¿dónde? ¿En el supermercado? ¿La gasolinera?— no significaba que fuera ermitaña. Pero decidí mantener la boca cerrada.

—Es profesora en la universidad de Búfalo —dijo Tessa—. Escultura.

—Eso significa ... —Tyler parecía estar haciendo cálculos en su mente, y luego me miró—. ¿*Tú* eres la que deshizo la banda?

—¿Qué? —del otro lado del jardín vi a nuestra amiga Evie parada sobre una silla, bailando al ritmo de la señorita Swift.

—Megan tuvo un bebé, ¿cierto? —dijo Tyler—. Y ahí se terminó.

—El bebé es su hermana, idiota —dijo Tessa, y luego me miró.

—Pude haber sido yo —dije—. Tal vez yo fui la gota que derramó el vaso —me acerqué al oído de Tessa—. Qué bocota tienes esta noche —murmuré. Tessa se encogió de hombros.

Pero Tyler no le estaba prestando atención a ella. Se recargó en la silla y me miró como si fuera a decir algo muy serio.

—¿Tu mamá está saliendo con alguien? —preguntó.

Se me escapó una carcajada.

—¿Por qué? —pregunté—. ¿Quieres su teléfono?

Ben rio. Tyler encogió los hombros y sonrió.

—Tal vez —puso su cerveza en el piso y al hacerlo se escuchó un sonido en la baldosa—. Quise decir si está saliendo con otro músico —se inclinó hacia delante—. Supongo que quería saber más de ella.

—No —dije—. Para nada está saliendo con nadie. Y en realidad ella no habla con muchas personas acerca de su vida pasada, así que no tengo ninguna historia que contar.

Él pareció reflexionar al respecto.

—Tal vez es lesbiana —dijo.

—*Tyler* —intervino Ben. Su voz sonaba tranquila, y en ella había tanto una sonrisa como una advertencia.

—No es lesbiana —dije, negando con la cabeza. Pensé en lo que mamá diría si estuviera ahí, o en lo que no diría. Quizá sólo se recargaría en la silla y escucharía todo sonriendo divertida.

—¿Qué? —dijo Tyler, encogiéndose de hombros—, no tiene nada de malo ser lesbiana.

—Kit, la tía de Phoebe, es lesbiana —dijo Tessa con voz amable, como si estuviera intentando ayudar—. También mi prima Christy —le lancé una mirada que decía *irrelevante*, y volteé a ver a Tyler.

—*Por supuesto* que no tiene nada de malo ser lesbiana —dije—. Pero mamá no lo es. Sólo no necesita tener a un hombre a su alrededor todo el tiempo —incliné la cabeza—. Y justo ahora me doy cuenta por qué.

Él levantó las dos manos con las palmas hacia nosotras, como diciendo *está bien*.

—Pero dime algo. ¿Conoces a los hijos de las demás estrellas de rock? ¿Como Frances Bean?

—Claro, por supuesto —dije—. Tenemos un pequeño club. Nos reunimos una vez al mes y Frances Bean siempre trae la *diversión* —Ben me miró a los ojos y luego, sacudiendo la cabeza, me dijo *Lo siento*.

Yo ni siquiera estaba segura de a qué *droga* se refieren con esa expresión, pero Tyler no tenía por qué saberlo.

Justo en ese momento escuché al pavorreal graznar otra vez, un chillido escalofriante y casi humano.

—¿Eso es del zoológico, o alguien está siendo asesinado de forma atroz? —volteé hacia Tessa—. Ven, vámonos de aquí antes de que el ave asesina aparezca.

Tessa colocó su cerveza en la mesa de metal y se puso de pie, un poco vacilante.

—¿Se tienen que ir? —dijo Tyler. Todavía estaba sentado, sujetando los brazos de su silla como un rey en su trono. Decidí entonces que él no era exactamente odioso, sino que tenía demasiada confianza en sí mismo. Incluso era un poco gracioso. Pensé que podría lidiar con él si Tessa lo quería.

—Debemos irnos —dije.

Ben le dio un golpe a Tyler en el brazo.

—¡Tú eres el que las asusta y las aleja! ¡Haz algo!

—Phoebe es la que manda —dijo Tessa, tambaleándose un poco—. Phoebe siempre manda.

Ben se puso en pie cuando nos íbamos, como imaginé que haría un caballero. Parecía que quería estrechar mi mano o algo, pero no pudimos hacer que sucediera. Hicimos algunos gestos extraños. Sentí que una sonrisa se movía despacio en mis labios.

Afuera, en Parkside, los coches pasaban susurrando, siseando sobre el pavimento. Era tarde, y en un rincón del cielo se veía una delgada pestaña como luna, entreabriendo un pequeño pedazo de la noche. Los ladridos de los leones marinos se escuchaban a través del viento frío de la noche. Caminamos rápido, en silencio, hasta que llegamos al semáforo.

—Así que el nombre del Chico Lacrosse es Tyler —dije cuando el semáforo se puso en rojo. Cruzamos la calle.

—¿Qué? —dijo Tessa, y volteó a verme—. No. El nombre del Chico Lacrosse es Ben.

Sentí que mi corazón se oprimía cuando lo dijo, tan claramente como si ella hubiera amarrado una red de pescar de metal en él y lo hubiera lanzado en medio del mar. Lo vi cayendo en el agua, vi el destello del metal brillar a la luz de la luna al caer. Entonces desvié la mirada de Tessa y observé el zoológico. Ahora la jaula de las jirafas estaba vacía, era sólo un espacio cuadrado con hierba verde. Se veía tan pequeño.

—Ah —le dije a Tessa, pero lo que pensé fue *Mierda*.

Ahora que lo pienso, estoy segura de que pude sentir lo que estaba sucediendo.

Creo que ya sabía que las cosas iban a ponerse mal.

seis

Cuando cerré la puerta del departamento todavía estaba temblando. Me pregunté si Phoebe lo percibía, amarrada a mi pecho en la cangurera para bebés. Aún dormía, había estado dormida desde que salió de la guardería y las dos calles que caminamos hasta regresar a nuestro departamento. Aunque casi había corrido para seguir el ritmo de los pasos largos de Kieran, cuya mano derecha tomaba mi mano izquierda y me iba jalando. Él sostenía a Luna con el otro brazo, y me di cuenta de que ella no tenía miedo. Me sonreía, agarrándose del hombro de Kieran, con su cabello brillando bajo el sol de fines de agosto. Pero eso no me hizo sentir mejor.

No hablamos durante el tiempo que caminamos de regreso, íbamos demasiado rápido para hacerlo. Pero cuando Kieran puso a Luna en el suelo junto al rincón donde guardaba sus juguetes, caminé al otro lado del departamento y él me siguió.

—¿Dónde *estabas*? —pregunté—. Dijiste que estarías ahí a las tres.

Se pasó la mano por el cabello.

—La entrevista se alargó —dijo—. Llamé pero ya te habías ido —señaló la luz parpadeante de la contestadora como si fuera explicación suficiente.

—Sí, porque dijiste a las *tres*. Me fui a las dos cincuenta.

—Lo siento, Meg —dijo él—. Me distraje —se sentó en el sillón—. Ven aquí.

Me senté despacio, intentando no despertar a Phoebe, que seguía en la cangurera. Moverme así —con un bebé sujeto frente a mí— me recordó a estar embarazada, esa sensación de estar sumamente pesada y ser una proeza de la física que hace que te muevas como una bailarina moderna que ha tomado relajantes musculares. Y esa habitación grande, iluminada y totalmente abierta se sentía como un escenario, aunque yo no quería ver la obra que interpretaban ahí ese día.

Me encantó el departamento en cuanto lo vi, me fascinó la vista al agua y la cocina y la sala abiertas, las habitaciones hasta el fondo. Ahora mi memoria me daba imágenes de una versión diferente de este departamento: vacío, como la primera vez que lo vi, siguiendo por todas las habitaciones a la agente de bienes raíces que llevaba tacones negros y medias. Yo tenía cinco meses de embarazo y vestía una falda corta y una de las camisas de franela de Kieran. Recuerdo mi reflejo en el espejo del baño y cómo se veían mis botas Doc Martens contra la suave duela de madera. Una de nuestras pizzerías favoritas estaba a dos calles, junto al sushi para llevar donde comíamos siempre antes de tener dinero.

—Podríamos llegar al Sakura en menos de cinco minutos si caminamos rápido —dijo entonces Kieran, deslizando sus brazos a mi alrededor y enterrando su rostro en mi cuello. Rio—. Eso ya es suficiente para tomar la decisión, ¿verdad?

—Creo que sí —dije. Eso, y la vista del río desde la ventana, azul zafiro y brillante como vidrio roto. Sin mencionar el parque que había visto desde el taxi, donde el bebé que estaba en mi vientre jugaría algún día.

Donde estuvimos antes.

Fuimos al parque porque yo quería que Luna se deslizara con el trineo. Tenía dos años y nunca había ido a un parque en su propia ciudad. Quería subirla a los columpios. Quería que supiera cómo eran los últimos días del verano.

Y estuvo bien... al principio. Kieran llegó tarde, pero eso no era nada nuevo. Los únicos que vieron que éramos nosotros fueron unos adolescentes que habían salido de la escuela y caminaban rumbo a casa. Por un rato se sentaron en una banca y observaron para decidir si en realidad era yo. No me importó firmar sus cuadernos cuando se atrevieron a acercarse, o sonreír cuando me dijeron cuáles eran las canciones favoritas de nuestro nuevo disco. Pero entonces llegaron dos fotógrafos. Pensé que eran independientes, porque no me dijeron de qué medio venían. Uno de ellos puso su cámara justo frente a la cara de Luna y escuché que ella me llamaba, con su vocecita asustada. No pude verla, y por un momento dejé de respirar, como si alguien apretara mis costillas. Como si ya no hubiera aire en el mundo. El otro fotógrafo se paró a metro y medio de mí, con el rostro detrás de su cámara.

—¡Meg! ¿Podemos ver a la bebé?

No dije que no. No dije nada. Sólo traté de cargar a Luna, pero el fotógrafo no me dejaba pasar.

—Hazte a un lado —dije, y mi voz salió como un gruñido. Para entonces Luna ya estaba llorando, y me las arreglé para pasar y tomar su mano.

—Vamos, Meg —dijo el fotógrafo, todavía tomando fotos—. Sólo déjanos tomar unas cuantas.

Cargué a Luna y la recargué en mi cadera, y entonces, de la nada, Kieran apareció y la cargó. Se detuvo una fracción de segundo frente a los fotógrafos mientras se alejaban, y luego me tomó de la mano. Ahora, al recordarlo, siento la misma ira creciendo dentro de mí.

—*Posaste* para ellos —le dije.

—Eso es ridículo —dijo Kieran—. No posé. Hice una pausa, Estaba tratando de ver adónde ir.

—Te vas —dije—. Te alejas.

—Estaba tratando —dijo Kieran, pero yo negué con la cabeza. Luna fingía leer, en el suelo, un libro con un mapache morado en la portada.

—Pudo haber pasado cualquier cosa —dije. Sentía las lágrimas en mi voz—. Me asusté.

—Meg —dijo Kieran—, eran fotógrafos, unos lunáticos callejeros.

—Actuaban como locos —dije. Kieran puso su mano sobre la mía, pero yo la quité.

—¿Y si esto es un error? —dije.

—¿Qué?

—Todo esto —sacudí la cabeza—. Pensar que podríamos tener Shelter y la familia al mismo tiempo —puse la palma de mi mano sobre la cabeza tibia y rizada de Phoebe. Ella seguía dormida—. No quiero que las niñas crezcan así.

—Amor, fue una mala experiencia —dijo. Acarició mi mejilla con la mano, me miró directo a los ojos.

—De acuerdo —dije—. Y es la primera vez que ella va a un parque. En la vida.

—No lo recordará —dijo él—. La volveremos a llevar y será mejor. Sólo fue mala suerte.

La semana anterior habíamos ido a Chicago a un festival en el lago, nuestro primer show después de que nació Phoebe. Tocamos bajo el sol de la tarde, y yo canté tan fuerte que mi voz estaba ronca y me ardía la garganta. Cuando volvimos al hotel las niñas ya estaban dormidas. Kit también, acostada en la cama king size junto a Luna. No la desperté. A la mañana siguiente desayunamos panqueques con mora azul y melón en el restaurante del hotel. Vi a un par de chicas en una mesa al fondo, de unos veintitantos años, mirándonos y murmurando. Unos minutos después, una de ellas se acercó con el volante del festival.

—¿Les importaría firmarlo? —preguntó. No dije nada, pero intenté sonreír.

—Claro —dijo Kieran. Ella le dio un bolígrafo y él lo tomó. Garabateó su nombre a lo largo del volante. Me dio el bolígrafo y yo firmé debajo.

Luna nos observaba.

—¿También quieres firmar? —le dijo la chica. Luna dibujó una sonrisa y tomó la crayola verde con la que había estado dibujando. Hizo un garabato cerca del borde del papel.

—Gracias, Luna —dijo la chica. Escuchar a una extraña decir el nombre de mi hija me dio escalofríos, pero nadie se dio cuenta. La chica volvió a su mesa y Kieran siguió comiendo, pero yo ya no tenía hambre.

—Está comenzando desde pequeña —dijo Kit, con voz alegre. La miré, y ella pareció sorprenderse por mi expresión. Frunció el ceño.

Kieran se encogió de hombros.

—Es parte del juego —dijo.

—Nuestras vidas no son un juego.

—Es sólo un autógrafo —dijo Kieran—. El precio de admisión.

¿Admisión a qué?, quería preguntarle. Pero no lo hice. Ahora, en nuestra sala, lo miré.

—Te encanta —dije. Él evitaba mi mirada—. Te encanta que todos nos reconozcan.

Me volteó a ver con rapidez.

—Y a ti no. A ti nunca te ha gustado.

A la luz de la ventana vi la cicatriz que corría por su quijada, delgada como hilo de seda. Se cayó de la bicicleta cuando tenía seis años y su familia vacacionaba en Cabo Cod. Su mamá me contó la historia cuando la conocí, en la misma casa de playa; yo tenía los pies sobre la arena.

En ese momento casi extendí la mano hacia Kieran, para tocar la cicatriz en su quijada o descansar mi mano sobre su hombro. Quería asegurarme de que él todavía era real. Una persona, no una estrella de rock. No un ícono. De carne y hueso.

Pero entonces se agachó para tomar su guitarra del atril, se dio la vuelta y se dirigió a nuestra habitación. Phoebe seguía dormida, con la cabeza recargada contra mi pecho. Sentía su respiración, suave como pelusa de diente de león. Luna se inclinó hacia delante y escogió un nuevo libro.

Había una fotografía de nosotros en la pared, ampliada para llenar el espacio arriba del sillón. Nuestro amigo Alex la tomó, y después de que Kieran se la entregó a la revista *Rolling Stone,* Alex la amplió y la mandó enmarcar para nosotros. En la foto aparecemos en el escenario en Portland, mucho tiempo atrás, cuando el disco de *Sea of Tranquility* era nuevo. En algún otro tiempo y lugar, mi cabello brilla con luces ámbar. Estoy mirando al otro lado del escenario hacia Kieran, con una sonrisa de placer. Y él me mira de vuelta, justo a mí, con su mano izquierda formando un acorde Sol mayor en las cuerdas de su guitarra. Parece que nos estamos divirtiendo mucho.

Estando ahí en el sillón, ni siquiera pude recordar si eso fue verdad.

siete

El cielo que está detrás de las nubes es de un azul Windex, tan brillante que lastima mis ojos. Así que los cierro y escucho el zumbido de los motores de los aviones, sintiendo sus vibraciones a través de mi asiento. Únicamente he volado sola dos veces antes, la última en febrero para ver a Luna en la ciudad, pero me gusta el anonimato que implica. Podría ser cualquier persona, sentada junto a la ventana con un vaso de plástico con jugo de naranja y hielo, una bolsa vacía de pretzels y una servilleta. En este momento nadie necesita conocer nada más que mi elección de fritura.

Cuando vamos a la mitad del camino hacia Nueva York y el monitor virtual empotrado en el asiento frente a mí indica que damos la vuelta hacia el sur en alguna parte por Binghamton, saco la revista, pese a que me prometí que no lo haría. Ya sé, es raro que vaya cargando una revista tan vieja, como si fuera una viajera en el tiempo de 1994 que se acabara de limpiar su lápiz de labios marrón en el baño del aeropuerto.

Tessa y yo la vimos por primera vez en el sitio de internet de *SPIN* en la galería de portadas, en medio de otras en las que aparecían Jane's Addiction y Weezer y Kurt Cobain, mientras todavía estaba vivo (en octubre de 1993) y después de que murió (en junio de 1994). Ahí estaba mamá, pequeña y hermosa y extraña en la pantalla. Fue como una prueba de que mis papás alguna vez habían estado juntos, de que habían existido y de que habían creado otra cosa además de a Luna y a mí. Cuando Shelter aún estaba unido apenas había internet, así que la información que se puede encontrar en línea es muy limitada. Además, quería tener algo físico en las manos, algo que hubiera existido al mismo tiempo que la banda de mis padres. De pronto era antropóloga y quería un artefacto de esta civilización, muerta y desaparecida hace mucho. Así que navegamos en internet una hora antes de encontrar un ejemplar, y luego lo compramos con la tarjeta de crédito que el papá de Tessa le había dado para emergencias. Si esto no era una emergencia, entonces ninguna sabíamos qué sí lo sería.

Ahora, sobre la mesilla plegable del avión, intento estirar la portada arrugada con mis dedos. Llegó así, ya estaba deteriorada, dentro de un sobre de cartón con mi nombre y dirección escritos con marcador. Hay encabezados impresos sobre los hombros y por encima de las cabezas de la banda. Todos los demás miran fijamente algo a la distancia, pero papá mira directo a la cámara. Obviamente no lo he visto hace tiempo, pero conozco su cara. Veinte años después, apuesto a que luce así: satisfecho, seguro de sí mismo, como si supiera algo que yo no. Por ejemplo, escribir una canción que sea un éxito. O cómo huir.

Mamá no podía verlo porque, bueno, a veces incluso finge que ella no es y nunca fue Meg Ferris, estrella de rock. Podemos estar en el mercado, por ejemplo, y un tipo se le acerca en el puesto de zanahorias (¡todavía con hojas!) y le dice:

—Hey, ¿eres Meg Ferris?

Es entonces cuando ella pone todo su plan en acción. Ha perfeccionado una serie de expresiones faciales para lidiar con esta situación. Primero dice *¿Quién, yo?*, y luego, *Ay, otra vez no*, y después, *¡no soy yo!*, *pero ¡gracias por el cumplido, amigo!* Toda la secuencia toma unos diez segundos. Dice: *¿Sabes?, todos me dicen que me parezco a ella. ¡Ojalá!* Y sonríe deslumbrante y el pobre tipo luce confundido, sosteniendo una bolsa de jitomates o de queso artesanal. Y él dice: *Ah, bien*, y se aleja despacio, o dice: *¡Un caso de identidad equivocada!* con una exclamación vivaz que de hecho uno puede escuchar, y los dos lanzan unas risas raras y falsas. A veces, una esposa o novia aparecen y lo jalan en dirección de las lechugas. (Mamá podrá tener cuarenta y dos años, pero es bastante guapa.) Y entonces Meg Ferris de Incógnito me mira, triunfante, como si esperara aplausos.

Cada vez que sucede, pienso en decirle la verdad al fan en cuestión, sólo para ver qué hace mamá. Y por eso es extraño que no lo haga ahora que puedo, justo en el avión, con mamá en la Tierra.

La mujer que está sentada junto a mí tiene unos treinta y cinco años o más, creo, lleva puesto un vestido ajustado color turquesa y zapatos abiertos de tacón. Me ofreció un dulce cuando el avión comenzó a avanzar en la pista antes de despegar (lo acepté), pero nuestra interacción se ha limitado a eso. Sin embargo, cuando ve el ejemplar de *SPIN* deja salir un suspiro, y yo siento que las mentiras comienzan a brotar del manantial Ferris.

—¡Shelter! —dice la mujer—. Me encantaba esa banda. ¿Es una edición conmemorativa?

—Es *vintage* —le digo. Pienso en las historias que le voy a decir y elijo una—. Papá tiene muchas revistas antiguas.

—Qué genial papá —dice. Se inclina un poco hacia mí, y me observa con una mirada cómplice. Yo me encojo de hombros y sonrío—. Me sentí tan desilusionada cuando se separaron —dice, y no sé si se refiere a la banda o a mis papás—. Meg Ferris era fantástica, y él era adorable —baja la voz y murmura—. Yo le tenía tantos celos a ella. La odiaba un poco. Mírame, otra vez parezco de dieciséis años —con una expresión de nostalgia, sacude su vaso con hielos como si fuera una maraca. Pone el vaso sobre la mesita.

—Soy Jessica —dice—. ¿Puedo? —extiende la mano. Está perfectamente manicurada, cada uña es un óvalo estrecho de color coral. Me hace sentir un poco mal por mi propio barniz dorado descarapelado.

Le doy la revista y comienza a pasar las hojas, en busca del artículo.

—Página setenta y siete —le digo. Ella asiente, y al parecer no le extraña que lo haya memorizado.

—Ay, Dios mío —regresa las páginas para revisar la fecha en la portada—. No puedo creer que ya hayan transcurrido veinte años —se lleva la mano a la boca y luego se toca la mejilla como si pensara que encontraría un rostro diferente ahí—. Has escuchado su música, ¿verdad?

—Sí —digo—. Me gusta *Sea of Tranquility*.

—¡Ése es el mejor! Me encanta ese disco. Y la canción —Jessica encuentra el artículo y abre la revista en su propia mesita. Hay una foto de la portada del disco, un fondo azul marino con una luna cubierta de sombras al centro—. Ay, Dios mío —voltea a verme—. Mi canción favorita era "Still". ¿La conoces? —comienza a tararear.

Asiento y miro a la ancianita que dormita en la otra fila de asientos, un poco preocupada por que Jessica comience a cantarla completa. Pero se detiene después de unos cuantos versos.

—Compré el nuevo disco de Kieran —dice—. Todavía es maravilloso. *Y* guapo —toca la foto de la cara de papá—. Pero Meg, lleva años desaparecida.

Medito en eso por un momento. Depende de lo que uno entienda por *desaparecida*, supongo. Es verdad que incluso rara vez la escucho cantar, y cuando lo hago siempre es desde otra habitación. Como el canto de un pájaro que todo mundo pensaba que estaba extinto, su canción resuena en el bosque y se queda atrapada entre todas las hojas de los árboles. Cuando te acercas, mamá ya ha dejado de cantar.

—Ahora es una artista —le digo a Jessica—. Trabaja con metal. Esculturas y joyería —no le digo que llevo una pieza puesta: el brazalete delgado de plata en mi muñeca, los aretes geométricos en mis orejas. Nada lo bastante grande como para detonar el detector de metales del aeropuerto. Un par de años atrás la revista *Rolling Stone* quiso hacer un pequeño artículo sobre las esculturas de mamá, una especie de "¿Dónde están ahora?", pero ella se negó a ser entrevistada. Aún así publicaron una nota, con una foto de la instalación que está afuera del Museo Allbright-Knox con el encabezado "La cantante de Shelter hace esculturas de metal". Reprodujeron una foto de ella del sitio de la universidad, donde aparece de pie frente a una pared blanca desnuda de una galería. Se ve oficial, de alguna manera. Responsable, y todavía hermosa.

Ahora Jessica me mira.

—Sabes mucho acerca de ellos. ¡Y eres tan joven! ¿Tu papá es su fan?

Buena pregunta, pienso. ¿Lo es? No estoy segura. Así que encojo los hombros y le doy una respuesta prudente.

—Solía serlo.

Ella asiente sabiamente.

—Pero tú lo *eres*.

—Totalmente —digo. Es la verdad, aunque he tenido que ser fan en secreto. Es como si mamá no soportara escuchar el sonido de su propia voz salir de una bocina. Pero he escuchado a Shelter desde que tengo un iPod. Con audífonos. Puedo captar a la mujer que conozco en esas canciones, pero sólo a veces. Sólo fugazmente.

Jessica se recarga en el respaldo, sosteniendo la revista frente a ella y, por un momento, pienso en decirle la verdad. Quizá me crea si mira de cerca la foto de mamá: tenemos los mismos ojos azulverdosos de gato, los mismos pómulos, aunque Luna es la que se parece por completo a ella. Si le digo, podría darle una historia que contar cuando llegue adonde sea que se dirija, y me permitiría fingir ser famosa por unos momentos, aunque sea sólo por asociación. Pero entonces la aeromoza se acerca y me dice que debo guardar mi bolsa debajo del asiento, y Jessica me devuelve la revista.

—Gracias —dice—. No hay nada como recordar para hacerte sentir vieja y joven al mismo tiempo —saca un lápiz labial de una bolsita que lleva en el regazo y lo aplica sin espejo, paseándolo sobre sus labios rápido, como si lo hubiera hecho mil veces antes. Siento que la nariz del avión se inclina hacia la tierra y miro por la ventana. Afuera, las nubes pasan con rapidez y veo el agua, el ancho y azul Atlántico y la costa curva de Long Island.

Conforme el avión desciende despacio, miro la foto del rostro de mamá en la portada de la revista. Si quisiera contar la historia, ¿por dónde empezaría? *Mamá nos nombró a las dos por la luna*, diría. Intentó hacernos un espacio en la vida que ya tenía, pero luego algo hizo que lo cambiara todo. Nuestro papá siguió tocando, permaneció en Nueva York, siguió siendo famoso. Y eventualmente, hace unos tres años, simplemente dejó de llamar.

El aeropuerto está cada vez más cerca, al igual que Luna, en alguna parte de ese espacio lleno de ventanas. Se está poniendo lápiz labial, está leyendo un libro, está tarareando una canción que escucha en su iPod.

Está esperando... Me espera a mí.

ocho

MEG
ABRIL DE 1997

Cuando nos estacionamos en la limusina, Luna se despertó en su asiento de bebé y se estiró, deslizando su pequeño puño fuera de las cobijas. Nuestro portero, Thomas, me abrió la puerta y una brisa de primavera sopló directo al asiento trasero.

—Señora Ferris —dijo. Así me llamaba, sin importar cuántas veces le pidiera que me dijera Meg—. Bienvenida a casa —se asomó para ver a Luna—. Hola, pequeñita.

—La llamamos Luna —dije, y desabroché su cinturón.

—Hermosa —dijo Thomas.

Me extendió la mano y yo la tomé. Salí de la limusina, sosteniendo a Luna con el otro brazo. Se sentía tan ligera, y me di cuenta de que nunca había cargado a un bebé así, en el mundo real. De hecho nunca había cargado a un bebé, al menos desde que tenía tres y mi hermana nació, e incluso entonces la cargaba bajo supervisión, sentada en el sofá con mi brazo recargado en varias almohadas. Yo no lo recordaba, pero había fotos que lo demostraban.

Kieran ya se había bajado por la otra puerta del coche y estaba parado en la acera. Extendió los brazos y le entregué a Luna torpemente, sosteniéndola con las dos manos hasta que estuve segura de que él ya la cargaba. La sostuvo envuelta en sus cobijas de cara al edificio.

—Aquí es donde vivimos —dijo Kieran. Estábamos a la sombra del edificio, y de todas formas ella parpadeó ante la luz. Él me miró y puso los labios cerca de la oreja de Luna—. Tu mamá va a escribir muchas canciones sobre ti.

Vi a alguien con el rabillo del ojo y me quedé helada, pensando si era un fan o, peor, un fotógrafo. Pero era una mujer mayor con la espalda muy derecha enfundada en un traje Chanel, una de esas señoras de Nueva York que era más probable ver en Upper East Side que en West Village, donde estábamos nosotros. Estaba segura de que ella no tenía idea de quiénes éramos, pero aun así se detuvo en la acera frente a nosotros.

—Es un bebé hermoso —dijo. Llevaba anteojos de sol, y los bajó por un momento. Tenía los ojos azules y llorosos.

—Gracias —dije. Sentí como si acabara de pasar una prueba.

—Lo es —dijo Kieran—, ¿verdad?

Todos asentimos, yo, la mujer, Thomas. Todos sonreíamos. La mujer se quedó parada por un instante en la acera, mirándonos a todos. Era como si estuviéramos posando para una fotografía, pero no había nadie para tomarla, porque nadie sabía dónde vivíamos. Todavía.

—Deberás amarla tanto como lo necesite —dijo—. Pero no demasiado —alzó el dedo índice—. Ése es el secreto.

—Haré lo mejor que pueda —dije.

Ella asintió.

—Te estás meciendo aunque ni siquiera la estás cargando —dijo. Y me di cuenta de que tenía razón. Llevaba tres días con esta bebé y ya había cambiado mi forma de pararme. No podía permanecer quieta. Era como si un nuevo tipo de música hubiera encontrado el camino hasta mis huesos, e intentara salir.

La mujer sonrió y dijo:

—Yo creo que vas a estar muy bien —siguió caminando. Entonces Luna comenzó a llorar, un repiqueteo agudo y filoso. Pensé en las sirenas rompiendo el silencio de la noche. Kieran me extendió a Luna para que yo la cargara.

Acomodé a Luna en mis brazos y dejó de gritar por un segundo. Luego cerró con fuerza los ojos y abrió la boca para emitir otro aullido ensordecedor.

—Heredó tus pulmones —dijo Kieran.

Una burbuja de pánico emergió de alguna parte debajo de mí, pero Kieran me tomó la mano y la alejó. Levanté la vista para mirarlo, y luego vi el edificio, el techo, el cielo.

Grita lo más fuerte que puedas, bebé, pensé. *Que el mundo sepa que estás aquí.*

—Por supuesto que sí —dije, y estreché a Luna aún más cerca de mi cuerpo.

nueve

Luna está parada afuera del área de reclamo de equipaje con la cadera recargada contra el borde de metal de la banda transportadora y, por un momento, la observo antes de que ella me vea a mí. El pelo le ha crecido desde mayo y le llega debajo de los hombros, oscuro y brillante. Lleva un vestido negro sin manga y unas sandalias de gladiador doradas sin tacón, atadas alrededor de sus tobillos y a través de los dedos de sus pies. Su muñeca izquierda está encordada con listones tejidos y con unos cuantos brazaletes de plástico. Nada de metal. Nada estilo *Mamá*. Examino su rostro, en busca de indicios de cambios durante los meses que pasaron desde la última vez que la vi, pero luce casi igual. Si hay algo diferente, no puedo detectarlo.

Siempre me resulta difícil descifrar a Luna cuando está callada. Mucho de mi hermana es su voz. Sobre todo, habla fuerte, y su voz es como caramelo casero cocinado en una sartén: cálida, dorada y dulce de una forma profunda y alegre. Estuvimos dos años juntas en St. Clare, y yo siempre la escuchaba antes de verla, lo cual fue una de las razones por las que de inmediato me sentí ahí como en mi casa.

En mi primer día de orientación para los alumnos de nuevo ingreso, ella era líder de los de último grado y se paró al frente en el gimnasio con unos jeans ajustados y una camiseta de St. Clare para decir los nombres de los alumnos de primero que le habían sido asignados. Dijo el mío al final, y todo el tiempo estuve preocupada por que no me fuera a tocar con ella, pero cuando llegó a mi nombre lo pronunció tan fuerte como pudo sin llegar a gritar: *Phoebe Ferris, ésa es mi hermana*.

De inmediato me volví famosa por asociación, porque todos los nuevos y ansiosos alumnos de catorce años quisieron conocer a Luna. Durante el año escolar la voz de Luna hacía eco en los pasillos y yo la escuchaba desde el interior de mi salón o debajo de las escaleras de mármol. Siempre estaba cerca.

Ella cantaba en el coro y cuando pasaba por el salón de música de camino a la cafetería podía escuchar su voz por encima de las demás. Veía su voz en mi cabeza como si fuera un hilo de oro en medio de una alfombra perfectamente ordinaria. Era lo que la hacía diferente, lo que le permitiría conseguir lo que quisiera. Después yo también me uní al coro, porque era una asignatura fácil para cumplir créditos, pero mi propia voz es ordinaria, un poco ronca, no dorada ni plateada, ni siquiera de bronce opaco. No heredé eso que posee el resto de mi familia.

Ahora, en el iluminado espacio abierto del aeropuerto, los ojos de Luna se cruzan con los míos y comienza a caminar hacia mí. Rodea a una familia de judíos ortodoxos con cuatro hijos, todos tomados de las manos y caminando en fila. La niña más pequeña que va al final —de unos dos años de edad— estira la mano para tocar la falda tejida de Luna cuando ella pasa. Mi hermana le sonríe y acaricia los rizos castaños de la niña por un segundo. Luego sigue caminando.

—Fifi —dice y abre los brazos para abrazarme. Es el apodo que me puso desde que éramos niñas, así me decía cuando ella tenía dos años y yo acababa de nacer. A manera de chiste, hace un par de años compró un suéter azul marino de cuello V de J. Crew, y bordó mi apodo a la altura de mi corazón y con letras elegantes. Todavía lo uso a veces.

Me aprieta fuerte, y por unos segundos me cuesta trabajo respirar.

—Ahí hay una *B* —le digo con la cabeza apoyada en su hombro. Huele a cítricos y a almendras dulces—. Te faltó decirla.

—¿Bibi? —retrocede, sonriendo—. ¿Lo cambiaste?

Pongo los ojos en blanco.

—Sí. Estoy empezando de nuevo.

Cuando veo mi maleta me inclino para sacarla del carrusel. Está más pesada de lo que esperaba y retumba cuando las llantas golpean el suelo. Algunas personas voltean a verme.

—Vamos a tomar el tren elevado —dice Luna—. Prefiero ahorrar en el taxi y salir a cenar comida hindú esta noche.

—De acuerdo —digo.

—Pero te advierto que no es tan glamoroso como suena —lo dice mientras camina—. "Tren elevado" —dice, y entrecomilla las palabras con un gesto—. Básicamente vamos a viajar por los pantanos de Queens.

—Suena divino —la sigo y terminamos en la plataforma del tren elevado escuchando una voz electrónica serena que anuncia la inminente llegada de un tren.

—¿Quieres comer algo? —pregunta Luna. Saca una botellita de gel desinfectante para las manos de su bolsa y se pone un poco en la palma de la mano.

—Claro —digo, y tomo la botella—. Pero el hecho de que me lo preguntes me hace sentir como si tuviera cinco años.

—Adorable pequeña Fifi —dice Luna, y me da dos palmaditas en la cabeza. Me pasa una bolsa con caracteres coreanos impresos.

—¿Qué es esto?

—Ejotes secos —dice—. No puedo dejar de comerlos. Hay un mercado asiático maravilloso cerca de donde ensayamos. Voy casi todo el tiempo.

Saco unos cuantos ejotes y los trueno con los dientes. Están ricos —dulces y pastosos— y me doy cuenta de que siento hambre debajo de esa sensación efervescente de viajar, de estar en un nuevo lugar.

Entonces me recargo, saco mi teléfono y envío un mensaje de texto. *Ya estoy aquí.* Casi de inmediato llega un mensaje de respuesta. *¿En la vida real?* Sonrío.

Estoy esperando el tren elevado, respondo. *Me parece que es bastante real.*

Luna está mirando su teléfono, así que extraigo un paquete de M&M'S de mi bolsa y lo aviento a su regazo. Se le ilumina el rostro.

—Sí —dice—. Perfecto.

Ésta es mi primera ofrenda para la Reina Luna, y me encantaría que fuera así de fácil complacerla todo el tiempo.

La verdad es que si tuviera un altar, todos estaríamos ahí quemando paquetes de M&M'S, cargándolos como cuentas dulces de colores y dejándolos caer a las llamas con voluptuoso abandono.

diez

Cuando caminamos de la estación Borough Hall hasta Brooklyn Heights es como si hubiéramos entrado a otro país. La ciudad huele a asfalto caliente y pretzels de puesto callejero, y mi estómago gruñe a pesar de los ejotes de Luna y los M&M'S. El sol es cegador, se refleja en los coches y se desliza hasta las calles y el concreto blanco aplanado de la plaza. Luna sabe hacia dónde va y yo la sigo, arrastrando mi maleta de peso muerto con llantas detrás de mí. Mientras esperamos a cruzar Court Street, un autobús se detiene a nuestro lado en el semáforo y respira sobre nosotras como un animal gigante. Es un alivio cuando se aleja, aunque el aire está caliente y quieto. Mi piel ya se siente pegajosa por el polvo de la ciudad, pero no me importa.

Está tan caliente que siento el pavimento a través de las suelas de mis sandalias. Mi maleta hace ritmo con las fracturas de la acera, *brrrrr bomp brrrrr bomp brrrrr bomp*. A unas cuantas calles de Borough Hall, bajando por Court Street, Luna da la vuelta en un sendero arbolado. Cuando pasamos veo que hay una librería en la esquina y un par de chicos, de doce o trece años, tumbados y leyendo en el pasillo junto a la ventana.

También veo nuestro reflejo, el de Luna y el mío, mientras caminamos bajo la sombra de su calle, así que me miro a mí misma y me pregunto si pertenezco a esta ciudad, a esta calle con Luna. Creo que sí. Nuestro cabello es casi del mismo color café oscuro, y nuestra piel tiene el mismo tono blanco marfil. Si miraras rápido, sobre todo a nuestros reflejos, quizá no podrías diferenciarnos. En la vida real verías la diferencia. Ella es un poco más brillante y animada que yo. Tiene una postura perfecta y mira a todo mundo a los ojos.

Desvío la vista de las ventanas.

—Una librería en la esquina —digo—. Nada mal.

Luna asiente.

—Sí, es genial por el aire acondicionado. La semana pasada estuve todo un día ahí leyendo cuando estábamos a 35 grados. Pero mi librería favorita está más lejos, en Court Street. Luego te llevo ahí —señala detrás de nosotros, hacia el tráfico de coches que pasan zumbando lentamente.

Luna se detiene frente a un edifico de ladrillos color rojo oscuro al final de la calle, uno en una serie de edificios parecidos, todos conectados entre sí. Algunos tienen al frente escaleras de piedra, pero en la fachada de éste hay una pequeña barda que bordea la acera, coronada con una reja de hierro forjado y una escalera que conduce a una puerta de madera justo debajo del nivel de la acera. Hay contenedores de basura, pero de todas formas parece un poco mágico. No estoy segura de por qué. Tal vez porque es la puerta a la nueva vida de Luna.

—Schermerhorn Street número catorce —Luna lo pronuncia como *Squimerjorn*. La palabra suena holandesa, o encantada, o ambas cosas. Ella baja las escaleras de un brinco y abre la pesada puerta, haciendo un gesto como de anfitrión de programa de concursos de televisión.

—Pase usted —dice, y desaparece en el interior.

Aquí dentro está fresco y oscuro, aunque el brillo del sol todavía es visible a través de una ventana con un vitral emplomado a la izquierda de la puerta. Nos detenemos un momento en el pequeño vestíbulo cuadrado, donde hay un caos de sobres y paquetes de correo sobre una pequeña mesa de madera. Luna busca entre las revistas y los sobres y extrae un ejemplar de *Rolling Stone*. Revisa la etiqueta.

—Mía —dice, y la levanta como si fuera un premio. Me hace pensar en el ejemplar de *spin* guardado en mi bolsa, con la portada maltratada, y nuestros papás, congelados para siempre, a unos centímetros el uno del otro. Quiero mostrárselo a Luna, pero todavía no. Primero quiero saber cómo se siente con respecto a ellos, ambos, mamá y papá. Quiero medir la temperatura del entorno.

El departamento está en el cuarto y último piso, y Luna sube las escaleras rápido, con alegría, como si estuviera escalando una montaña de *La novicia rebelde*. Espero que comience a cantar canciones estilo suizo. La sigo despacio, dando topes a mi maleta al subir. De vez en vez levanto la vista y la veo más arriba de lo que creo que lograré subir yo. Me dijo que sólo eran cuatro pisos, pero debe haber una ilusión óptica porque me parece que es el doble.

Su voz baja flotando desde algún lugar.

—¡Perdón por las escaleras!

Mi respuesta suena a algo como *Mmmmm*.

Cuando llego hasta arriba, prácticamente estoy jadeando. La puerta está abierta y hay un tapete con la frase BIENVENIDA, KITTY, y la silueta de una gatita bigotuda. Jalo mi maleta por el umbral y veo que casi todo el departamento es una sola habitación amueblada con un par de sillones y algunas sillas al centro, y libreros en las paredes. Tres guitarras cuelgan de la pared arriba de una pequeña mesa cuadrada, y hay carteles de conciertos de Vampire Weekend y Florence + The Machine, pegados a la pared con cinta adhesiva morada.

Luna está parada en la sala con los brazos cruzados, mirándome expectante.

—Bienvenida, Kitty —digo. Me quito los zapatos y los dejo junto a la puerta, todavía siguiendo las reglas de mamá en nuestra casa.

—Venía con el departamento —dice—. Y también resulta que está increíble.

—Eso es debatible. Aunque a la tía Kit le gustaría —inhalo profundo. Mi corazón todavía late con fuerza—. El lado positivo es que no tienes que ir al gimnasio. Digo, nunca jamás.

Ella sonríe.

—Las escaleras no están tan mal, a menos que subas con una maleta de veinte kilos —dice.

—Lo cual acabo de hacer —jalo la maleta y la acomodo junto a la pared hacia donde Luna señala con un gesto.

—Claro. Empaca más ligero la próxima vez —sonríe—. Entonces, ¿qué opinas?

La primera vez que visité a Luna estaba viviendo en los dormitorios de la Universidad de Columbia, una habitación compartida en el cuarto piso de un edificio en avenida Ámsterdam. Yo dormí en el suelo entre ella y su compañera de dormitorio, escuchando a través de la pared la música amortiguada de un álbum de The White Stripes que se repetía sin cesar. Esto se siente diferente. Es su propio espacio, sin compañera, a menos que cuente a James. A quien supongo que debo considerar, pero es un *compañero* de habitación diferente.

—Me gusta —digo—. Se parece a ti.

—La habitación está por aquí —señala una puerta abierta—. Y aquí está el baño.

Me asomo al dormitorio de Luna, que supongo que también es el de James. Su habitación en casa es lila con cortinas de gasa blancas y una colcha de seda de la India color ciruela. Luna se quedó con los muebles de caoba de mi abuela cuando se mudó a una residencia para ancianos y yo todavía estoy celosa, sobre todo porque todavía están en su habitación en la casa y ella ni siquiera vive ahí. Aquí, el colchón está en una base baja y no tiene cabecera. En realidad no hay espacio para una cabecera. Aun así la habitación es linda, pintada del azul profundo y brillante del mar por la noche. Es lo bastante pequeña y oscura para que parezca una cueva acogedora. Veo la ropa de James que sobresale de un alto armario junto al vestidor —un par de pantalones negros de vestir, una camiseta gris con cuello—, pero sólo hay medio metro de espacio entre esos muebles y la cama.

Luna me muestra la cocina, que es poco más que un rincón de la sala.

—De hecho debes moverte para abrir el horno —ella lo demuestra al abrir la puerta mientras se hace a un lado con una reverencia.

—De todas formas no sabes cocinar, ¿cierto? —abro uno de los estrechos gabinetes junto al lavabo y veo que está lleno de cajas de cereal.

—¡Te sorprenderías! —dice, y luego se encoge de hombros—. Comemos muchas hamburguesas vegetarianas congeladas. Yo creo que eso cuenta —acomoda los frascos de especias al fondo de la estufa—. Estoy aprendiendo —frunce el ceño un poco—. Intento comer más saludable.

Me doy cuenta de que le encanta este lugar, incluso con los cuatro pisos de escalera y la cocina miniatura de casa de muñecas.

—¿Te vas a quedar con el departamento cuando te vayas de gira?

—Sí, vamos a subarrendarlo. A un tenista profesional británico, aunque no lo creas —sonríe—. Es muy guapo. Yo creo que mando una señal que atrae a hombres británicos, en alguna frecuencia que sólo ellos pueden escuchar. Te apuesto a que la mayoría de los vecinos ni siquiera se darán cuenta de que James no está —camina de vuelta a la habitación—. Lo cual es bueno porque no estoy segura de si subarrendar es legal.

Me siento en el sofá, que es ancho y bajo, algo burdo.

—¿Cuándo te vas? —pregunto. Ésta es la toma de la temperatura. Estoy segura de que se va a ir de gira, y de que no regresará a la escuela, pero quiero ver cómo se siente al respecto.

—El dieciséis de septiembre —dice—. En unas tres semanas.

—¿Y qué vas a hacer mientras?

—Tenemos presentaciones en Brooklyn y en Hoboken. También una en Manhattan. Mañana en la noche —me mira con la cabeza inclinada—. Te lo dije, ¿no?

—Creo que sí —suelto mi bolsa en el suelo, y justo en ese momento escucho que mi teléfono suena dentro. Es mamá. *¿Aterrizaste bien? ¿Cómo está eso?*

Supongo que *eso* se refiere al departamento. No creo que su relación se haya deteriorado al grado de que mamá se refiera a Luna con un pronombre demostrativo.

Superseguro, escribo como respuesta. *El departamento de Luna es maravilloso. Pero no hay flores de metal. Arreglaremos eso.*

Ja. Gracias por ser mi mensajera.

Sí, bueno…

A mamá le toma un minuto responder. Luego mi teléfono suena otra vez. *Sólo inténtalo.*

—¿Quién te envía todos esos mensajes? —pregunta Luna.

—Nadie —digo—. Mamá te envió un regalo. Quiere saber si ya te lo di.

Me arrodillo junto a mi bolsa, abro el cierre y saco la escultura envuelta. Todavía se siente más pesada de lo que esperarías al verla, como un huevo de Pascua, con monedas dentro. Se la entrego a Luna.

—¿Metal? —pregunta Luna en cuanto siente el peso en sus manos.

Me encojo de hombros.

—Creo que es un ofrecimiento de paz.

Toma unas tijeras del cajón del escritorio y comienza a abrir el paquete. Algunas burbujas truenan con indignación, pero la mayoría se rompe fácilmente.

—¿Entonces ya no está enojada?

—Yo no diría eso.

Luna sonríe y desprende el resto de la cinta adhesiva.

Me recargo en el sofá. Ella saca la escultura del envoltorio y encuentra un vegetal metálico que nunca supo que quería.

—Oh, vaya.

Sé lo que está pensando. Demasiados picos.

Guardo silencio por un minuto, observando cómo mira la flor. Me muerdo el labio.

—Creo que mamá sólo está asustada —digo.

—Nadie lo diría —Luna levanta la vista—. ¿Asustada de qué?

—No lo sé —pienso en mil posibilidades, pero no puedo decidirme por una—. ¿De que no vas a volver a la escuela?

¿De que vas a volverte como ella? ¿Sabes, enojada por todo el asunto?

—No me voy a convertir en ella —dice Luna mirándome fijamente. Aprieta la boca—. De todas formas, está contenta, ¿no?

Buena pregunta. ¿Lo está? No estoy muy segura. Parece que sí, pero a veces se pone triste y no sé por qué.

Tomo mi teléfono otra vez y escribo un mensaje: *Intentamos descifrarnos unos a otros y hacemos que las piezas encajen. Pero a veces la felicidad es un accidente, y olvidamos no renunciar a ella.* Lo envío y vuelvo a guardar mi teléfono en la bolsa.

Luna da vuelta a la flor robot entre sus manos, sus dedos encuentran las partes suaves bajo los pétalos. Sacude la cabeza.

—Me sorprende que te hayan dejado traer esto en el avión —la coloca sobre la mesa de centro.

—Es exactamente lo que yo dije —le doy una patadita a la escultura y se desliza sobre la madera con un rechinido—. La buena noticia, por lo que entiendo, es que puedes usarla como arma si la necesitas.

Luna sonríe y asiente.

—Lo recordaré si intentas algo conmigo.

Casi al final del último año de la preparatoria de Luna, mamá donó una escultura muy grande a St. Clare. Habían descubierto que Luna no había ido a clases. Un día se fue temprano y manejó hasta Toronto para un concierto de The Weakerthans ("¡Podría ser su último concierto!", dijo ella), así que tuvo que permanecer en detención durante media hora cada mañana en el pequeño cuarto a un costado de la oficina de la hermana Rosamond. Yo me iba con ella a la escuela, y a menudo me sentaba a su lado porque no tenía otro lugar adonde ir a esa hora. Hacíamos la tarea, así que no era un gran castigo. La verdad, me gustaba estar ahí sentada en silencio con Luna, escribiendo en nuestros cuadernos sobre la mesa. La hermana Rosamond se asomaba cada tanto y Luna le sonreía ampliamente, mostrando todos sus dientes. Para ser honesta, creo que la hermana Rosamond ni siquiera estaba tan enojada, pero mamá lo usó como pretexto para ofrecer una gran obra de metal.

La escultura parecía una vaga versión de un sistema solar: una esfera grande plateada en medio, rodeada por unas más pequeñas a diversas distancias, todas unidas al centro por tiras delgadas de metal. Era lo bastante grande como para que los conductores la vieran desde la calle, pero no en detalle. Sólo veían una cosa delicada y brillante flotando sobre el césped, a menos que se estacionaran en la entrada de la escuela y la miraran más de cerca. En los meses después de haber sido instalada, algunas personas lo hicieron. Se salían de sus autos y se paraban al borde del camino para observar la escultura curvar la luz solar que tocaba su superficie. Luego volvían a sus coches y se alejaban.

—Es como la nave nodriza, trayendo a los extraterrestres —dijo una vez Tessa, meses después de que apareció. Miraba por la ventana de nuestro salón de matemáticas a un chico con una camiseta de Sonic Youth que estaba observando la escultura. Estiró la mano, luego miró a su alrededor y pareció darse cuenta de que no debía tocarla. Debo admitir que mamá hizo algo mágico con el metal, algo que pareció ir más allá de sólo doblarlo y darle forma. Sus piezas estaban hechas de materiales que trascendían el acero, fuerzas que se extendían más allá del calor.

La escultura de St. Clare fue develada un viernes después de clases, y muchos de los amigos de Luna y míos se quedaron después de que se fueron sus camiones para estar presentes. Las monjas llevaban puestos pantalones y zapatos cómodos, y casi todas se veían un poco confundidas pero contentas. Nuestros amigos tenían ese aspecto arrugado del final del día: los suéteres desabotonados, las faldas enrolladas más arriba de lo que se permitía. Pero estaban emocionados: era una gran noticia en St. Clare, y mi mamá era la persona más famosa que conocía cualquiera de nuestros amigos.

Me decepcionó descubrir que *develar* era una exageración: la escultura estuvo al descubierto desde el principio. Me había imaginado a mamá quitando una tela de encima como un mago, tal vez una sábana blanca, o una tela de paracaídas como las que usábamos en la clase de gimnasia cuando éramos pequeñas. Podría haber música: la orquesta de cámara podría sentarse en sillas sobre la hierba e interpretar alguna melodía intrigante. La gente haría sonar la bocina al pasar en sus coches.

Algunas personas sí terminaron haciéndolo, aunque creo que eran chicos de la Academia Delp en su camino a los suburbios. De todas formas, parece que mamá disfrutó la develación. La hermana Rosamond dio un pequeño discurso (*Estamos tan agradecidas con esta artista y exalumna, además de madre de dos de nuestras estudiantes brillantes,* dijo, y Luna me dio un codazo y murmuró: ¿Acaso Rosie acaba de hacer un juego de palabras?). Luego mamá subió y se paró con la hermana Rosamond frente a la escultura para que la hermana Monica les tomara una foto, y entonces nos pidieron a mí y a Luna que subiéramos también para tomar otra foto con nosotras. Tessa y Evie me hacían caras desde el público. Después hubo una recepción en la biblioteca y todos comimos verduras con aderezo y pastel. A la mitad de la recepción me di cuenta de que Luna no estaba.

Mamá estaba hablando con Tessa y la hermana Lisa, la única monja en la escuela de menos de cuarenta años y un misterio para todas nosotras. Nadie me vio irme. Caminé por los pasillos, que estaban tan silenciosos que mis pies hacían eco, y luego salí por el vestíbulo con sus ventanas emplomadas de color azul. Hay dos escaleras que conducen hacia abajo desde la puerta de entrada de St. Clare, y desde lo alto de las escaleras vi a Luna en el césped recargada en un árbol de maple, de cara a la escultura.

Me tomó un minuto bajar las escaleras y atravesar el césped, pero cuando llegué hasta donde estaba mi hermana, me senté junto a ella y crucé las piernas. Ella guardaba silencio, así que observé los coches pasar en Main Street y el semáforo cambiar de amarillo, a rojo y a verde. Entonces habló.

—¿Alguna vez quisiste tener una mamá normal? —preguntó Luna.

—No —dije. No tenía que pensar mi respuesta. Pero tampoco sabía a qué se refería exactamente.

—Como una mamá que es abogada, doctora, bibliotecaria o algo —arrancó un puñado de hierba y luego lo soltó—. Una maestra de escuela.

—Mamá *es* maestra.

—No es lo mismo. Mamá era famosa y ya no lo es, aunque sí lo es, un poco. Es decir, todo este asunto de la escultura. Si no quieres ser famosa, entonces no lo seas, ¿sabes? —miraba hacia la escuela como si le estuviera hablando a nuestra mamá, que estaba en la biblioteca con su plato de comida—. ¿Pero de qué otra forma va a demostrar que es la mejor?

Me sorprendió escuchar a Luna decirlo, admitir que le preocupaba ser capaz de vivir a la altura del talento de mamá. Pero así como Luna se sentía con respecto a mamá, yo me sentía con respecto a Luna. Siempre era más brillante. Siempre era mejor para todo.

—Mamá se va a preguntar dónde estamos —dije.

—Más importante todavía, la hermana Rosemond se lo va a preguntar, y no puedo volver a enfurecerla —se puso de rodillas y se sacudió la hierba del regazo.

Luna se incorporó y caminó hacia el borde de la escultura, justo afuera de su órbita, y entonces tocó una de las esferas más pequeñas. Era como un planeta diminuto en su mano.

Cuando retiró la mano, por algún motivo yo esperaba que todavía tuviera la bola de acero en ella, pero su palma estaba vacía.

Más tarde, cuando se terminó el pastel y mis amigos y maestros ya se habían ido, mamá salió del estacionamiento en el Volvo, conmigo en el asiento del copiloto y Luna en la parte de atrás. Pisó el acelerador un poco más de lo necesario y salió rechinando hacia Main Street.

—Quizá no podamos donar dinero como las familias con papás abogados —dijo—, pero nosotras donamos arte, ¡zorras! —lanzó el puño al aire enfáticamente.

—¿Nosotras somos las zorras, o las monjas? —pregunté, recargando la cabeza en el asiento.

Mamá se quedó pensativa.

—Creo que es un *término* retórico.

Miré atrás por el espejo retrovisor y vi que Luna sonreía, aunque intentaba no hacerlo. Había volteado la cara hacia la ventana pero aun así podía verla.

Ese día en el coche éramos un triángulo mal trazado, los ángulos entre nosotros siempre cambiantes, pero siempre dirigidos a la misma cosa. Al final, todo el tiempo estábamos tratando de comprendernos la una a la otra, aunque sólo lo lográramos a medias la mayoría de los días.

once

MEG
SEPTIEMBRE DE 1996

Esperamos en sillas negras de piel, con las manos sobre el regazo. A través de la ventana del hotel veía la llovizna gris del cielo de Seattle. Había memorizado el patrón del papel tapiz, la forma de los cuatro tulipanes en la pintura sobre la cama. En la mesa entre nosotros había una prueba de embarazo. Yo ya había orinado en ella. Kit la compró en la farmacia cerca del bar donde estábamos haciendo la prueba de sonido, y me la trajo envuelta en una bolsa de plástico.

Ahora yo miraba hacia abajo conforme un signo de más azul aparecía, al principio débil y después intenso, como una estrella que parece brillar más conforme el cielo oscurece. Miré a Kieran. Tenía los ojos muy abiertos. Tomó mi mano y la apretó, y fue en ese momento que me di cuenta de que estaba conteniendo el aliento. Exhalé rápido, y entonces cerré los ojos y los abrí de nuevo. Todavía vi un signo aún más azul, todavía Kieran estaba ahí, conmocionado. Todavía esos tulipanes, rojos y elegantes, pintados en un florero azul. Escuché una voz y me tomó un momento darme cuenta de que era la voz de Kieran.

—Mierda.

doce

L a vez que conocí a James, Luna me llevó a una cafetería cerca de Columbia con sillones de vinil rojo y pegajoso y mesas con bordes de cromo. Comimos huevos y pan tostado, y él llegó cuando ya sólo quedaban migajas y orillas de pan en nuestros platos. Entonces él se comió las orillas.

Era alto y casi lindo, con el cabello castaño revuelto y unos ojos oscuros líquidos, con jeans ajustados y una camiseta negra. Dijo que venía directo de una clase llamada "Poética del Guerrero".

Yo arrugaba una bolsita de azúcar entre los dedos.

—¿La clase te da ganas de ir a la guerra? —le pregunté.

—No —dijo James—. Me da ganas de comer un omelette de queso —cuando la mesera volvió a pasar, él ordenó uno.

James me pareció encantador de inmediato. Era dulce y divertido y endiabladamente inteligente. Había vivido en Londres hasta los doce años y sus papás, dramaturgos, se mudaron a Manhattan, así que un acento británico elegante se escondía debajo de las vocales más redondas del inglés norteamericano de algunas de sus palabras. Una vez me dijo que su acento a veces dependía de dónde había aprendido la palabra, así que términos como *geometría* y *Beyoncé* sonaban completamente estadunidenses. Sentada en el sillón de vinil, se me ocurrió que podría escuchar hablar a James todo el día.

Luna me dijo que iban a comenzar una banda, y James asintió con entusiasmo. Se conocieron en un concierto en Lower East Side, y ella le puso en la mano su número de teléfono al final de la noche. Luna lo escribió en el talón de su entrada.

—¿Por qué no sólo lo guardaste en su teléfono?

—¡Por el romance! —dijo Luna—. Quieres que diga: *Discúlpame, James, ¿puedo guardar mi número en tu teléfono en caso de que lo necesites después?* —hizo el ademán de teclear los números—. ¿Es broma?

Claramente yo no comprendía el amor.

—¿Pero dónde conseguiste un bolígrafo? —pregunté.

Puso los ojos en blanco y fue a la caja a pagar la cuenta.

James visitó Búfalo cuando Luna estuvo en casa en las vacaciones de invierno el año pasado, y también cautivó a mamá. Todos nos quedamos en casa para la víspera de Año Nuevo y comimos docenas de diferentes tipos de aperitivos congelados, horneados en charolas para galletas: *spanakopita*, quichés diminutos, empanadas de cereza, ese tipo de cosas. Era exactamente lo que solíamos hacer cuando no podíamos llegar a media noche y debíamos celebrar a las seis de la tarde, cuando estaban festejando en París o en Madrid, o a las siete, cuando era media noche en Londres. Había años en los que celebrábamos a las nueve o a las diez, cuando era Año Nuevo en alguna parte del océano Atlántico. Eventualmente logramos llegar a media noche, cuando Luna tenía trece años y yo once. Veíamos películas y comíamos millones de pastelillos y nos tirábamos en el sillón después de que la gran esfera en Times Square nos anunciaba la llegada del Año Nuevo.

A veces Tessa venía, si podía escapar de la fiesta que sus papás hacían cada año, en especial los años en que todo se volvió alborotado y ruidoso en su casa.

El año pasado, cuando James estaba en Búfalo con nosotras, comenzamos a celebrar el Año Nuevo con Estambul y Roma y Dublín y varios lugares del otro lado del océano, soplando las cornetas cuando comenzaba una nueva hora. James se unió a nosotras y cantó "God Save the Queen" durante la hora de Londres e inventó muchas canciones sin sentido sobre ballenas y pilas de basura flotando en el océano por todas esas horas que no correspondían al Año Nuevo de una ciudad. Cerca de la media noche vi que mamá le sonreía a James. Se me ocurrió entonces que Luna sabía lo que estaba haciendo: intentaba que a mamá le cayera bien antes de que lo odiara, cuando Luna le dijera que abandonaría la escuela.

Afuera el aire es más frío, el calor del día comienza a menguar. El sol ya se escondió detrás de la hilera de edificios de ladrillos, cuyas ligeras salientes de sus techos parecen sombreros. Caminamos lado a lado sin hacer sombra en la acera. Me siento ligera como helio, efervescente. No puedo esperar a ver qué sucederá después.

Unos edificios adelante hay una caja de libros sobre una pequeña barda de piedra y Luna se detiene para revisarlos.

—No tienes idea de lo que la gente tira en este vecindario —dice, haciendo una nueva pila de libros en la barda para poder hurgar mejor en la caja—. Casi todo nuestro departamento ha sido amueblado con cosas de la calle. Suena asqueroso, pero las cosas son muy bonitas —saca de la caja un ejemplar maltratado de *El guardián entre el centeno*, la misma edición de portada roja y letras amarillas que leí para la escuela el verano pasado, y la mete en su bolsa—. Creo que es porque la gente se muda mucho y nadie quiere andar cargando un montón de basura con ellos. Además de que no hay espacio.

Luna pone el resto de los libros de vuelta en la caja para el próximo cliente, y seguimos caminando. El restaurante está calle abajo, en una esquina, y dentro es oscuro y acogedor, iluminado con velas que reflejan los tapices colgados en la pared tejidos con hilo metálico. Las paredes están pintadas de rojo profundo, y manteles color ocre cubren las mesas. Inhalo y me doy cuenta de lo nerviosa que me siento, lo consciente que estoy del latido de mi corazón que retumba en mi pecho.

James está sentado con Josh y Archer. A ellos los he visto dos veces, en febrero pasado y antes de eso, en noviembre, cuando los Moons apenas comenzaban. Pensando en aquella ocasión —estuve con ellos una media hora, tal vez, en un café cerca de Columbia—, se me ocurre que la banda ha tenido éxito temprano. Lanzaron su primer disco, un EP llamado *Clair de Lune*, en una disquera *indie* genial llamada Blue Sugar, y una disquera todavía más grande llamada Venus Moth está interesada en el siguiente. Sólo quieren escucharlo primero.

Los tres chicos se incorporaron cuando llegamos a la mesa.

—Qué caballerosos —digo, mirando a Luna.

—Sí, en serio —jala su silla—. ¿Por qué no se ponen en pie cuando yo entro?

—Eso pasa demasiado seguido —dice Josh—. Siempre estás entrando y saliendo. Nunca te quedas quieta.

Luna pone los ojos en blanco y se sienta, justo cuando James rodea la mesa para venir a abrazarme.

—La Ferris más pequeña —dice y me aprieta tan fuerte que exhalo sin querer.

—No soy pequeña —le digo cuando me suelta.

Estrecho la mano de Josh y luego la de Archer. Lo cual se siente raro porque ya los conozco, pero va de acuerdo con todo este juego de amabilidad que estamos practicando. Josh es afroestadunidense, y su piel es café claro y sus ojos oscuros. Sus dedos son tan largos y delgados que sus manos parecen esculturas cuando están quietas (pero es baterista, así que rara vez lo están). Archer, que es unos diez centímetros más alto que yo, tiene cabello oscuro que se riza en la base del cuello. Sus ojos son azul mar.

Me siento entre él y Josh, luego desdoblo mi servilleta y la pongo sobre mi regazo, sólo por hacer algo.

—¿Cuánto tiempo vas a quedarte? —pregunta Archer. Se inclina un poco hacia mí al decirlo, yo hago lo mismo en su dirección.

De pronto siento los labios secos, y tengo que detenerme para no sacar el bálsamo de mi bolsa.

—Hasta el martes —digo.

—¡Banda de los ochenta! —dice Josh del otro lado de la mesa. Lo miro. Asiente con entusiasmo—. La vocalista era Aimee Mann.

—Ah, sí —sonrío.

—Está tratando de impresionarte con su conocimiento musical enciclopédico —dice Archer.

—¿En verdad crees que ella no sabe quién es Aimee Mann? —le dice Luna a Josh—. Meg Ferris es nuestra *mamá*. A las dos nos enseñó el experto —sacude la cabeza y se corrige a sí misma—. Experta —reflexiona por un momento—. Además, creo que era amiga de Aimee.

John se encoge de hombros.

—Está bien.

—En fin —digo—. Como estaba diciendo, tengo que volver a casa para la orientación de primer grado.

—Caray, yo pensé que eras un poco más grande —dice Josh. Luna se ríe, un fuerte ladrido que hace que nos voltee a ver la pareja en la mesa cercana.

—Lo siento —les dice Luna, sonriendo con todos sus dientes blancos y perfectos, y en vez de parecer molestos, ellos sonríen también. El imparable encanto de Luna Ferris contraataca.

—Por lo menos tiene quince —dice James en un murmullo audible. Archer sonríe desde su lado de la mesa, pero no participa.

—Ja, ja —digo, pronunciándolo como una palabra y no como una risa verdadera—. ¿Acaso éste es el espectáculo cómico de Luna y los Moons? ¿Ensayaron para esto?

—Todos los días de nuestras vidas —dice Josh, en tono muy serio—. Entonces, ¿cuántos años tienes, Pequeña Ferris?

—Puedes decirme Phoebe —digo, justo en el momento en que Luna murmura:

—Fifi —con la boca tapada con su mano.

—Diecisiete años y tres semanas, muchas gracias. No soy de primer grado, soy líder de orientación de último grado.

—¡Igual que yo! —dice Luna—. Adorable. ¿Recuerdas tu orientación? Te veías tan pequeñita y bonita, como una muñeca. Y ahora ya eres toda una adulta —finge llorar y sonarse con su servilleta.

—Sí, lo recuerdo. Aterrorizaste a mis compañeros de clase, dándoles órdenes todo el tiempo —es una exageración, pero quiero ver qué dice Luna.

—Intentaba ser *inspiradora* —dice ella.

—Lo eres, nena —interviene James. Mira a mi hermana mientras lo dice, y suena burlón y sincero a la vez.

—Ayyy —dice Luna. Se inclina para besarlo.

Volteo a ver a Archer.

—¿Cómo los soportas todo el tiempo? —pregunto.

—Por lo regular no están tan mal —dice—. Pasamos la mitad del verano juntos en una camioneta. Nos aburrimos unos a otros. Tú eres sangre fresca.

—Hemos estado escuchando a Luna hablar de ti por semanas —dice Josh—. Tal vez meses.

Miro a Luna.

—¿De verdad?

—Tal vez he estado un poco entusiasmada por tu visita —dice.

Sentada ahí con los Moons, es difícil no preguntarme cómo era la vida para mamá y papá. ¿Los integrantes de Shelter también salían a cenar comida hindú y se reían así? Mamá y papá habían sido amigos de Carter y Dan desde que eran adolescentes, y ellos dos se llevaban lo bastante bien con papá como para tocar en muchos de sus discos como solista después de que se desintegró la banda. La única otra persona que podría saberlo —además de papá— es la tía Kit, y nunca le he preguntado. No estoy segura de por qué. Cuando Luna era bebé y después, cuando yo nací, la tía Kit se fue de gira con Shelter para ayudar a cuidarnos. Casi cuatro años de gira, un par de meses cada vez. Luna dice que tiene algunos recuerdos: dormir en una cama de hotel, observar la carretera por la ventana del camión de la gira, escuchar las pruebas de sonido en un bar iluminado con luces neón. Yo no recuerdo nada.

Una vez, Kit me mostró algunas fotos de los conciertos cuando la visitamos en Washington. Mamá se estaba bañando, y Kit puso las fotos en la mesa frente a nosotras. La primera gira después de que nació Luna terminó en la Costa Oeste, y mamá parecía una ocurrencia de última hora en algunas fotos de turistas, con Luna de bebé sujeta a su pecho. Ahí estaba la torre Space Needle balanceando su punta cerca de las nubes, y la escarpada línea del horizonte de la ciudad escurriendo por la lluvia. Los ferris y los edificios y el agua, todos grises. En el departamento de la tía Kit, mamá salió del baño antes de que Luna y yo pudiéramos hacer otra cosa que mirar las fotos, pero ahora esas escenas me parecen algo más que imágenes impresas. Parecen recuerdos, aunque yo no estuviera ahí.

Ahora James y Luna y Josh discuten acerca de qué disco de The Beatles es el mejor (Josh y James piensan que es *Revolver*; Luna apuesta por *The White Album*), y yo los observo con una sonrisa en el rostro. Volteo a ver a Archer.

—*Let It Be* —dice, y yo soy la única que lo escucho—. Y es triste porque están peleando, están separándose, pero también eso es lo que lo hace tan maravilloso —sonríe—. Por lo menos, ésa es mi elección de esta semana —me mira—. Tenemos esta discusión todo el tiempo.

—Respeto tu elección —digo—. Hasta podrías haberme convencido. "I've Got a Feeling", "Don't Let Me Down", "Let It Be" —él asiente. Estoy presumiendo, pero quiero que sepa que me defiendo entre un puñado de nerds de la música. Quiero que sepa que Luna tiene razón: mamá nos enseñó bien.

—¿Y qué has hecho todo el verano? —pregunta Archer.

—Básicamente he estado trabajando en un café —juego con mi tenedor entre los dedos que choca con mi plato—. Mamá me obligó a acompañarla a algunas galerías en los lagos Finger. También en Toronto —intento recordar las obras de arte—. Había un artista que todo el tiempo pintaba sus pies.

—¿Pies? —Archer alza las cejas.

—Sí, supongo que tenía pies bonitos, pero al final eran sólo pies —no sé por qué le estoy diciendo esto. Siento las mejillas calientes—. Pero más que nada he estado en Búfalo haciendo café *latte*.

—Me gustan los *latte*.

—Los *latte* están bien. Pero si haces muchos dejan de parecer bebibles, se ven irreales —bajo la vista al mantel. En medio hay un camino de mesa, y su bordado es tan intrincado que pienso que debería estar guardado en algún lugar seguro, donde nadie pueda derramar *chana masala* sobre él. Recorro con el dedo las costuras—. Ahora que lo medito, pocas cosas me han parecido reales todo este verano.

Archer sonríe.

—Sé a lo que te refieres —dice—. Justo ahora esto no me parece que sea muy real —me mira y se me acelera el pulso.

Por el rabillo del ojo veo al mesero caminando hacia nosotros con una jarra de te chai y desvío la mirada hacia el mesero, hacia el té. Cuando pone la jarra sobre la mesa, me alegra tener algo que hacer y me sirvo en la taza, aunque sé que está demasiado caliente. De alguna forma logro no beberlo de inmediato.

Los alimentos son deliciosos y me como hasta el último bocado. La cocina hindú es una de mis favoritas, tal vez porque mamá comenzó a llevarnos desde que éramos muy jovenes al bufet del restaurante Star of India. Mamá tiene en su estudio una foto en la que Luna de seis años y yo de cuatro aparecemos posando con una de las dueñas enfundada en su *salwar kameez* de seda naranja. El recuerdo me provoca una repentina punzada de nostalgia. Me pregunto qué estará haciendo mamá: ¿comiendo cereal en la mesa de la cocina? ¿O con su amiga Sandra en el restaurante mexicano a la vuelta de la esquina?

Más tarde, cuando nos vamos, el cielo es de un color gris carbón denso, pero las luces de la calle son tan brillantes que no luce oscuro. Hasta ahora, el verano en esta ciudad es como pasear en un terrario construido para criaturas que no necesitan dormir. Nos paramos en círculo en la acera, y no estoy muy segura de por qué. Luego me resulta obvio que es una especie de reunión de la banda.

—La gente del bar Tulip quiere que estemos ahí mañana a las ocho y media —dice James con un tono serio y de *líder oficial*. Incluso suena más oficial con su acento británico. En teoría les habla a todos, pero mira directamente a Luna. Ella intenta equilibrarse y quedarse quieta de puntillas, con los brazos abiertos a los lados como una bailarina.

—De acuerdo —se encoge un poco de hombros, casi imperceptiblemente, como si se estuviera sacudiendo brillantina de los hombros—. Ahora es el momento de la apuesta.

—¿Qué apuesta? —pregunto.

—Tenemos un superfan —dice—. Va a todos los conciertos que damos por aquí.

—Hasta en Jersey —dice Josh.

—Quizá nos asesine un día de éstos —dice Archer, sonriendo.

—No —dice Luna—. Es lindo. En fin —voltea a verme—, siempre usa una de dos camisetas.

—Tal vez sólo *tiene* dos camisetas —dice Josh con mirada chispeante.

Luna lo ignora y continúa.

—New Order y Superchunk. Así que antes de cada concierto hacemos una apuesta, y quien pierda debe pagarles el desayuno a los demás a la mañana siguiente —mira a Archer—. ¿Te sientes con suerte?

—Las damas primero —dice él—. Tú escoge.

Luna cierra los ojos y se para en la acera, y junta las manos frente a ella. Inclina un poco la cabeza. Todos esperamos. Abre los ojos de pronto.

—Superchunk —dice.

Archer asiente.

—De acuerdo —mira a Josh—. Eso nos deja con New Order.

—Hecho —dice Josh. Luna y Archer estrechan la mano para cerrar el trato.

—Lo sabremos temprano —dice James—. Tal vez esté ahí esperando cuando lleguemos en la camioneta.

Entonces se me ocurre que no sé qué tan grande es su camioneta, y me veo a mí misma viajando sola en metro para ir al concierto. ¡Podría terminar en Queens o mucho más arriba, en Washington Heights!

—Escuchen, chicos. ¿Yo voy a caber en la camioneta?

Luna sonríe y sacude la cabeza.

—No necesitamos caber —toma un poste con una mano y se deja caer de lado, estirándose. Su cabello cae en una cortina brillante hacia el piso.

—Luna no se lleva la camioneta cuando tocamos en la ciudad —dice Archer.

Luna todavía está colgada del poste.

—Me gusta tener tiempo a solas antes del concierto, si se puede.

—No quiere ayudar a descargar las cosas —dice Josh en un murmullo audible.

—¡No es cierto! —Luna se para derecha. Intenta parecer indignada, pero está sonriendo.

—Mientras llegues a tiempo —le dice James a Luna—, no importa cómo llegues.

—Ahora que tenemos una visita —dice Josh— tendremos que dar un concierto impresionante.

Archer me mira. Mi corazón salta y se detiene.

—Siempre somos impresionantes —dice Luna. Toma la mano de James y la mece hacia delante y atrás. Los dos lucen una sonrisa tan amplia que parecen los modelos de la foto del "Después" en un anuncio de un sitio de citas. *¿Has conocido a tu alma gemela? ¡Prueba ParejasRidiculamenteGuapas.com! ¡Estarás tan contento que tus amigos y familia querrán golpearte, o vomitar!*

—*Latido de mi corazón* —Josh canta en su mejor voz estilo Buddy Holly—, *¿por qué fallas cuando mi chica me besa?*

Luna y James comienzan a bailar en la acera, y parece como si hubiera un coreógrafo escondido en alguna parte, dirigiéndolos. Entonces Archer se acerca a mi oído y murmura algo que yo no esperaba que dijera. Cita parte de la letra de mi canción, la que le envié por mensaje de texto hace rato en el departamento de Luna.

—*A veces la felicidad es un accidente* —dice— *y olvidamos no renunciar a ella.*

Su voz es suave, y cuando volteo a mi alrededor advierto que nadie se ha dado cuenta. Es como si estuviéramos solos.

—Esa frase ha estado en mi cabeza todo el día —dice—, y ni siquiera tiene música —sonríe—. Todavía.

Sacudo la cabeza, pero sonrío. Éste es otro secreto: que Archer y yo somos amigos, o algo así. Ni siquiera sé qué somos. Nos hemos estado mandando mensajes de textos desde que lo vi en febrero, pero no le he contado a Luna. Por alguna razón, sé que no le va a gustar.

—Muy bien, Fifi —dice Luna—. Vámonos a casa —tiene tomada la mano de James, pero también toma la mía y comienza a jalarme hacia su departamento. Volteo a ver a Archer, que está parado junto a Josh, sonriéndome.

Levanto la mano con la palma estirada, a manera de despedida. Sonrío de vuelta.

—¿Nos vemos? —pregunto. Pero al decirlo en realidad no suena a pregunta. Se escucha como a que estoy segura de ello.

trece

De vuelta en el departamento, Luna se sienta en un sillón gris de franela, vestida con una camiseta sin mangas y shorts, con las piernas colgando sobre un brazo del sillón. Su cabello está atado en un moño despeinado y ya se ha desmaquillado. Está hojeando su revista *Rolling Stone*. Yo estoy recostada en el sofá con la cabeza sobre la almohada que me dio, observando las grietas que corren como ríos y afluentes en el yeso del techo. El ventilador que está junto a la ventana se mueve de un lado a otro, repartiendo el aire caliente.

James está en la regadera y escucho el agua corriendo, además de su voz cantando "Nowhere Man" de tanto en tanto.

—¿Qué novedades hay en casa? —pregunta Luna.

Lo pienso por un momento.

—Creo que las esculturas de mamá cada vez son más espinosas.

—¿A qué te refieres?

—Más puntiagudas —intento hacer el gesto universal de puntiagudo al clavar mi dedo índice en la palma de mi otra mano—. Más peligrosas.

—Eso podría ser malo para el negocio —dice Luna—. Algún tipo rico podría perder un ojo.

Me encojo de hombros.

—Estoy segura de que ésa es la última preocupación de mamá.

Cuando se fue de gira, localicé a Luna por su cuenta de Instagram, esos pequeños recuadros de escenas suavemente iluminadas que nunca vería en la vida real. Aquí estaba Luna bebiendo cerveza en un bote en Cabo Cod con el agua ondeando detrás de ella, con un tirante del vestido cayéndole del hombro y la boca abierta, riendo. Aquí estaba Luna sosteniendo las sandalias en una mano en una playa en Maine, caminando descalza por la arena. Aquí estaba Luna sonriendo en la ventana de la camioneta de su banda, una Plymouth Voyager azul de la década pasada. Aquí estaba Luna, inescrutable pero siempre contenta.

Una vez atrapé a mamá viendo las fotos, ya entrada la noche, cuando creía que yo estaba dormida. Bajé por las escaleras traseras para tomar un vaso de agua antes de acostarme, y ella estaba con su computadora en el sillón, bañada por una luz plateada. Usaba audífonos y por eso no me escuchó, y como las luces de la cocina estaban apagadas, tampoco me percibió con su visión periférica. La observé mirar a Luna por un minuto, y me pregunté si también estaría escuchando la música de Luna, desde el sitio web de los Moons, quizás, o en su propia cuenta de iTunes.

Aquí, en la sala de Luna, escucho a la gente reírse abajo en la calle, cada grupo se escucha más fuerte y luego más quedo cuando se alejan.

—Podrías haber llamado más.

Luna me mira.

—Sí llamé.

Tres veces en tres meses, quiero decirle. *Siempre cuando sabías que mamá estaría dando sus clases de verano.* Pero sólo asiento.

Ella avienta la revista en la mesita esquinera, junto a la escultura de mamá.

—Nos enviamos mensajes de texto todo el tiempo.

—Pero eso no es lo mismo que hablar —digo de inmediato, sin pensarlo siquiera. Porque no lo es. Uno puede ser muy cuidadoso de lo que dice al enviar mensajes de texto, y la otra persona tal vez nunca se entere de lo que estás pensando. Puedes ser quien tú quieras ser.

Se encoge de hombros.

—Yo creo que está bien —saca bálsamo de su bolsillo y se lo pone en los labios.

—¿Estás segura de que eso es lo que quieres? —digo. Ella me mira.

—¿Qué? —pregunta.

—Dejar la escuela —digo—. Ser famosa.

—Todavía no somos famosos —dice Luna.

—Pero intentas serlo.

Se encoge de hombros.

—Todo mundo quiere ser famoso. Me preocuparé al respecto cuando llegue a serlo.

Toma su teléfono de la mesa y mira fijamente la pantalla por un segundo, con el ceño fruncido.

—Papá ahora vive en Brooklyn, ¿sabes? —me mira, esperando una reacción—. Consiguió un departamento cerca de su estudio.

Inhalo rápido, sorprendida de que lo haya mencionado.

—¿Lo has… visto? —estoy tratando de tantear el camino, antes de decirle que quiero verlo.

—No —dice, y luego añade—: Claro que no.

—Ah. ¿Dónde está?

—Creo que en Williamsburg —se ríe—. Intentando fingir que tiene veinticinco años.

Sólo conozco el Brooklyn que he visto hasta ahora con Luna, así que en realidad no sé a qué se refiere con Williamsburg. Pero no quiero preguntárselo directamente.

—¿Y *tú* qué tratas de simular? —digo en lugar de eso.

—¿Qué?

—Si cada vecindario significara algo, ¿qué significa Brooklyn Heights?

Luna reflexiona un segundo y arruga el entrecejo.

—Supongo que bebés. Las aceras están atiborradas de cochecitos con bebés —sacude la cabeza—. Pero ésa no soy yo. No soy mamá.

Excepto en todas las formas en que sí lo eres, pienso.

—¿Podrías intentar darle un respiro a mamá? —musito.

—¿Qué? —dice Luna, pero sé que me escuchó. Y luego dice—: ¿Por qué?

—Porque no puedes estar enojada con los dos al mismo tiempo —digo—. ¿Verdad?

Luna se pone de pie y se para en el tapete frente a mí. Coloca una sábana doblada sobre mi estómago.

—Lamento que haga tanto calor —dice—. Aunque de todas formas tal vez quieras algo para taparte. Yo odio dormir sin nada encima.

Pone la mano sobre mi cabeza y la deja ahí un momento. Pienso en la niñita en el aeropuerto que intentó tocar su falda y la forma en que Luna puso toda su atención en ella por un momento, y luego se alejó caminando. Aquí en la sala, Luna retira la mano y camina hacia su habitación. Cierra la puerta.

Extiendo la sábana y la coloco sobre mis piernas en un movimiento rápido. Es una vieja sábana de nuestro armario de blancos en Búfalo, con flores azules diminutas desperdigadas en el fondo blanco. Llevo la sábana a mi nariz para ver si huele a casa, pero no es así. Huele a polvo y al detergente de otra persona.

No puedo alcanzar el ejemplar de *Rolling Stone* de Luna, así que me ruedo para estar más cerca y estiro los dedos. Hay una foto de Beyoncé en la portada, y a primera vista parece que en las páginas inferiores no hay nadie que yo conozca. Es este número no hay noticias de ningún miembro de la familia Ferris, y me alegro por eso. Es sólo cuestión de tiempo antes de que Luna y los Moons terminen apareciendo en esta revista, y no sería su primera vez.

La primera vez que Luna salió en *Rolling Stone* fue unos meses después de nacer, con mis papás, en una foto cuadrada de diez centímetros tomada por la tía Kit. La recortaron y la pegaron en un corcho en la cocina durante casi toda mi infancia, y sé que en nuestro ático hay una caja llena de ejemplares de ese número. En la foto, mamá sostiene a Luna, que está medio envuelta en una cobija azul oscuro, con los bracitos delgados y las manitas de estrella de mar libres. Mamá está sentada junto a papá en un sofá azul de terciopelo en su viejo departamento de West Village, y él tiene uno de sus brazos colgando del hombro de mamá. Se ven cansados pero contentos. El encabezado dice "Su pequeña Luna".

Esto fue cinco años después de que Kurt Cobain y Courtney Love tuvieran a Frances Bean, cuando parecía que la moda era que las estrellas de rock tuvieran bebés. Fue tres años después de que Kurt, el papá estrella de rock más famoso de la historia, se suicidara de un tiro. Supongo que mi historia familiar no es tan terrible comparada con eso. Mis padres sólo rompieron: su matrimonio, su banda. Fuera de eso, todo mundo sobrevivió.

Ahora quiero enviarle un mensaje de texto a Archer —de hecho, quiero hablar con él—, pero no estoy segura de qué decir. Éste es el dilema: Archer conoce a la chica que le manda letras de canciones en mensajes de texto, otra versión de mí. No sé si podré ser esa chica en la vida real. Pero lo intentaré.

No soy nada más que una sombra, tan sólo una silueta. Pierdo toda mi certidumbre entre más me alejo.

Espero un momento, y luego envío otro mensaje. *Y ni siquiera sé lo que eso significa.*

Su respuesta llega unos segundos después: *A veces eso está bien.*

Me duermo con una sonrisa en la boca.

catorce

MEG
OCTUBRE DE 1995

Era después de medianoche cuando llegó Kieran. Yo estaba en la habitación con un rollo de alambre calibre veintiséis que brillaba como fuego tejido sobre mi regazo. Había estado intentando hacer un árbol, un roble, un plan para una escultura más grande que quería realizar algún día. Si es que alguna vez encontraba el tiempo.

Kieran se sentó en la cama junto a mí y me besó en la frente. Olía a destilería.

Se recargó en las almohadas. Formé otra rama de cobre con las manos, mirándolo.

—Hola, hermosa —dijo—. Perdón por llegar tan tarde.

—¿Y por estar ebrio? —pregunté, pero intenté sonar juguetona. El metal se sentía caliente entre mis dedos, y lo doblé, lo curvé, todo sin bajar la vista.

Kieran asintió, sonriendo. Se recargó pesadamente sobre su codo.

—Sí, estoy un poco ebrio —dijo.

Era la tercera noche de la semana en que había salido con gente del medio artístico. Esa noche con tipos de la disquera, el viernes con un par de editores de *Rolling Stone* y el miércoles anterior con dos terceras partes de la banda con la que nos fuimos de gira ese invierno. Tragué saliva, suspiré y devolví la vista a mi árbol de metal. Lo imaginaba mucho más grande, tan grande como un árbol real, tal vez de dos pisos de alto. Si pudiera descubrir cómo usar un soplete y cómo cortar tubería de cobre.

—Hey —dijo Kieran—. ¿Estás enojada?

Negué con la cabeza, pero no levanté la vista. No estaba enojada, no exactamente, pero pensé que llegaría a casa mucho antes.

—Estaba con Carter y Dan —dijo con la voz suave, lenta como almíbar. Deslizó la mano por mi muslo—. Te extrañé todo el tiempo.

—¿En serio? —dije.

No era que estuviera celosa. Conocía la forma en que las chicas lo rodeaban, con los ojos cada vez más abiertos, acercándose a su espacio aéreo como si estuvieran cruzando una frontera. Pero él no me engañaría. La verdad estaba justo ahí en las canciones que escribía, las que eran demasiado tiernas y sentimentales para Shelter. A Kieran le gustaba amar. Y a quien amaba era a mí.

Y, de todas formas, incluso si pensara en engañarme, Carter y Dan no se lo permitirían.

—Dijiste que esta noche llegarías temprano a casa —dije—. Sólo fue una fiesta. ¿Por qué no les dijiste que tenías que irte a casa?

—Porque *no podía*. Tenemos que ser parte de este mundo, Meg. O al menos yo tengo que serlo —había un velo de enojo en su voz, pero se desvaneció—. Le dije a los tipos de la disquera que no te sentías bien —dijo.

—Eso no es verdad.

—Bueno —dijo, pero no terminó la oración. Deslizó su reloj por la muñeca y lo puso en la mesita de noche—. Deseábamos que estuvieras ahí, pero siempre quieres quedarte en casa.

Recordaba cuando Kieran me pidió formar una banda con él. *Seríamos tan buenos juntos,* me dijo. Le dije que no dejaría a Carter y Dan, que eran mis amigos desde los dieciséis años. *Tendrás que ser bueno conmigo y Carter y Dan al mismo tiempo,* dije. *Puedo serlo,* respondió él. Y lo había sido, desde entonces.

—Escucha —dijo Kieran—. Cuando vamos de gira dices que quisieras estar en casa. Ahora estamos en casa, y éste es nuestro trabajo cuando permanecemos aquí. Hacer conexiones, mantener la relación fuerte con la gente de la disquera —su voz era baja pero el tono era filoso—. No sé qué más esperas que haga.

Levanté la vista y lo miré, y su rostro se suavizó.

—Lamento que estés molesta —dijo.

—Está bien —intenté sonreír.

Se inclinó y me besó, suave y despacio, y cuando nos separamos se recostó bocarriba.

Había algo que quería decirle, pero cuando volteé a verlo tenía los ojos cerrados. Lo observé respirando, con su pecho subiendo y bajando, y para cuando desvié la mirada ni siquiera pude recordar qué iba a decirle.

quince

—Hola, dormilona. La voz de Luna atraviesa mi sueño y por un momento siento como si otra vez tuviera quince años, y me hubiera quedado dormida después de que sonó la alarma y ya vamos retrasadas a la escuela. Eso pasaba todo el tiempo cuando Luna estaba en St. Clare conmigo. Me levantaba de la cama en el último momento, me cepillaba los dientes y el cabello, y me comía una barra de granola en el coche mientras ella manejaba. Luna, por otra parte, se despertaba en cuanto se asomaba el sol por la ventana, se bañaba, y por lo general hasta tenía tiempo para ponerse el delineador.

Se inclina sobre mí y hace sombra con su cabello que forma una cortina.

—En serio, Fi —dice—. Ya levántate.

—No —balbuceo, y jalo la sábana hasta cubrirme la cabeza. Pero mantengo los ojos abiertos, y las diminutas florecitas azules parecen estrellas oscuras salpicadas en un cielo blanco.

—De acuerdo —dice, y escucho su voz un poco más lejana. Oigo un ruido fuerte, y luego metal raspando metal. ¿Tal vez los platos? ¿Ollas y sartenes? Me siento y aprieto la sábana contra mis rodillas. Desde donde estoy en el sillón, veo a Luna en la cocina sosteniendo una sartén en una mano.

—Sólo intento probar que uso la estufa —señala con la otra mano—. Siéntate a la mesa. No se sirve el desayuno en la cama en Chez Luna.

Voy hacia allá, bajo protesta y envuelta en la sábana. Luna hace un escándalo en la alacena y escucho que la mantequilla se derrite en la sartén.

Cuando me trae mi plato, su expresión es triunfante.

—¡Pan de maple! —dice. Nuestra mamá nos lo cocinaba cuando éramos pequeñas. Es sólo pan de trigo tostado en una sartén con mantequilla y canela, y luego rociado con miel de maple.

—Miel de verdad —dice—. James trató de comprar la que es falsa y yo le dije que de ninguna manera —agita el dedo—. Aunque creo que costó al menos una cuarta parte de toda la cuenta del supermercado. Es cara.

—Y éste fue otro episodio de *Cosas que no sabes cuando tu mamá compra el supermercado* —digo.

—Claro —dice—. ¿También quieres un poco de yogur y granola? —ya volvió a la cocina y hurga en el refrigerador.

—Sí —digo.

Cuando Luna trae las cosas, el yogur está en un platón delicado con flores rosas. Reconozco el plato; de hecho, yo creía que todavía estaba en la alacena de nuestra casa en Búfalo.

—¿Cómo obtuviste esto? —pregunto.

Luna se sienta y jala la silla que rechina contra el piso.

—Mamá me los envió.

—¿Cuándo?

—Hace como un mes —mira el plato, no a mí—. Fue lindo de su parte.

El hecho de que mamá mande objetos es una especie de código que no puedo descifrar. ¿Exactamente qué se supone que *significa*?

Ese ejemplar de *El guardián entre el centeno* que Luna recogió ayer está sobre la mesa, arrinconado contra la pared. Lo jalo y lo abro en la primera página. *Feliz cumpleaños —1976— para Michael*, dice en la página amarillenta opuesta. *Venimos al mundo a solas. Nos vamos de la misma forma. Me alegra que hayamos pasado algunos días de nuestras vidas juntos.* La inscripción al final dice, *Con mucho amor, Jackie*. La tinta es de bolígrafo azul, y las letras cursivas son pequeñas y están escritas con cuidado. Me pregunto dónde estarán ahora Jackie y Michael, y cómo el libro llegó hasta esa caja sobre la barda. Me pregunto cuántos días pasaron juntos.

El guardián me hace pensar en Tessa, quien escribió acerca de aquella escena frente al carrusel para su ensayo de literatura.

—He ahí la cosa misma —me dijo la primavera pasada, intentando explicarme su idea. Estábamos en el laboratorio de física y yo trataba de medir la velocidad de un cochecito de cuerda. Se caía una y otra vez de la mesa, y Tessa no ayudaba.

—Estos caballos no pueden sólo dar vueltas una y otra vez en círculos sin nunca llegar a ninguna parte —dijo—. Y entonces está Holden, que a lo largo de todo el libro ha estado buscando alguna especie de realidad y sinceridad, mirando a su hermana en el carrusel, sintiéndose finalmente tan feliz. Él no puede subirse, ¿verdad? —se inclinó hacia delante—. Porque en realidad no es un niño. Pero su hermana sí puede, y él puede verla y sentir su felicidad, así que se convierte en la suya también —Tessa se detuvo y me miró. Yo sostuve el cochecito con la cuerda bien apretada en una mano. Ella sonrió—. Además, el nombre de su hermana es Phoebe.

Si Tessa llegara a Nueva York hoy mismo, sé que el primer lugar al que iría sería el carrusel. Está obsesionada. Teníamos planes de venir juntas a visitar a Luna, quizá después de Navidad o la próxima primavera, cuando Luna estuviera en la ciudad, pero creo que eso ya no sucederá.

De todas formas, el ejemplar de *El guardián* de Michael y Jackie parece ser un amuleto de la buena suerte. Observo los pliegues en la portada color rojo oscuro, entrecruzándose como un mapa de caminos en un espacio casi vacío, y entonces lo pongo en mi bolsa junto con mi ejemplar de *SPIN*. Cabe perfecto, y ya no queda espacio para nada más.

dieciséis

Luna y yo pasamos el día visitando sus lugares favoritos. Algunos ya los había visto en mi última visita, cuando ella estaba en Columbia, pero algunos son nuevos. Si lo pienso, es un poco vertiginoso. El año pasado era estudiante de primer año de la universidad y ahora es... ¿qué? ¿Músico? ¿Una chica en una banda? Como sea, alguna especie de adulto.

Nos sentamos en una mesita en el parque Bryant por una hora, igual que hicimos el año pasado. Bebemos unos cafés moca helados bastante buenos, he de admitir, en vasos de plástico con largas pajillas rojas. Entramos a la enorme biblioteca en la calle Cuarenta y dos para saludar a los viejos y raídos animales disecados que inspiraron los libros de Winnie the Pooh. Están juntos en una vitrina, con los ojos negros brillantes. Cuando salimos, Luna se asegura de que ambas demos una palmadita en la cabeza a los dos leones de piedra.

Para el almuerzo vamos a un restaurante japonés perfecto del tamaño de la sala de una casa, y comemos rollos de pepino y aguacate, edamames en sus saladas cáscaras color verde brillante y una sopa miso con cucharas de porcelana. Nos sentamos en las escaleras del Met por un rato, con cientos de otras personas, y luego usamos la membresía que mamá le compró a Luna para entrar y ver la tumba egipcia en la luminosa sala de exhibición. Antes de irnos nos asomamos a ver las bailarinas de Degas, que yo sé que Luna adora.

Solíamos venir juntas a Nueva York cuando yo era pequeña, en esos años en los que mamá y papá intentaban tener la custodia compartida. Yo no lo recuerdo, pero Luna me dijo que hubo una época en la que íbamos juntos, los cuatro, a un restaurante de comida etíope que les gustaba a mis padres y que estaba en Upper East Side. Yo tenía cinco años, Luna siete. Ella recuerda que comía con los dedos, y con trozos de pan esponjoso que traían en una gran canasta al centro de la mesa. Me dijo que parecía que mis papás se llevaban bien en ese entonces, que hablaban sobre personas que conocían y que sonreían cuando estaban juntos. Yo no recuerdo nada de eso.

Mis primeros recuerdos de mis papás juntos son más tardíos, cuando mamá nos iba a dejar al viejo departamento de papá en la calle Noventa y seis, y le entregaba una bolsa llena de frituras y libros. Después de despedirse de las dos con un beso, desaparecía detrás de nosotras en la acera. Unas cuantas veces, algún nerd de la música los reconocía —quizá verlos juntos ayudaba— y se volvía loco. Esto terminaba con papá firmando un autógrafo y mamá quitándoselo de encima y rumbo a la estación del metro.

Papá nos tomaba de las manos y nos conducía despacio por las escaleras hasta su departamento, que era abierto y luminoso y estaba lleno de discos. Nos tocaba canciones toda la tarde. No recuerdo que nos dijera mucho acerca de las bandas, pero quizás algo de la información que yo creo que mamá nos enseñó, de hecho proviene de él. Y después, nos llevaba a cenar chocolate caliente o malteadas, dependiendo de la estación del año, y papas fritas o panqueques. Mamá nos recogía afuera de su departamento antes de la hora de dormir. Recuerdo verlo ahí parado despidiéndonos con la mano mientras nosotras caminábamos por la acera, y se quedaba ahí hasta que llegábamos a la esquina. Una vez le pregunté a Luna qué creía que había cambiado entre ellos, por qué habían pasado de llevarse bien a no hablarse prácticamente nada.

—Tal vez mamá estaba enojada porque ella tenía que hacer todo sola —dijo Luna—. Estoy segura de que fue increíblemente difícil.

Quizá tiene razón. Al principio, tal vez mamá vio el divorcio y la desintegración de Shelter como su propia decisión. Quería una vida distinta para nosotras. Pero conforme pasaron los años y ella terminó haciendo casi todo sola, seguramente se enojó por eso. Puedo verlo. Pero me vuelve loca que soy la única en la familia que no recuerda una sola época en que las cosas estuvieran bien.

Luna y yo nos subimos al metro de la línea 5 de regreso a Brooklyn y luego caminamos por Court Street hasta BookCourt, su librería favorita. Me compré un cuaderno de notas Moleskine negro y un hermoso ejemplar diminuto de pasta blanda de *Noche de reyes* de Shakespeare. Lo leímos el año pasado y es mi obra favorita, con su heroína que cambia de género e historias de identidades equivocadas y de amor improbable. A las seis, cuando el sol todavía calienta pero está un poco más abajo en el cielo, y los tipos trajeados comienzan a salir de las estaciones del metro, parpadeando como animales que viven bajo tierra, caminamos de regreso a Brooklyn Heights. Después comimos un *falafel* en un lugar libanés en Court Street, que tiene paredes color naranja oscuro dibujadas con un entramado.

—¿Esto es lo que haces, todo el día, cada día? —pregunto.

Luna se encoge de hombros.

—Leo —dice—. Hago yoga —une sus manos en postura de rezo—. Tuvimos dos conciertos con una cantante que me dijo que ella nunca come antes de salir al escenario —pincha un *falafel* con su tenedor—. Dice que le da náuseas. Su teoría es que resulta mejor hacerlo con el estómago vacío —Luna inclina la cabeza hacia un lado, reflexionando al respecto—. Yo jamás lo lograría. Necesito las calorías si voy a brincar por todos lados.

Hundo un trozo de pan pita en el tazón con humus que está en el centro de nuestra mesa.

—Tiene sentido.

Luna sonríe.

—La banda de esa chica se llama Poncho, así que tampoco demuestra tener buen juicio en otras áreas.

Escucho que mi teléfono suena dentro de mi bolsa, pero Luna no se da cuenta. Lo saco y miro la pantalla, lo escondo debajo de la mesa como hacen las niñas en la escuela, con diversos grados de éxito, cuando intentan que los maestros no las vean. Es un mensaje de texto de Archer: *¿Lista para vernos en la vida real otra vez esta noche?*

¿Cuál es el sustantivo colectivo de *mariposas*? Porque siento que toda una parvada —¿revoloteo?— de ellas se instala en mi estómago.

Volvemos al departamento después de la cena, y media hora después estoy arrodillada en el suelo frente a mi maleta, intentado decidir qué ponerme. He estado sacando vestidos y blusas para extenderlas en el sillón, pero nada me gusta.

—Ve a mi armario —dice Luna—. Te presto algo —tengo el ceño fruncido mirando el sillón, donde parece como si un montón de adolescentes medianamente a la moda hubieran sido raptadas y llevadas al cielo, dejando atrás sus atuendos.

—En serio —dice Luna—. Estás haciendo un desastre —levanta un vestido y un par de blusas y los echa de nuevo sobre mi maleta abierta. Se da la vuelta y cruza la sala.

La sigo a su habitación. Abre su diminuto armario lo más que puede y se sienta en el borde de la cama.

—Ya escogí mi vestido —se mueve hacia un vestido negro que está sobre su almohada—. Toma lo que quieras.

—De acuerdo —digo—. Evitaré usar algo negro —Luna ríe.

Pero pronto me doy cuenta de que el problema es que casi todo en su armario *es* negro.

—Uno pensaría que eres una chica gótica —digo, y saco algunos ganchos con ropa—. Una viuda victoriana de luto.

—*Rock and roll* —dice Luna—. Se ve bien en el escenario, sobre todo con piel pálida como la mía —me mira—. Como la nuestra.

—Claro —digo—. Por eso no quiero vestirme del mismo color que tú.

El armario está repleto de ropa, así que me toma algo de tiempo revisarla toda. Eventualmente, como a la mitad, encuentro un vestido verde esmeralda sin mangas con un cordón a la cintura. Lo saco.

—Éste —digo, sosteniéndolo.

—De acuerdo —dice Luna.

Me quito la camiseta y los shorts y me pongo el vestido por la cabeza. Baja por mis caderas. Cuando me veo en el espejo me doy cuenta de que me queda perfecto. Ato en un moño el cordón y me siento en el banquito.

Detrás de mí, Luna recoge mi cabello en una coleta de lado a la altura de la nuca. Me jala demasiado fuerte y hago una mueca.

—Auch —digo.

—La belleza duele —dice Luna—. Ahora date la vuelta y cierra los ojos.

—¿Por qué?

—Te voy a maquillar —dice—. Como en los viejos tiempos.

Cuando éramos pequeñas Luna solía practicar conmigo. Al principio yo tenía diez años, cuando tomaba a escondidas del baño montones de maquillaje de nuestra mamá y los colocaba sobre su cama. Después, cuando ella ya tenía su propio maquillaje, e incluso más adelante, cuando yo tenía el mío, me sentaba en la habitación de Luna frente al viejo tocador de mi abuela de los años cuarenta, de madera laqueada con barniz brillante, y ponía ahí los tubos de lápiz labial como si fueran dulces en una charola.

Ahora siento el delineador justo arriba de mis pestañas, con una presión suave y ligera.

—Confío en que no me vas a sacar los ojos —digo.

—Haré lo mejor que pueda —me aplica sombra en los párpados, y luego pasa una brocha suave por mis pómulos. Me resulta difícil mantener los ojos cerrados, pero lo hago porque no quiero ver hasta que haya terminado.

—Listo —dice finalmente.

Abro los ojos y observo mi rostro en el gran espejo ovalado. Siempre me he visto a mí misma como una versión menos bonita de Luna. Las dos tenemos la piel blanco marfil de mamá y ojos verdiazules, pero sus pómulos están más altos, su cara es menos redonda. Su cabello es grueso y ondulado y dócil, mientras que el mío es ondulado-rizado y no sé muy bien qué pretende hacer. Sin embargo, me gusta como me veo ahora, radiante y resplandeciente y segura.

—¡Es una transformación milagrosa de estrella adolescente!

—Como sea —dice Luna, negando con la cabeza, con una sonrisa pequeña y franca—. Tú siempre te ves bonita.

Baja el cierre de sus jeans, se los quita y los avienta sobre la cama. Luego se pone el vestido por la cabeza. Se queda ahí parada un minuto, con la espalda totalmente recta y mirándose al espejo.

—¿Crees que me veo un poco gorda? —dice. Jala el vestido a la altura de la cintura.

Esto es raro, porque Luna nunca ha sido de esas chicas que se preocupan por su peso. Mi hermana siempre ha sido delgada. Siempre ha sido hermosa.

—Mmm, no —digo—. Ni siquiera un poco.

Se para ahí, mirándose por unos segundos más, y luego se sienta en el tocador para maquillarse. Yo me voy a la sala.

Una brisa ligera entra por una de las ventanas y me siento en el suelo debajo de ella y abro el estuche de la guitarra de Luna. La sostengo de la forma en que he visto a mi hermana hacerlo cientos de veces: la mano derecha en el mástil, los dedos en los trastes presionando las cuerdas. Rasgueo tan suave que casi no se escucha ningún sonido, sólo un diminuto conjunto de notas que no terminan de formar un acorde. Creo que esto debería ser natural para mí, debería estar codificado en mis genes o salpicado en forma de calcio en mis huesos, pero no es así. Dejo la guitarra y voy a sentarme al sillón.

Cuando Luna sale de su habitación veo que sus ojos están delineados con negro y su cabello está suelto a la altura de los hombros. Trae puesto el vestido negro, que resulta ser tejido con trozos de seda sin mangas. No le digo nada, pero se parece a mamá en la portada de *SPIN*, sin el maquillaje noventero. Se parece a ella, pero me doy cuenta de que nunca será ella, porque si Luna consigue llegar hasta donde llegó mamá, no se dará por vencida.

diecisiete

MEG
MAYO DE 1995

En una boutique en SoHo, Kit sostenía un vestido verde esmeralda frente a ella.

—¿Parece como de la rana muppet? —preguntó y frunció el ceño.

—Ése es un tono totalmente diferente al del muppet —me detuve para observar el vestido.

—Bien —dijo Kit—. He escuchado que no es fácil estar vestido de verde, así que quiero ser prudente.

—A mí me gusta el verde —dije—. Lo usé en Lollapalooza el año pasado, ¿recuerdas? Uno de los tres únicos vestidos que usé.

—Bueno, si Meg Ferris lo usa, supongo que está bien —Kit sonreía pero en sus ojos vi una chispa de que se sentía herida—. Si eres *famosa* —dijo y colgó el vestido otra vez— puedes usar lo que quieras.

—Vamos, Kit —dije. Saqué un suéter gris oscuro del estante. Era tan ligero y diáfano que se sentía como una telaraña entre mis manos.

—Sólo digo —Kit se encogió de hombros—. A mí no me importaría ser famosa.

—Prácticamente lo eres. Saliste en el *Post* la semana pasada.

—Mi *manga* salió —dijo—. Mi codo. Junto a todo tu cuerpo.

—Bueno —dije—. Tienes un codo muy famoso.

En el mostrador dos vendedoras estaban murmurando. Las observé rápido, como siempre hacía cuando quería fingir que no me daba cuenta de que me habían reconocido.

Levantó su brazo doblado.

—Es verdad —dijo—. Es un bonito codo, ¿no crees?

Asentí.

—Muy bonito —puse el suéter de vuelta en el estante—. De todas formas, a veces es una mierda —dije.

—¿Qué cosa? —preguntó Kit—. ¿Mi codo?

Reí pero me sentí fuera de lugar.

—Esto —dije—. ¿La fama? —salió como una pregunta—. Yo era Meg Foster, estudiante de arte y una chica en una banda, y luego conocí a Kieran y me convertí en Meg Ferris, persona famosa y Chica en una Banda.

—¿Y cuándo es una mierda? —preguntó Kit, no porque no me creyera, sino porque quería saber.

Cuando todo es diferente, quería decirle. *Cuando la persona que amas cambia y ni siquiera estás segura de cómo.* Pensé que de hecho ésa sería la letra de una canción decente, pero necesitaba una metáfora. Algo acerca de disfraces, o de *doppelgängers*. O de extraterrestres que secuestran cuerpos, aunque seguro a la gente de la disquera no le gustaría que propusiera un disco de ciencia ficción. Pero no le comenté nada de esto a Kit, porque no sabía cómo decirlo en voz alta. A veces las palabras me fallaban cuando no hablaba a través de una canción.

—Es sólo que... no siempre es tan maravilloso como parece. Eso es todo.

Ya no quería seguir hablando de ese tema. Volteé hacia las vendedoras y les sonreí. La de cabello oscuro dio la vuelta al mostrador y se acercó a mí.

—Tengo que preguntarte —dijo—. ¿Eres Meg Ferris?

Asentí e incliné la cabeza ligeramente como si estuviera posando para una fotografía.

—¡Ay, Dios mío! —volteó hacia la chica rubia que estaba junto a la caja registradora, recargada en el mostrador—. ¡Alexis, te lo dije! —bajó la voz y me dijo murmurando—: A nuestro jefe le encanta cuando la gente famosa viene a comprar aquí. ¿Nos dejarías tomarte una foto para ponerla en la pared?

Miré detrás de ella. Las fotos eran de una Polaroid, así que eran pequeñas, pero aun así pude ver una de Courtney con sus labios rojos, histriónica como siempre, y otra de Kim Gordon, que se veía indiferente e intrigantemente hermosa. Yo podía hacer algo así.

—Claro —dije. Tomé a Kit por la muñeca y la jalé para que se parara junto a mí—. Ella es mi hermana, Kit.

La chica sonrió y asintió.

—Yo soy Leah —dijo—. Escoge algo de ropa —señaló los estantes—. Te la puedes llevar.

Tomé ese suéter gris y un vestido negro corto y Kit fue por el vestido que no era color muppet. Se quitó los jeans en medio de la tienda, y yo hice lo mismo.

Nos paramos y posamos

Voilà, la fama, de alguna manera, para mi hermana, y algunos nuevos trapos para combinar.

A veces es muy difícil, y a veces es muy fácil. Tal vez Kit tenga razón. Quizás haya algo que decir con respecto a ser conocida, incluso si sientes que sólo estás interpretando un papel.

—Gracias —dijo Leah, abanicando la foto aún no revelada—. Nuestro jefe se va a volver loco.

Puso la foto sobre el mostrador y yo me paré ahí con Kit, hombro con hombro. Nos inclinamos sobre el mostrador, con los codos sobre el vidrio, esperando vernos aparecer.

dieciocho

A las ocho ya estamos afuera de Borough Hall bajo un cielo naranja en el horizonte y gris sobre nuestras cabezas. Los edificios irradian calor, así que entramos, felices por encontrar un refugio. Luna lleva su guitarra y una bolsa negra sobre el hombro, y yo también tengo mi bolsa con los ejemplares de *spin* y *El guardián* dentro.

Hay un largo pasillo hacia la plataforma del metro y ahí abajo se siente más la humedad. El vestido de Luna choca contra mis muslos mientras camino.

—¿Por qué no dejas que ellos lleven la guitarra? —pregunto. Toco la pared de mosaicos sin querer y se siente suave y vidriosa.

—Es un ritual —dice—. Cada vez que me subo al metro para ir a un concierto. Sólo mi guitarra y yo —columpia un poco el estuche y apunta al techo—. O en este caso, mi guitarra y mi hermanita.

Cuando llega el tren de la línea cuatro, el aire en el interior es muy frío y está iluminado con focos fluorescentes: parece un refrigerador. El vagón al que subimos no está del todo lleno y encontramos una fila de asientos frente a la puerta. Dejo mi bolsa en el asiento entre nosotras, y Luna sostiene el estuche de su guitarra entre las rodillas. Las puertas del tren se cierran haciendo silbar el aire.

—¿Y adónde vamos?

—Es el bar Tulip. Es un nombre raro, pero todo mundo toca ahí. Está en Village —saca su brillo para labios y le quita la tapa con una mano, mientras sostiene el mástil del estuche con la otra—. Podemos atravesar Washington Square de camino.

Borough Hall es la primera parada de Brooklyn, así que la siguiente es en Manhattan, del otro lado del río. El tren frena y rechina. Afuera de la ventana contraria sólo luce oscuridad, y veo mi reflejo, pero no el de Luna. Cierro los ojos para no tener que observarme, y no los abro hasta que estamos en el puente de Brooklyn y nos bajamos para transbordar.

Como dijo Luna, el bar está a unas calles del parque Washington Square, y lo atravesamos caminando aunque parece que está fuera de nuestra ruta. Pienso en lo que James dijo acerca de llegar a tiempo, y sé que no lo lograremos. Luna se detiene por un momento en la fuente del centro y nos recargamos contra la pared de piedra, observando el agua y a la gente alrededor. Hay un bulldog jugando en la fuente, poniendo su cara justo en el chorro del centro. Está empapado y luce ridículo, con la boca abierta en una gran sonrisa. Verlo me hace extrañar a Dusty.

Volteo a ver a Luna —supongo que para decirle eso—, pero ella está mirando fijamente hacia el cielo. Ve que la estoy mirando y baja la vista.

—Tengo náuseas —dice.

—Yo creo que es normal —digo—. Estás a punto de salir a cantar.

Luna niega con la cabeza. Se abraza a sí misma, y cuando me mira tiene los ojos llorosos. Se me corta el aliento al verla. Luna no llora. Nunca jamás llora.

—¡Hey! —digo—. ¡Estás bien. No te preocupes! Es natural que estés nerviosa.

Luna inclina la cabeza hacia atrás, parpadeando para hacer desaparecer las lágrimas.

—Yo no me pongo nerviosa.

No sé qué decir. Pongo mi mano sobre la suya y la aprieto. Nos sentamos por un par de minutos más, mirando hacia el horizonte. El bulldog ya no está en la fuente y ahora sólo queda el agua, que sale a chorros en flujo constante.

—Muy bien —inhala profundo—. Hagamos esto.

Se pone en pie y la sigo, mi rodilla va golpeando su estuche de guitarra. Salimos del parque y caminamos por West Fourth, y luego nos detenemos bajo un letrero de neón rosa que dice BAR TULIP. Hay una flor de neón en un extremo del letrero, y cuando desvío la vista, la forma de la flor permanece flotando en las retinas de mis ojos.

Hay un pizarrón parado sobre la acera. ESTA NOCHE, se lee, LUNA Y LOS MOONS. La puerta está abierta y junto a ella hay un tipo leyendo un periódico de los que regalan en la calle. Nos mira con poco interés.

—Somos de la banda —dice Luna. Él asiente. Espero que pregunte qué instrumento toco yo (posibles respuestas, considerando mi talento musical o falta de él: ¿pandero?, ¿triángulo?), pero no pide más información. Luna entra y pasa junto a él, y yo la sigo como si supiera lo que estoy haciendo.

Dentro está oscuro, casi vacío, iluminado por grandes luces doradas sobre el escenario y los difusos letreros de cerveza con focos de neón desperdigados por las paredes. En unas bocinas en alguna parte —en todas partes— suena la canción "Beast of Burden" de los Stones y siento como si acabara de entrar directo a la canción.

Los chicos ya llegaron y están armando su equipo en el escenario. Luna va hacia ellos, pero yo me quedo junto a la barra por un momento. No estoy muy segura de qué debo hacer mientras espero. Me siento en el borde de un banco y observo a Luna brincar al escenario y besar a James en la boca.

—Llegaste tarde —dice él, puedo leer sus labios desde aquí, pero sonríe. Ella está viendo hacia el fondo del escenario y no puedo escuchar su respuesta. Alguien quita la canción de los Stones y la última nota hace eco en el salón que ahora está en silencio.

Archer está parado con su bajo colgando del hombro, ajustando las clavijas. Escucho las notas bajas, entre música y vibración pura, como el rumor de un tren lejano. Me ve y me saluda con la mano.

Yo lo saludo de vuelta, pero me siento un poco tonta por hacerlo. En primer lugar, no estoy tan lejos de él, y, en segundo, ¿cómo puede uno saludar con la mano y no parecer Miss Universo, la reina de Inglaterra o la tía loca de alguien? Archer me hace un gesto para que suba al escenario, y por un momento espero. Sería más fácil quedarme ahí, donde nada malo puede suceder. Donde estoy segura. Pero entonces veo su sonrisa perfecta y cómo se ha acercado al borde del escenario para ayudarme a subir, y la seguridad ya no parece ser la opción más atractiva. Así que tomo su mano y me trepo.

En el escenario, una galaxia de luces brilla sobre mí y dirijo mi rostro hacia ellas.

—¿Quieres hacer la segunda voz? —pregunta Archer.

—No creo que sea una muy buena idea —digo. Quiero hacer algo además de estar ahí parada, así que toco el atril del micrófono suavemente, recorriendo el metal con el dedo. Luna abre su estuche y enchufa un cable a su guitarra, arrodillada cerca del borde del escenario. Ahora veo que las suelas de sus sandalias son plateadas. Ni siquiera se ven sucias.

—No heredaste la voz, ¿eh? —Archer me mira, pero todavía mueve los dedos afinando su bajo.

—No —digo—. No estoy segura de qué heredé de nuestra mamá. ¿Su neurosis, tal vez?

Observo el salón y miro hacia fuera. No veo las ventanas que dan a la calle, sólo las señales de neón sobre ellas. Las pocas personas que ahora están en el bar son sólo sombras moviéndose de un lado a otro.

—No se puede ver mucho desde aquí arriba —volteo a ver a Archer.

—No —dice—. Me gusta más así.

—¿De verdad?

Se encoge de hombros.

—Me pongo nervioso si tengo que hacer contacto visual. Así no tengo que pasarme todo el concierto mirando intencionalmente el letrero de Sam Adams —señala el letrero azul de neón al fondo.

—¿Luna se pone nerviosa? —pregunto. Todavía estoy sorprendida por lo que pasó en la fuente.

—No —dice Archer—. Estoy seguro de que ella no sabe qué significa esa palabra.

Mamá tampoco, por lo que puedo decir de los pocos conciertos en vivo que he visto. Mi favorito es el de un pequeño teatro en Austin, Texas, una de las pocas veces que Shelter tocó en ese estado. Hay un chico al frente de la muchedumbre con un sombrero de vaquero y mamá le canta directo a él, sentada sobre el borde del escenario y con las piernas colgando. Después ella estira la mano y lo ayuda a acercarse todavía sentada. Él tal vez tiene unos veinte años, con cabello y ojos oscuros, y parece avergonzado y completamente feliz al mismo tiempo. Mamá luce cómoda, con la guitarra colgada detrás de su espalda, embelesando a todo el público. Al final de la canción, ella trae puesto el sombrero del chico.

Archer se inclina hacia delante, con los ojos entrecerrados por las luces. Puedo ver a un tipo vestido con una camiseta oscura con letras azules, parado en medio del sitio casi vacío. No puedo leer desde aquí, pero Archer sabe lo que dice.

—Superchunk —sonríe y sacude la cabeza—. Parece que yo voy a pagar el desayuno.

Media hora después, estoy parada junto a la barra sosteniendo un agua mineral en un vaso cilíndrico de vidrio e intentando parecer ocupada. Ahora el lugar está lleno. Ya sé que Luna y los chicos deben tener amigos aquí, pero han estado muy ocupados montando el equipo y nadie me ha presentado. Otra vez extraño a Tessa. Tendría a alguien con quien hablar, y sé que a ella le encantaría esto.

Una canción de The Shins que retumba en las bocinas gigantes se termina y el salón se queda en silencio. El sonido de la multitud hablando, que hasta ahora había sido un zumbido tenue debajo de la música, también se detiene. No se puede hacer una verdadera entrada dramática en un lugar sin una cortina o un espacio detrás del escenario, pero cuando James extiende su mano y Luna la toma y sube al escenario justo al frente, donde está el micrófono, donde la guitarra espera en su atril morado, algo cambia en el salón. La gente comienza a poner atención. Voltean hacia ella como si fueran girasoles y ella, el sol.

—Hola, Nueva York —dice Luna. Los aplausos resuenan como lluvia, primero lentos y suaves, y luego fuertes, más fuertes.

—Es muy lindo volver a verlos —dice—. Los veo todos los días, pero hoy es diferente, ¿verdad? —su voz suena más grave, más ronca, pero todavía me suena a Luna.

—Esto es más lindo —continúa, con las dos manos tomando el micrófono sobre su atril—. Y ahora vamos a pasar un rato juntos. Así que pónganse cómodos. Voy a contarles algunas historias.

Retrocede y entonces toma su guitarra, y en cuanto se pone la correa al hombro y mira hacia atrás a Josh, él da el primer acorde. Lo sigue la guitarra de James, el bajo de Archer y la guitarra de Luna.

Cuando ella comienza a cantar, me sorprende, igual que siempre, que algo tan hermoso y delicado y fuerte al mismo tiempo pueda provenir de mi hermana. No porque no crea que ella sea capaz de eso, sino porque de alguna manera ella es mía. Me pertenece, y aun así, puede cantar de esa manera.

La voz de Luna es como algo dorado, como luz que llena el espacio desde el piso de madera enlistado hasta las vigas del techo. Algunas canciones son cosas sólidas, pero movibles, como arena, y otras son completamente líquidas. Cada una llena el salón en capas. He escuchado el primer disco de los

Moons cientos de veces, pero las canciones suenan diferente aquí, en vivo: efímeras pero reverberantes y como parte de este lugar, en todos sus rincones. En este instante, Luna no me pertenece a mí sino a todos, y si yo no supiera que eventualmente la música se detendrá, que Luna y Archer y Josh y James la detendrán, temería perderla para siempre.

Allá arriba ella no es una persona. Es una fuerza.

Más que nada, desearía poder estar ahí también. Quiero hacer algo que sea fugaz y temporal, pero tan real y profundo y sonoro.

Archer tiene una sonrisa en el rostro todo el tiempo, y mira hacia mi dirección varias veces durante el concierto. Yo sé cómo es estar ahí arriba —sé que las luces son cegadoras—, pero aun así, siento como si pudiera verme. Siento como si me estuviera viendo directamente.

diecinueve

Una hora después de que su número comenzó, estoy sentada y recargada en la barra, esperando a que Luna y los chicos empaquen su equipo. No quería estar ahí rondando, así que me alejé del área cercana al escenario. Todavía sostengo el vaso con agua mineral —el hielo ya se derritió y el agua ya no tiene gas— intentando parecer como que pertenezco al lugar. The Pixies suenan como música de fondo, y yo busco algo en mi bolsa sólo para entretenerme.

Cuando levanto la vista, veo que Archer camina en mi dirección. Cuando llega se inclina hacia mí y pone la boca cerca de mi oreja. Se siente electrizante. Puedo jurar que mi sangre comienza a bullir en mis venas.

—¿Quieres venir afuera unos minutos? —dice. Casi está gritando, pero apenas lo escucho. Miro en busca de Luna, pero ella todavía está en el escenario, hablando con James y una chica que no conozco, una pelirroja alta con una falda morada. Seguro Luna les está contando una historia. Lo sé porque sus manos revolotean como pájaros.

Asiento y digo:

—Claro —pero intento no gritar. Estoy segura de que sólo puede ver que mis labios se mueven, pero de todas formas se da la vuelta y camina hacia la salida. Le dice algo al portero al pasar, y luego me abre la puerta.

En la calle se siente más fresco. Nos recargamos en la pared del edificio para no estorbarle en la acera a la gente que va caminando hacia alguna parte. Este tráfico nocturno de peatones es como un desfile. En casa, uno podría caminar todo el día en las aceras y nunca se toparía con más de unas cuantas personas a la vez.

Afuera del bar no hay tanto ruido, y espero a que Archer diga algo. Escucho a la siguiente banda hacer un rápido chequeo de sonido, los tamborileos de una batería y unos cuantos acordes de guitarra eléctrica.

—Los oídos siempre me zumban después de que tocamos —dice Archer—, incluso con los tapones de oído —se pone las manos sobre las orejas y sacude un poco la cabeza— a veces es difícil quedarse si alguien toca después. Pero es una grosería irse —sonríe con la boca cerrada, y me descubro mirando sus labios. Desvío la mirada otra vez a sus ojos.

—Una verdadera estrella de rock —digo—. Preocupándote por no ser grosero y todo eso.

—Sólo soy el bajista —dice—. James es el chico malo.

Me sorprende escucharlo decir esto.

—¿De verdad? —cambio de postura y pongo mi peso sobre la otra cadera, siento la pared rasposa del edificio a través de la tela de mi vestido.

—No —dice, riendo—. Es un boy scout. O como se llame el equivalente británico de boy scout —mira hacia el otro lado de la acera, donde una chica con tacones altísimos sale tambaleándose por la puerta de un restaurante—. Si tuviéramos a un chico malo, supongo que sería Josh, sólo porque a él no le importa nada —se encoge de hombros—. Bateristas.

Asiento.

—Mamá siempre me advirtió sobre ellos.

—¿Ah, sí? —abre los ojos un poco más al decirlo, y me doy cuenta de lo largas que son sus pestañas.

Sonrío.

—Bueno, suena a algo que ella diría.

—Supongo que lo sabe —se recarga en el hombro contra la pared—. ¿Te dijo algo acerca de los bajistas?

Pienso otra vez en la regla de mamá de *no músicos*, brillando como otro letrero de neón en alguna parte de mi mente.

—Estoy segura de que ampliaría la advertencia a quien toque cualquier instrumento. Clarinete, por ejemplo.

—Tuba —dice Archer.

—Xilófono —me sacudo para dar el efecto.

Estoy lista para seguir diciendo instrumentos, pero él saca una cajetilla de cigarros de su bolsillo.

—¿Te importa si fumo? —pregunta. De hecho, me desanima un poco que sea fumador, pero ahí afuera en la calle no parece importar. Niego con la cabeza.

Saca un encendedor plateado y acerca la flama a su cigarro. Arruga los labios. Toma una calada y el extremo del cigarro arde en un perfecto círculo color naranja.

Por un momento me siento como si no fuera yo misma, y quisiera que hubiera un espejo para comprobar. ¿Yo soy yo? Tal vez es porque traigo puesta la ropa de Luna: me he impregnado de un poco de su energía al ponerme su vestido. Pero una parte de mí que no reconozco quiere tocar a Archer, tal vez en el anverso de la muñeca, o en el lóbulo de su oreja. Se me ocurre que tal vez soy un bicho raro.

Exhala y el humo flota hacia el cielo.

—¿Cómo era tener papás como ellos?

—Fantástico —pego la planta de un pie a la pared que está detrás de mí. No quiero hablar sobre mis papás ahora.

Me mira sin decir nada. En verdad está esperando una respuesta.

—En realidad, no veía mucho a papá —digo—. Seguro Luna ya te contó eso.

—Sí, bueno, sé que está enojada con él. ¿No lo veían cuando eran pequeñas?

—Nos mudamos a Búfalo cuando yo tenía dos años. Él se quedó aquí —miro a la acera de enfrente, observo las ventanas del edificio. La gente debe vivir ahí arriba, detrás de esas ventanas cuadradas, debe dormir en esas habitaciones mientras la gente en la calle sigue despierta.

—Solía verlo unas cuantas veces al año —digo—, pero se terminó cuando entré a la preparatoria. No lo he visto desde que tenía catorce y medio.

—Esa mitad sí que hace una diferencia —dice Archer, molestando, pero su sonrisa es amable.

Me encojo de hombros y lo miro de reojo.

—Yo creo que está bien contar las cosas por sus mitades —digo—. Ahora tengo diecisiete. Dos años y medio suena mejor que tres.

Él asiente y mira hacia la calle.

—Me doy cuenta.

Claro, si haces bien las cuentas son más de dos años y tres cuartos.

Los dos nos quedamos callados por un momento, pero no me siento incómoda. Se siente bien con la luz de los faroles cayendo sobre la acera y el edificio todavía tibio por el calor del día.

Siento como si pudiera quedarme ahí toda la noche.

—Luna siempre está muy segura de todo —digo.

Archer tira la ceniza en el pavimento.

—¿Tú crees?

—¿Tú no?

Se encoge de hombros y se desliza pegado a la pared hasta sentarse al borde de la acera, así que yo también lo hago.

—Yo escuchaba a Shelter todo el tiempo en la preparatoria —dice Archer—. Y cuando conocí a Luna, no podía creer que Meg y Kieran fueran sus papás. Pero ella no lo hace fácil. Me refiero a ser admiradores. De ellos.

—Ella no hace fáciles muchas cosas —me acomodo un mechón rizado detrás de la oreja.

Una perrita café se acerca, atada a una correa que lleva una persona, pero ahí abajo sólo veo a la perrita. Olisquea los zapatos de Archer y luego sus dedos. Yo toco su suave oreja.

Archer pone el cigarro entre sus labios y da una calada. Al exhalar, aleja la nube de humo de mí. Observo la espiral que flota en el aire y luego se desvanece.

—No voy a ofrecerte uno —dice mirándome. Su sonrisa es un poco maliciosa.

—Está bien —digo—. No fumo.

—Lo supuse. Pero temía que me dijeras que sí de todas formas. Luna se enojaría muchísimo —sonríe—. Nos estamos arriesgando al no decirle que hemos estado hablando.

—Enviando mensajes —digo.

—Exacto.

Sacudo la cabeza y desvío la mirada.

—Todos le tienen miedo a Luna —digo.

—No es eso —dice—. Me gusta que tengamos un secreto —hace una pausa—. Que *nosotros* seamos el secreto.

Me mira y siento que me sonrojo. Antes de que pueda decir nada, Archer habla otra vez.

—No seas tan dura con Luna —dice—. Eres su hermana menor. Yo sé cómo es eso. Yo también tengo una hermanita. Él nunca la mencionó en nuestros mensajes que nos enviamos en el verano. Ninguno de los dos mencionamos a nuestras familias, lo que quizás era parte de lo que me gustaba de hablar con él.

—¿Cómo se llama? —pregunto.

—Calista —dice—. Y si un tipo le ofreciera un cigarro, le rompería la cara —sonríe—. Pero sólo tiene quince años —sostiene el cigarro frente a él y lo observa. La punta todavía arde en color naranja y el humo se enrosca en una línea delgada que se eleva hacia el cielo—. De todas formas es estúpido fumar. A veces creo que fumo sólo para tener algo que hacer con las manos.

—Y con tu boca —lo digo sin pensarlo, y en cuanto me doy cuenta de cómo suena, las mejillas arden. Pero Archer sólo se ríe.

—Exacto —dice, y se pone en pie—. Quién sabe lo que haría si no la tuviera ocupada —aplasta la colilla del cigarro en la pared detrás de él y luego la avienta en el contenedor de basura que está junto a la puerta del bar.

—¿Entramos? —dice—. Debo asegurarme de ver a la banda que sigue.

—Qué buenos modales —digo.

—Lo intento —extiende sus manos frente a él, con las palmas para arriba.

Lo miro. *Te conozco*, quiero decirle, pero eso no sería verdad. En realidad no lo conozco. Todavía no.

—Ahora voy. Tengo que llamar a mamá —hago una pausa—. Eso suena tonto.

Archer se ríe.

—Si mamá fuera Meg Ferris, la llamaría todo el tiempo —abre la puerta y entra. Yo siento como si alguien hubiera apagado la música en medio de una muy buena canción. Camino hacia un farol cercano y marco el número de mamá. Ella responde la segunda vez que suena.

—Phoebe —dice, en vez de decir hola. Exhala mi nombre como un suspiro, como si estuviera aliviada. Como si hubiera estado esperando que la llamara desde el momento en que me fui.

—Hola —es extraño escuchar su voz a través de la bocina diminuta. Justo ayer estábamos paradas en el jardín haciendo bromas sobre secuestradores—. ¿Cómo estás?

—En el jardín.

Me la imagino sentada donde siempre, con un libro en el regazo, en una silla de jardín destartalada que está bajo el manzano. El árbol que cada otoño decide cortar, cuando las manzanitas rojas se atoran en la podadora y se aplastan en la entrada de los coches y atraen a las abejas, que se embriagan con el jugo. Pero lo reconsidera cada primavera cuando el árbol estalla con flores rosadas.

Observo el cielo, que es gris profundo, lo cual para Nueva York ya es muy oscuro. Está noche está cubierto de nubes y luminiscente, reflejando directo las luces de la ciudad en el suelo.

—¿Está oscuro por allá? —pregunto.

Se ríe.

—Fi, estamos en el mismo estado.

—Ya lo sé. Sólo me preguntaba… —me detengo. Ni siquiera sé qué me preguntaba. Hay un volante pegado al farol. EXTRAVIADA, se lee en letras pesadas y negras, y en lo primero que pienso es en una mascota. MI JUVENTUD, MI CORAZÓN. Donde debiera aparecer una foto de un gato o un perro, está la foto de una mujer con cabello café largo. SI LA ENCUENTRAS, POR FAVOR LLAMA A JOELLE.

Mmm. Ha de ser una especie de proyecto artístico.

—¿Dónde estás? —pregunta mamá. Miro a mi alrededor, como si lo hubiera olvidado. Tres chicas caminan por la acera del otro lado de la calle con los brazos entrelazados, riendo.

—Afuera de un bar —digo—. En Village.

Suspira.

—Justo lo que una mamá de una chica de diecisiete años quiere escuchar. ¿Dónde exactamente?

—En West Fourth. A unas calles de Washington Square —miro otra vez el letrero que está sobre la puerta, emanando suave y rosa y neón hacia mí—. El bar Tulip.

Intento imaginarla aquí, parada en la acera, observando de cerca del escenario, como yo cuando Luna cantaba. No puedo hacerla encajar aquí, ni siquiera en mi imaginación.

—Luna y los chicos acaban de tocar —digo.

Escucho a Dusty en el fondo, un ladrido rápido como advertencia.

—¿Cómo estuvieron? —pregunta mamá.

—Increíbles, mamá —una chica con un vestido largo a rayas pasa frente a mí y me sonríe, la tela del vestido le revolotea por los tobillos. Sonrío de vuelta. Podría ser cualquiera, cualquier chica neoyorquina, parada en esta acera. Podría no ser Phoebe Ferris—. En serio. La voz de Luna suena maravillosa.

—Seguro que sí —dice mamá, y casi puedo verla asintiendo al decirlo—. Luna es mucho mejor de lo que yo fui jamás.

¿Entonces por qué te enoja tanto?, quiero preguntar. Pero en cambio le digo:

—Tú también eras maravillosa —lo digo como si lo creyera, y sí lo creo, pero no estoy segura de cómo hacer que ella lo crea. Y en primer lugar no sé por qué eso es tan importante para mí.

Mamá continúa.

—¿Entonces Luna sigue con su plan?

—¿Con cuál plan?

—Con su plan de irse —es una forma extraña de decirlo, porque en muchos sentidos Luna ya se fue.

—Todavía planea irse de gira, si te refieres a eso. En septiembre —la puerta se abre y volteo a ver, pensando que quizás es mi hermana. Pero es una chica rubia con un tatuaje de mariposa que le cubre el esternón, y la tinta se enciende en tonos azul marino y rosa oscuro bajo el letrero de neón del bar—. Todavía no he podido hablar mucho con ella al respecto.

Mamá guarda silencio, y acerco más el teléfono a mi oreja. Quiero escuchar los sonidos de nuestro jardín en una noche de verano, con las cigarras cantando, el cenzontle que imita el canto de una docena de otros pájaros. Pero no logro escuchar nada, ni siquiera la respiración de mamá, por el ruido del bar y de la calle.

—El lugar estaba lleno de gente que fue a verlos —digo—. Son... un poco famosos.

—De la mejor clase —dice, pero no sé bien a qué se refiere. Estoy a punto de preguntarle cuando escucho una voz de fondo, más grave que la de mamá y más lejana. No escucho qué dice el hombre.

—¿Jake está ahí? —pregunto. Jake es el mejor amigo de mamá de la universidad, el que la apodó Diosa de la Fundición. Él hace esculturas enormes con cosas viejas con temas marítimos. Apila un montón de botes de remo, o estira telas de las velas en tiras a lo largo de todo un parque. Hace un mes él estaba en Alemania instalando en una plaza una gran caja hecha de remos entretejidos.

Me alegro que esté con ella. Significa que no está sola.

—Acaba de llegar. Me trajo comida china de May Je —dice mamá—. Cree que me voy a marchitar sin ti —escucho que algo cruje, tal vez una bolsa de papel, o la cubierta roja y larga de un par de palillos chinos—. Puede que tenga razón. La casa está tan silenciosa.

—Soy conocida por ser una persona excesivamente ruidosa —digo.

—Cacofónica —bromea, pero suena triste.

Las dos guardamos silencio. Quiero preguntarle sobre papá o acerca de Shelter, sobre cómo era cuando ella era la que estaba en el escenario. Pensé que sería más fácil hablar de cosas como ésta por teléfono, porque así evitaríamos mirarnos a los ojos, pero no me resulta fácil hablar con mamá aquí, en la calle, aunque ella no pueda verme ni yo a ella. Es como si no supiera por dónde comenzar: el principio o el final. ¿Y dónde encajo yo en todo esto?

—Voy a tener que dejarte —digo, aunque sé que mamá odia esa frase. *Si quieres colgar el teléfono, sólo dilo,* siempre dice. De hecho, lo hago justo porque ella odia esa frase, porque quiero que me diga que no la repita. Pero ella no se da cuenta.

—Bueno, Fi —dice—. Te amo, hablamos pronto. Dale mi amor a Luna.

Y luego cuelga —escucho el pequeño clic, el aire vacío—, antes de que pueda despedirme.

veinte

MEG
FEBRERO DE 1995

Kieran tomó mi mano y salí de la limusina. Estábamos bloqueando el tráfico y escuché la bocina de un taxi sonar detrás de nosotros, un sonido largo y agudo. Miré hacia el cielo azul pizarra y vi tres palomas volando hacia abajo desde el edificio que se cernía sobre nosotros.

Dan cerró la puerta y Kit me tomó del otro brazo. La limusina se alejó para ir a dar vueltas a la manzana hasta que termináramos. Me mareaba un poco pensar en eso, pero quizás era porque entre los cinco habíamos compartido cuatro botellas de champaña en el camino hasta aquí. La pasamos súper. Normalmente no bebo, pero me sentía tan contenta y tan nerviosa a la vez —mis pulmones estaban agitados y mi corazón latía débilmente— que me tomé tres copas grandes. Entonces, cuando entré al vestíbulo, me di cuenta de que quizás estaba ebria.

—Mierda —dije. Me tambaleé sobre mis tacones y me recargué con fuerza en el brazo de Kieran.

—Nena —dijo—. ¿Estás bien?

Reí.

—Mmm, creo que sí —podría haber jurado que el mundo estaba inclinado porque no podía mantenerme erguida. Gracias a Dios mis padres llegarían hasta la hora de la cena. De alguna forma los convencí de que la sala del juzgado sería demasiado pequeña para que cupiéramos todos. Los amaba —en verdad que sí—, pero era demasiada presión.

Kieran me ayudó a enderezarme y puso su mano en mi espalda baja.

—Si no te conociera mejor —dijo—, diría que estás ebria.

—Pero *sí* me conoces mejor —dije. Intenté inclinar mi cabeza con coquetería, pero sólo logré perder el equilibrio. Me sujeté del brazo de Kieran. ¿Quién inventó los tacones? *Un hombre*, siempre decía Kit, pero ese día los suyos eran aún más altos que los míos.

Kieran sonrió. Se veía tan guapo con su traje gris oscuro que casi me dolía mirarlo.

—Claro. Pero de todas formas, ¿por qué no tomas esto? —me dio una pastilla de menta que sacó del bolsillo—. Sólo para que el juez no se quede con la idea equivocada.

—No está bebiendo whisky —dijo Kit. Se acomodó el sombrero de fieltro azul oscuro con red y un pajarito de adorno. Era *vintage*, ridículo y fabuloso al mismo tiempo—. Si huele a algo, será a una elegante dama francesa.

Kieran sonrió y se encogió de hombros.

—Bueno —dijo.

Dan negó con la cabeza.

—Yo creo que las elegantes damas francesas huelen a perfume —dijo—, no a alcohol.

Me comí la pastilla de menta.

Carter leyó los letreros del pasillo.

—Por aquí —dijo. Kit tomó su mano y trató de hacerlo brincar, pero él no podía hacerlo, así que lo soltó y él se puso a hacer piruetas en medio del pasillo, riendo. Carter sólo la miraba a ella, con los ojos bien abiertos como si fuera un pájaro avizor o algo parecido. Kit llevaba puesto un traje sastre de falda azul grisáceo de los años sesenta que, como siempre, encontró en una de sus tiendas *vintage* favoritas en East Village.

—Te apuesto que hace treinta años alguna chica se vistió así para asistir a la boda de *su* hermana —me dijo cuando lo compró—. Y ahora yo iré con él a la tuya —Kit siempre hacía eso: ver historias en su ropa. Pero Carter sólo veía a Kit. Le gustaba Kit desde hacía años. Qué mal para el pobre y dulce Carter que a Kit sólo le gustaran las mujeres.

Entonces vi un baño.

—Tengo que hacer pipí —dije. Kit se dio la vuelta y les hizo una reverencia a los chicos.

—¡Me llaman! —dijo. Me tomó de la mano y me llevó hacia el baño.

Dentro, todo era de mosaicos grises y grandes espejos, que no me ayudaron mucho con el vértigo que sentía.

—El mundo entero me da vueltas —dije. Nos miramos la una a la otra en el espejo, sonriendo.

—El mundo no —dijo Kit—, sólo el baño.

—Es el mismo efecto —dije. Cerré la puerta del cubículo detrás de mí. Me senté por un momento y el mundo se quedó quieto, deteniéndose más allá de la puerta. Por primera vez en todo el día, sentí que una oleada de pánico se elevaba desde el estómago. ¿Qué estaba haciendo ahí? Había querido casarme con Kieran desde que accidentalmente me convertí en Meg Ferris, cuando un reportero de *Rolling Stone* escribió mal mi nombre. Él pensó que ya estábamos casados, escuchó Ferris cuando yo dije Foster. Leyó mi pensamiento, o mis deseos. Y dejamos que todo mundo creyera que era verdad.

Pero el día de mi boda se sentía como una especie de viaje en el tiempo, porque si ya estábamos casados, ¿entonces por qué estábamos ahí? Y si no lo estábamos, ¿entonces por qué todos creían que sí?

Sabía que eran pensamientos inspirados por el alcohol. Pero de todas formas experimentaba esa sensación tembloro-sa en el pecho, y no podía recobrar el aliento.

Me levanté y tiré de la cadena. Cuando salí del cubículo vi que Kit se estaba retocando el delineador. La miré en el espejo. Ella también me miró, de lado, sin mover nada más que los ojos.

—¿Y si esto es un error? —dije. Kit volteó a verme.

—Margaret Maeve Foster —dijo—. ¿Estás bromeando?

—Katherine Deidre Foster —dije—. No lo estoy —cam-bié mi peso hacia el otro pie y me detuve en el lavabo para equilibrarme—. De todas formas, todo mundo piensa que soy Meg Ferris.

Puso sus manos sobre mis hombros, todavía sosteniendo el delineador con la mano derecha.

—Meg, tú lo amas. Él te ama. A veces él puede ser un bruto y tú un bicho raro, pero nunca he dudado del amor que se tienen.

—Ay, Kit —dije—. En verdad eres buena para las pláticas sentimentales. Nunca dejes que nadie diga lo contrario.

Puso los ojos en blanco, pero sonreía. Guardó el delineador en su diminuta bolsa de mano.

—Todo va a estar bien —dijo—. Respira.

Y eso hice.

Kit me tomó del brazo y salimos por la puerta hacia el pasillo. En la sala donde íbamos a casarnos, Kieran estaba parado junto al juez, un hombre alto que parecía estrella de telenovelas. En el buen sentido.

—Vaya —murmuró Kit—. Yo saltaría a ese tren si me gustaran los hombres —entonces reí y ella también, y sentí que mis hombros se relajaban.

Kieran me sonrió y, sin siquiera intentarlo, sonreí de vuelta.

Kit y yo comenzamos a caminar en medio de la sala. Carter y Dan se acercaron al lado de cada una de nosotras y entrelazamos los brazos.

—¿No va a preguntar quién entregará a la novia? —inquirió Dan.

El juez lo miró y parpadeó.

—No es necesario —dijo. Una mujer sentada en un escritorio a un costado del juez soltó una risita.

—Bueno —dijo Dan—. Los tres la entregaremos.

—Anotado —dijo el juez—. De todas formas, primero deben firmar algunos documentos.

—Nadie tiene que *entregarla* —dijo Kit, dándole un golpecito a Dan en el brazo—. Es una mujer libre.

Cuando llegamos adonde estaba Kieran, me jaló hacia él y me besó.

—Eso está fuera de lugar —dijo Carter, el romántico—. Se besa a la novia más adelante, después de que se hayan casado.

—Perdón por eso —dijo Kieran—. No pude evitarlo.

—Muy bien —dijo el juez, pero finalmente sonreía un poco—. Manos a la obra.

No me importaba que estuviéramos haciendo el ridículo porque ahora, parada junto a este chico que amaba, me sentía muy, muy bien.

veintiuno

Al entrar otra vez en el bar, encuentro a Luna sentada en un banco cerca del escenario, sosteniendo una cerveza entre las piernas. La segunda banda ya ha terminado. Me perdí por completo de su concierto mientras hablaba con Archer y, luego, con mamá.

—Hey, Fi —dice Luna. Tiene los ojos un poco más abiertos que hace rato, y la boca más suave. Trae el maquillaje corrido, pero en ella luce como si fuera ahumado. Se acomoda un mechón de pelo detrás de la oreja—. ¿Qué te pareció?

—¿Quieres una cerveza? —pregunta Josh. Está parado detrás de Luna, recargado en la barra. Aunque trato de no hacerlo, miro a Luna, y ella me observa. Espera que le responda.

—Sólo un agua mineral con limón —digo. Me imagino que así parecerá que tengo una bebida de verdad en la mano, por lo menos.

Me siento junto a Luna, en una banca cubierta con vinil café maltratado. James está parado tan cerca de mi hermana que los hombros de los dos se tocan. Encajan juntos como un rompecabezas de dos piezas que se rompe en el centro.

—Hablé con mamá —le digo a Luna—. Quería saber acerca del concierto. Le dije que estuvo maravilloso.

Una sonrisa fugaz cruza el rostro de Luna, pero hasta ahí llega.

—Mataría por ver a tu mamá en acción —dice Josh—. Con puntos extra si eso incluye también a tu papá.

—Ni siquiera *nosotras* hemos visto eso en la vida real —digo—, y eso que somos sus hijas.

Luna me mira y parpadea. Luego abre la boca y dice algo totalmente sorprendente.

—¿Sabes qué? Yo antes fingía que papá era otra persona, alguien de las otras bandas con las que tocaban. Esperaba que fuera Paul Westerberg. Tal vez Dave Grohl. Pero no Perry Farrell —arruga la nariz.

—¿Sólo tú? —me doy cuenta de que me inclino hacia ella, y me enderezo para no caerme del banco. Los chicos observan a Luna, hipnotizados, como si avistaran algo raro, un ave, o un cometa atravesando el cielo. La boca de Josh está abierta un poquito, y las cejas de Archer están fruncidas. Entonces sé que seguro ella nunca habla de nuestros papás delante de ellos.

Luna asiente, sonriendo.

—Lo siento, Fi. Tú tienes el mismo hoyuelo que Kieran, en el mismo punto exacto —toca con su dedo junto a mi boca—. Estás marcada. Eres una Ferris pura.

—Supongo que sí —el barman pone mi vaso en la barra, las burbujas resplandecen con la tenue luz que brilla sobre nosotros.

—De todas formas —dice, y el hechizo se ha roto—, no importa. Él es papá. No me queda de otra —Luna se pasa los dedos por el cabello, separando sus rizos—. Pero no tengo que verlo.

Hay un silencio incómodo.

—¿Meg sigue viendo a alguno de ellos? —pregunta Josh—. Me refiero a Dan y Carter —ésta debe ser la primera vez que él inquiere al respecto. Me pregunto cómo es posible.

—De vez en cuando —su voz es plana.

Volteo a ver a Luna para ver si dirá algo más, pero está mirando fijamente las ventanas.

Cuando éramos pequeñas y nos enojábamos con nuestra mamá, Luna y yo a veces le decíamos que íbamos a dejarla, que nos iríamos a Nueva York a vivir con nuestro papá. En ese entonces sólo lo veíamos unas cuantas veces al año, y casi nunca en Manhattan. Él venía a Búfalo y se quedaba en el departamento que está sobre la cochera de nuestra casa, antes de que mamá construyera ahí su estudio de escultura. Desayunaba con nosotras y luego nos llevaba al zoológico o a la marina. Y luego regresaba a Nueva York, y pasaban unas cuantas semanas o un mes antes de que volviéramos a saber de él. Cuando estaba de gira, a veces nos enviaba postales con matasellos de California y Vancouver, o desde tan lejos como Berlín o Madrid. No decía mucho en sus postales. Quizá mencionaba a las otras bandas con las que daba los conciertos, o qué había cenado la noche anterior. Luna se quedaba mirando por horas su caligrafía rasposa y enredada, como si tratara de descifrar algo más que las palabras mismas. Después no las volvía a mirar. Creo que todavía las conservo en algún cajón.

Cuando nos enojábamos y le decíamos a mamá que nos marcharíamos, ella nunca decía que adelante, que lo hiciéramos. Pero tampoco decía la verdad: que él no nos quería ahí, que nunca lo había querido.

—Tú fuiste el *verdadero* error —me dijo Luna una vez. Yo tenía trece. Ella tenía quince, llevaba el cabello corto y usaba delineador de gato que le sobresalía de las pestañas como cantante de los sesenta. Sus ojos se veían enormes con el cabello tan corto. Tal vez fue una de las primeras veces en que me di cuenta de lo hermosa que era.

—¿Qué? —dije con una vocecita con un poco de pánico.

Luna se sentó en la cama junto a mí.

—Bueno, yo fui un accidente. Eso le puede suceder a cualquiera. Pero luego permanecieron juntos, y de hecho *intentaron* tenerte a ti —negó con la cabeza, como si no pudiera creerlo—. Eso fue muy, muy tonto de su parte —encogió los hombros—. Sin ofender —se puso en pie y se fue.

Ahora Luna se pone en pie y azota su cerveza sobre la barra. Escucho que el líquido que está dentro chapotea y burbujea. Todavía está medio llena.

—Hora de irnos —dice—. Estoy muy cansada —se inclina para besar a James—. Nos vemos en la casa, amor.

—Claro —dice, y Luna se voltea hacia Archer y Josh.

—No olviden pagar la apuesta.

—Lo haremos.

Camino a la salida, a Luna la detiene la cantante de otra banda, una chica coreana pequeñita con pelos parados y la boca pintada de rojo, y se abrazan y empiezan a platicar. Los chicos terminan cargando todo el equipo frente a nosotros. Como Josh tomó prestada la batería de otra banda, no les toma mucho tiempo desmontar sus cosas: una guitarra, un bajo, dos amplificadores, un par de maletas llenas de pedales y cables. Me siento en un banco mientras Luna habla con su amiga, y cada vez que Archer pasa me sonríe.

Cuando finalmente Luna termina, salimos a la calle y ésta luce igual que como la dejé, sólo que todo parece más tranquilo y fresco. Mi hermana me conduce en la dirección opuesta al parque.

—Vamos a subirnos en la estación Astor Place —dice. Damos la vuelta a la esquina hacia la estación del metro. La camioneta está estacionada cerca, y Archer está recargado contra la cajuela, con otro cigarro entre sus dedos. Doy un paso hacia él sin querer, como si tuviera su propia gravedad, y en ese momento me pregunto: ¿he estado actuando como si yo fuera un error? ¿Cómo algo que no debería haber sucedido? Tal vez ya es hora de hacer que las cosas sucedan.

En ese instante sé que besaré a Archer antes de que termine la semana.

—Fumar mata —digo, porque no sé qué decir además de repetir un anuncio de servicio público. Escucho el chirrido del metro que se detiene abajo, en la estación.

—Él ya lo sabe —dice Luna. Toma mi mano—. Anda. Todavía alcanzamos tren si partimos ahora.

Archer dice algo a nuestras espaldas, pero no lo escucho porque vamos corriendo. Para cuando su voz nos alcanza, ya estamos a la mitad de las escaleras.

veintidós

L una y yo vamos en el metro y no hablamos durante cinco estaciones. Lo sé porque estoy contando, intentando
aprenderme sus nombres y ver dónde se cruzan las diferentes
líneas. Luna no se da cuenta; recarga la cabeza en la pared
y cierra los ojos. Su tez luce pálida bajo la luz fluorescente.
Cuando el tren se detiene en Spring Street, Luna levanta la
vista y voltea a verme.

—Mamá me dijo que tú y Tessa ya no se hablan.

—¿Hablaste con mamá? —aúllo las palabras sorprendida.

—Me lo contó hace un par de meses por mensaje de texto
—Luna hace un movimiento de teclear en el teléfono con los
dedos—. Nunca me lo platicaste y a mí se me olvidó preguntarte. Soy una mala hermana.

—Está bien —observo el pestillo superior de su estuche
de guitarra, plateado y perfectamente cuadrado. Siento la ur-
gencia de estirar la mano y abrirlo, pero no lo hago.

—¿Qué pasó?

Inhalo.

—Sólo un lío con un chico.

—Ése es el mejor tipo de líos.

En esas palabras escucho el eco de lo que mamá dijo hace rato, acerca de ser un poco famosa. Mamá y mi hermana tienen el mismo vocabulario.

—En realidad no —digo—. Había un chico que a ella le gustaba desde hace mucho. Lo invitó para ir a la fiesta de graduación y yo fui con el amigo de él —me detengo. Por la ventana veo que algo se ilumina como un relámpago en el oscuro túnel del metro—. Me besó.

—¿El chico que le gustaba o su amigo?

—El que le gustaba —al recordarlo mi corazón late más rápido—. Pero él... también me gusta a mí. Yo no sabía que a ella le gustaba cuando lo vi la primera vez. Fue... una especie de confusión. Yo también le gusto a él —el tren rechina al detenerse y las puertas se abren. Siento el aire caliente y húmedo del subterráneo fluir hacia dentro del vagón.

—Qué fuerte —dice Luna. Veo que ya estamos en la estación de Brooklyn Bridge/City Hall y se pone en pie—. Tenemos que trasbordar a la línea 4/5 —dice. La sigo hacia fuera.

Nos paramos en la plataforma aguardando el próximo tren, Luna se recarga en el estuche de su guitarra y yo comienzo a contarle la historia.

Cuando pienso en cómo sucedió, lo primero que recuerdo es el cielo. Grande y negro y salpicado con estrellas que parecían polvo mágico. Estábamos a campo abierto, y yo no podía creer lo nítidas que se veían las estrellas, con todas las luces de la ciudad tan lejos. Había muchas más de las que esperaba, llenando el espacio entre las constelaciones que ya conocía. Nos fuimos del baile de graduación a media noche y tomamos el camión al jardín de Chelsea, o lo que parece un jardín por ahí.

Un bosque tupido y oscuro rodeaba el jardín abierto detrás de la enorme casa blanca de Chelsea, y una luna de tres cuartos colgaba gorda y plateada arriba de los árboles.

Cuando Tessa le pidió a Ben que fuera al baile de graduación con ella, me convenció de pedirle a Tyler que me acompañara, en lugar de a mi amigo Tom. Todavía no estaba muy segura de por qué había accedido. Para nada quería estar cerca de Tyler ni de Ben, y ciertamente no quería estar cerca de Tessa y Ben juntos. Creo que temía que Tessa supiera de alguna forma, y tal vez acepté porque pensé que así no sospecharía. Sospechar qué, no lo sabía. Había renunciado a estar con Ben antes de intentarlo siquiera.

Estaba parada junto a la fogata tratando de aparentar que estaba muy concentrada en quemar mi malvavisco (libres de gelatina sólo para mí, Chelsea pensaba en todo) cuando Tessa apareció a mi lado. Me entregó un vaso de plástico con una bebida rosa. Supuse que era vino envasado.

—Chelsea dice que hay un claro en el bosque —señaló hacia los árboles—. No está lejos, y afirma que desde ahí las estrellas se ven muy hermosas.

—Aquí se ven hermosas —dije, señalando hacia el cielo con mi malvavisco en el palo—. Y está calientito y relativamente libre de bichos —Tessa hizo una elaborada mueca con la boca, pero negué con la cabeza—. ¿Por qué no van tú y Ben? —dije. Sabía que Tessa quería que Ben la besara, y yo no quería estar ahí para verlo. ¿Qué iba a hacer? ¿Contar todas esas estúpidas estrellas? ¿Besar a Tyler? Para nada. Ya tendría que lidiar para siempre con el hecho de que Tyler salía tomándome de la cadera en las fotos del baile de graduación. Era absolutamente guapo, pero tan obviamente repulsivo. Había algo en su sonrisa y sus lindos dientes blancos.

Bebí un largo trago de vino.

Tessa se paró frente a mí y sacudió la cabeza, y luego todo su cuerpo: cabeza, hombros, caderas. Su cabello, peinado en ondas grandes y perfectas, caía sobre sus hombros. Ya había bebido dos copas de vino, cuando menos.

—¡Vamos todos! —dijo. Entonces Ben y Tyler caminaron tras ella, y yo miré primero a Tyler y después a Ben. Sonreía dulcemente con la mitad de la boca. Parecía una especie de disculpa.

—¡Nosotros vamos! —me dijo Tyler, acercándose enfáticamente a mí—. Tú y Ben vayan primero.

Tyler tomó la mano de Tessa y la elevó como si fuera la luchadora victoriosa al final de una pelea. Ella soltó una risita.

—Tessa y yo llevaremos unas provisiones —dijo, y la jaló, los dos riendo.

En la mesa de la sala de casa de Chelsea había pastelillos, pero estaba segura de que con *provisiones* Tyler había querido decir *licor*, lo cual potencialmente sólo podría empeorar la situación. De todas formas, me bebí el resto del vino en ese momento y tiré el vaso a la basura. Me comí el estúpido malvavisco. Incluso decidí llevarme toda la bolsa conmigo.

—Muy bien —dijo Ben. Me miró y sonrió por completo. Yo intenté sonreír igual, pero no sé qué tanto éxito tuve.

—¿Te gusta lo dulce? —preguntó Ben mientras caminábamos por la orilla del jardín. Había una pelota de futbol cerca de unos arbustos, y la pateó hacia la hierba.

—Son malvaviscos vegetarianos —dije, como si eso fuera una respuesta. Levanté la bolsa para mostrarle—. Mira, Chelsea los compró para mí. No como gelatina porque está hecha de pezuñas de vaca hervidas. O algo así.

—Qué asco —dijo él.

—Sí —dije—. Así que no quiero que los demás tontos se los coman mientras no estamos.

Ben rio.

—Ya me di cuenta. Y si no hay más remedio, podemos aventárselos a los osos si nos atacan.

En los cuentos que mamá nos leía a Luna y a mí, todo lo importante sucedía en el bosque. Y ahora veía por qué: cuando entramos, algo cambió. Más allá de los árboles estaba oscuro, incluso con la gran luna blanca brillando sobre nosotros. Por unos minutos seguimos una vereda de suelo blando llena de agujas de pino. Hacía horas que me había quitado los tacones y llevaba unas sandalias bajo el vestido, así que algunas agujas se metían entre mis pies y las suelas. Me tropecé con una raíz que sobresalía de la tierra como una herradura, y logré equilibrarme antes de caer.

—Cuidado —dijo Ben. Tomó mi mano para ayudarme, y yo le permití que la tomara. Eso fue lo primero que hice mal: no lo solté.

Cuando encontramos el claro me sentí mareada. Las estrellas giraban suavemente en el cielo, como si estuvieran al fondo de un lago y yo pasara la mano por el agua.

—El cielo da vueltas —dije—. No sé si me gusta —solté la mano de Ben y me recosté en la hierba, sentí su espinosa humedad bajo mis hombros. Las estrellas se quedaron quietas. Cerré los ojos por un momento y cuando los abrí vi que Ben estaba recostado junto a mí. Volteé la cara hacia él, mi mejilla tocaba la hierba. Él ya me estaba mirando.

—Le pedí a Tyler que nos diera un poco de tiempo si encontraba la manera —dijo Ben.

—¿Qué? —me senté y me volteé hacia él. El cielo se movía sobre mí; las estrellas volvieron a girar. Ben se quedó recostado en la hierba—. ¿A quiénes?

—A ti y a mí —dijo. Estaba nervioso, frotaba la palma de su mano con el dedo pulgar—. Ya sé que ésta no es la mejor forma de decirte esto. Pero es que siento que todo se volvió un lío —se sentó y volteó para verme de frente—. Yo quería que tú me pidieras que fuéramos juntos al baile. No Tessa.

—¿Qué? —dije en un murmullo, casi grito.

—Deja de decir eso —añadió Ben. Su sonrisa estaba torcida, esperanzada—. No puedes decirme que estás sorprendida. ¿Lo estaba? No lo sabía.

—No importa lo que yo piense —dije—. Le gustas a Tessa desde siempre.

—¿Desde siempre?

—Al menos desde el otoño pasado —arranqué un puñado de hierba y lo dejé caer—. Ella te veía con tu palo de lacrosse, pedaleando en bicicleta —me sacudí la hierba de la falda de satén de mi vestido—. Una vez casi te atropella —por un instante casi, casi, deseé que lo hubiera hecho, para no estar ahí en medio del bosque con un tipo que me gustaba y que resultaba ser la pareja del baile de graduación de mi mejor amiga.

La sonrisa de Ben se desvaneció.

—¿Así que ella me pidió primero?

—Básicamente —dije. Sentía algo en mi pecho como el burbujeo en una botella de agua mineral.

—Eso no es justo —su voz era calmada, racional—. ¿Yo no tengo voz y voto?

—No lo creo —saqué un malvavisco y lo sostuve entre mis dedos, aplastándolo. Deseé que viniera un oso para poder aventárselo. Y así dejar de hablar. Consideré meterme un puñado a la boca—. No funciona así.

Nos quedamos sentados por un minuto sin decir nada. Agucé el oído para escuchar a Tessa y Tyler, pero sólo oía el suave canto de un grillo, y las risas lejanas del resto de nuestros amigos alrededor de la fogata.

Ben se llevó las rodillas al pecho.

—Voy a poner una queja —dijo.

—Adelante —mi corazón latía con fuerza. En ese momento habría agradecido el licor. Pensaba que si las cosas eran más borrosas, tal vez sería más fácil.

Ben miró hacia los árboles.

—Sólo puedo pensar en que quiero besarte —hablaba en voz muy baja.

Negué con la cabeza pero seguí mirándolo.

—Eso es porque has bebido demasiado.

—Quizá —dijo y volteó a verme. Puso una mano sobre el suelo para equilibrarse—. Pero voy a hacerlo.

Se acercó a mí, puso su otra mano en mi mejilla e inclinó un poco la cabeza. Me miró como si realmente me estuviera viendo. O tal vez yo era la que finalmente lo dejaba verme. Estaba petrificada. Luego sus labios estaban sobre los míos, suaves y ciertos, y lo besé de vuelta antes de poder detenerme a mí misma. Escuché algo, un zumbido bajo, mi corazón tal vez, o las estrellas ardiendo en el cielo arriba de nosotros. Todo a la vez, sentí que no podía respirar.

Me aparté, y puse las manos sobre la hierba cubierta de rocío.

—No podemos hacer esto —dije, y al principio pareció como una pregunta, y luego como una especie de plegaria al cielo o las estrellas o lo que sea que me haya salvado de jugarle sucio a mi mejor amiga.

Entonces escuché la voz de Tessa entre los árboles, como si la hubiera invocado con la mente. Ella y Tyler se reían mientras caminaban por la vereda hasta el claro, y los dos corrieron hasta nosotros y cayeron de rodillas en el suelo, haciendo chocar una botella contra una piedra en la hierba.

—¡Provisiones! —dijo Tessa. Se veía tan contenta que me sentí mejor por un instante. Aún no sabía lo que acababa de suceder. Todavía podía salvar la situación.

Ben seguía tratando de cruzar la mirada conmigo mientras Tyler servía un vodka que yo no bebería en un vaso rojo de plástico. Miré a Tyler, sonreí forzadamente, pero no volteé a ver a Ben. Dije que tenía frío y volvimos a la fogata después de unos veinte minutos. Dejé los malvaviscos en el claro, y todavía me siento mal por haber contaminado el lugar con basura. Tal vez unos lindos conejitos veganos los encontraron y tuvieron un festín de azúcar.

No le dije a Tessa, no esa noche y tampoco las siguientes, pero ella se enteró. Porque justo como en los cuentos de hadas, un beso puede cambiar cosas: las arreglan o las rompen.

Cuando termino de contar la historia vamos en el metro bajo el río. Luna está sentada con su postura perfecta, balanceándose al ritmo del tren. Está en silencio.

—¿Cómo te sientes con respecto a él? —pregunta.

—Eso no importa —me paso los dedos por la frente como si me doliera la cabeza.

La voz de Luna es amable.

—Claro que importa.

Relajo los músculos y dejo que el tren me mueva de un lado a otro, como si estuviera en el agua.

—Me gustaba —digo—. En verdad, me gustaba. Pero ahora parece que nada de eso vale la pena —miro a Luna—.

Tessa y yo hemos sido las mejores amigas por doce años. Y estoy muy enojada con él por haberle dicho lo que pasó.

—Sí, pero entonces seguro le gustas mucho —dice Luna—. No puedes culparlo por intentarlo. Tal vez pensó que ella lo superaría. Quizá sólo no quería mentir.

Mentir, como lo hice yo. Pero ¿puedo culparlo? Sí, supongo. Lo culpo. Y aun así, cuando pienso en él, siempre suspiro profundo. Recuerdo lo que sentí al besarlo. Recuerdo lo dulce que fue.

—Y entonces —dice Luna—, ¿Tessa está enojada contigo por besarlo? ¿O está enojada porque no le contaste?

Lo pienso por un momento.

—Por las dos cosas, probablemente, pero sobre todo porque no le conté.

Luna se lleva las rodillas al pecho, balanceando las suelas de sus sandalias en el borde del asiento. Las uñas de los dedos de sus pies están pintadas de azul oscuro.

—¿Quieres saber qué pienso? —me mira.

—Por supuesto.

—Bueno. En primer lugar, para ella es más fácil enojarse contigo —dice Luna—. En vez de enojarse con Ben. O consigo misma —se pone la mano sobre el corazón—. Además, te aseguro que se puso furiosa porque atrajiste más atención.

—¿Atención por qué?

—Por ser una Fabulosa Ferris —Luna ríe—. Ya sabes, ser hijas de nuestros padres, entre otras cosas —se pasa los dedos por el cabello—. Ya sabes cómo es la gente de nuestra ciudad. Se muere por conocer a celebridades. Y aunque no sean tan famosas, de categoría B —voltea hacia la ventana, y veo que hemos llegado a Borough Hall—. ¿Por qué crees que Rachel Johnson divulgó esos rumores sobre mí cuando estaba en primero de preparatoria?

No recuerdo mucho al respecto, o de hecho tal vez no sabía mucho sobre eso. Yo sólo tenía catorce. Recuerdo haber visto a Luna llena de lágrimas en el metro camino a casa, y su actitud feroz, furiosa, al día siguiente en el pasillo de la escuela, al pasar junto al casillero de Rachel. Habían sido amigas. Y ya no lo eran.

Luna se pone en pie y la sigo hacia fuera del tren. La estación está tan iluminada que podría ser cualquier hora del día. Siento que ha pasado mucho desde la última vez que dormí, pero en este momento no me imagino quedarme dormida.

—Pero no se trata de mamá y papá contigo —digo—. Tú tienes lo tuyo.

Luna alza la guitarra cuando pasamos por el torniquete.

—En primer lugar, sí, de eso se trata. Todo mundo quiere hablar sobre Shelter —en el pasillo escucho que sus pasos hacen más eco que los míos—. En segundo lugar, tú también tienes lo tuyo. No sólo es la música.

—Avísame cuando descubras qué es —inhalo profundo. De pronto, siento las extremidades muy pesadas y no estoy segura de cómo lograré caminar hasta el departamento de Luna—. Tessa me dijo que me divirtiera con mi fabulosa familia —digo.

—¡Ja! ¿Ves? Justo lo que te dije.

—No lo sé. Creo que está enojada.

Salimos de la estación a la misma calle por donde entramos horas atrás. Los coches todavía se mueven lentamente por Court Street. Luna se sube a la acera y comienza a cruzar en cuanto cambia la luz del semáforo.

—Me cae bien Tessa —dice—. Siempre me ha caído bien. Y esta situación es difícil. Pero creo que tienes que relajarte un poco. No estás saliendo con él. Dijiste que lo lamentabas.

Se le va a pasar —me lanza una mirada—. Y tú eres la que renunciaste a un chico que realmente te gusta.

Sonrío.

—*Era* un tipazo.

Casi todas las fachadas de las tiendas ya tienen abajo las rejas de metal y las calles se ven distintas. Solitarias. Damos vuelta en Schermerhorn y la librería está iluminada, pero vacía. Mi mente conecta los puntos de nuestra conversación.

—¿Tú crees que papá es de los famosos de categoría B? —pregunto.

Luna lo piensa.

—No lo sé. Le fue muy bien con la crítica la última vez. Pitchfork dice que es un "músico de músicos" —hace el ademán de las comillas con los dedos—. Creo que quiere decir que es bueno, pero mucha gente no se da cuenta.

—Pero algunas personas sí.

Ella asiente. Pasamos la pared donde estaba la caja con el libro de *El guardián*, y veo que ya no está.

—Estoy segura de que el baile de graduación siempre es pésimo —dice Luna—. Como si fuera una norma o algo así. Fui con Robert Markham. ¿Lo recuerdas?

Lo recuerdo un poco. Era alto con cabello rubio, y llevaba puesto un chaleco azul marino que combinaba con el vestido de Luna, que tenía abalorios en la parte de arriba y abajo una falda de raso. Lo encontró en una tienda *vintage*. Cuando terminó de peinarse con el pelo abombado y de maquillarse, parecía una viajera del tiempo de la década de 1950.

—Puso su mano en mi trasero durante el primer baile, y después de eso pasé casi todo el tiempo en el baño, con Leah —sonríe—. No es que tenga un problema con que los chicos me pongan la mano en el trasero. Pero me tienen que gustar mucho para permitirlo —baja de un brinco las escaleras hacia la puerta de su departamento, el estuche de la guitarra se columpia junto a ella. Mete la llave en la cerradura—. Sin embargo, aprendí una lección importante.

—¿Cuál? —la sigo a través de la puerta hacia la luz del vestíbulo.

Luna baja la voz.

—Esconderse en un baño puede ser preferible a pasar un minuto más con un idiota —se da la vuelta y comienza a subir las escaleras.

¿Cuál fue mi lección?, me pregunto. ¿Que no puedo confiar en las cosas que suceden cuando el cielo está lleno de estrellas y he bebido demasiado vino rosado? ¿O tal vez que los secretos no son permanentes, que se revelan y derraman antes de que uno pueda detenerlos? Quizá las cosas habrían sido distintas si hubiera respondido los mensajes de texto de Ben los días que siguieron al baile de graduación, pero sólo apagué el teléfono e hice como si no hubiera pasado nada. Me imaginé poder detener esos mensajes en algún lugar de los satélites en el cielo, cruzando la atmósfera, de la misma forma en que debí detenerlo y no permitir que me besara.

veintitrés

Cuando despierto a la mañana siguiente, ya son más de las diez y el departamento está completamente iluminado por el sol. En la noche estiré las piernas sobre el brazo del sofá y las crucé a la altura de los tobillos, así que mi pie izquierdo continúa totalmente adormecido. Me siento despacio y luego me incorporo, con un hormigueo en toda la pierna. Brinco en un pie tratando de infundirle vida al otro. La sala está vacía, y la puerta de la habitación de Luna y James aún permanece cerrada.

Anoche que me quedé dormida estaba pensando en Tessa y Ben, así que ahora que estoy despierta mi cerebro todavía intenta poner en orden toda esa historia. Tres semanas después del baile, en la noche del último día de exámenes, Tessa me envió un mensaje de texto a las diez y media y me pidió que nos viéramos en los columpios. Yo sabía que para poder salir de su casa tan tarde seguro se había escapado bajando por el enrejado, pero yo no tenía que hacer eso. Mamá estaba en una conferencia en Toronto.

No me molesté en quitarme la pijama, así que caminé por la calle tranquila con unos zapatos bajos y en pantalones de yoga. Me llevé a Dusty con su correa y trató de olisquear todos los árboles que pasamos, pero la jalé para seguir caminando. Los faroles de la calle arrojaban pálidos halos de luz sobre la acera, lo que provocaba que los espacios entre ellos se vieran más oscuros.

En el parque, Tessa estaba sentada en el asiento de hule de un columpio, sosteniendo las cadenas con ambas manos. Llevaba puestos unos jeans y un suéter largo, y su barniz de uñas era rosa claro y estaba despostillado.

—Hola —dije—. ¿Qué pasó? —solté la cadena y Dusty se fue a husmear por los postes de los columpios—. Ya estaba en pijama. Estás haciendo que me desvele —me senté en el columpio más cercano y lo giré para verla de frente, pero ella seguía mirando adelante, hacia la calle.

—Él me contó —dijo.

Hundí los pies en la arena para detener el movimiento del columpio.

—¿Quién te dijo?

—¿Quién crees? Ben. Lo llamé.

Sentí un escalofrío y me envolví en mi suéter.

—¿Qué te dijo?

—Dice que le gustas, y que lo lamenta mucho —las palabras sonaban ásperas en su boca—. Dice que *te* lo confesó en el baile, cuando estaban en el bosque. Dice que se besaron.

Mi corazón golpeaba fuertemente mis costillas.

—Tessa, yo…

—No —levantó una mano en señal de alto—. Ya lo sé, tú eres la bonita…

—¡No!

—Y eres la interesante —entonces me miró—. ¿Pero cómo pudiste callarlo?

Me solté para girar en el columpio de nuevo. Tenía que desviar la mirada de la suya.

—Pensé que te arruinaría el baile. Él estaba ebrio. No sabía lo que hacía —dije, pero era mentira. Sí lo sabía.

—Ben me importa un carajo. Esto se trata de ti, Phoebe —se puso en pie en la arena frente a mí. Dusty levantó la cabeza y caminó hacia Tessa para oler su mano. Tessa no se dio cuenta. Ni siquiera movió la mano.

—No puedes pretender que las cosas sólo suceden —dijo—. Tú eres la que vives tu vida. Tú eres la persona.

Me miró por un segundo más y luego se dio la vuelta. No la seguí. Me quedé sentada en el columpio y la miré caminar por la calle hasta que se convirtió en una pequeña figurita en la acera cerca de su casa. Podría haber sido cualquiera.

Estuve sentada en el columpio unos minutos más, y luego tomé la correa de Dusty y caminé de vuelta a casa. Estaba callada y vacía, y aunque pensé en enviarle un mensaje de texto a Tessa, o incluso a Ben, no lo hice. No hice nada. Mientras intentaba dormir repasé las letras del código Morse en mi mente, todos esos puntos y barras, y pensé en los mensajes que podría enviarle a Tessa con la luz de la linterna en su ventana, si tan sólo supiera qué decir.

Me doy una ducha en el minúsculo baño de Luna, salgo con el cabello todavía mojado y me paro frente al refrigerador. Es el único lugar del departamento donde hay fotografías, pero compensa la falta: toda la puerta del refrigerador está cubierta de ellas. Hay una donde salimos Luna, mamá y yo en Irlanda hace tres años, paradas frente a una bahía de agua azul zafiro. Nuestros cabellos revolotean sobre los hombros y tienen el mismo tono de café oscuro que el sol. En otra aparece Luna yendo a la escuela en nuestra vieja camioneta roja, y yo de tres años junto a ella, abrazando a mi osito de peluche, Fuzzy. En otra sale Luna, ataviada con su vestido de graduación, junto a Amala y Pilar, levantándose la falda para mostrar sus ligueros. Por lo que se aprecia en las fotos, su baile de graduación fue superdivertido: nada de que Dan Markham le tocara el trasero, nada de estar escondida en el baño. Me pregunto qué será lo que yo recordaré al ver las fotos de mi baile de graduación en unos años. Malvaviscos y estrellas, quizá.

Abro el refrigerador y saco la leche de soya sabor vainilla, luego una caja de Rice Krispies de la alacena. Estoy a punto de sentarme cuando escucho que el teléfono de Luna suena con un mensaje de texto, y del otro lado de la sala también suena el de James. El de Luna está en la mesa, así que me estiro para verlo. Sin tocarlo, me doy cuenta de que es un mensaje de Archer. La pantalla se apaga antes de que pueda leerlo, y tengo una breve discusión conmigo misma sobre si es ético leer los mensajes de texto de otras personas. Luego dejo de discutir y aprieto el botón para que se ilumine la pantalla.

Voy a Madeleine's, dice. *¿Alguna petición?*

La apuesta. Archer va por el desayuno. Busco en Google Madeleine's y veo que es una panadería francesa que está en Court Street esquina con Cobble Hill. Puedo estar ahí en diez minutos.

Tú eres la que vives tu vida, me dijo Tessa meses atrás, parada frente a los columpios. *Tú eres la persona. No puedes pretender que las cosas sólo suceden.* Y esto es lo que me pregunto: ¿las cosas resultarán diferentes si corro directo hacia los problemas? ¿Si voy detrás del chico que me gusta en vez de estar a la deriva, esperando que él se acerque a mí? Como dicen, sólo hay una manera de saberlo.

Pongo la leche de vuelta en el refrigerador. Encuentro un menú de un lugar de burritos en la repisa de la cocina y un bolígrafo morado en un cajón, y entonces le escribo a Luna una nota: *Estás dormida. Yo ya me desperté. Voy a salir a caminar.* Dejo la nota en el centro de la mesita de la sala. Al salir cierro la puerta lo más silenciosamente que puedo.

veinticuatro

Aquí afuera no tengo que ser Phoebe Ferris, hermana de Luna, hija de Kieran y Meg. Puedo ser sólo Esa Chica en la Calle con Vestido Azul y Cabello Húmedo. Eso es lo que me gusta de Nueva York. Hay tanta gente que la probabilidad de encontrarte a alguien que conoces es mínima. Puedes olvidarte de tu historia. Puedes ser quien quieras ser.

Excepto cuando abro la puerta de vidrio de la panadería y tengo que volver a ser Phoebe, porque veo al chico con el que vine a encontrarme. Archer está parado frente al mostrador de vidrio con sus Converse negros, una camiseta gris oscuro y, estoy segura, los mismos jeans de anoche.

Me toma un minuto cruzar la mirada con él porque no quiero asustarlo, o parecer una loca comprabaguettes que merodea las panaderías francesas. Cuando me ve parece sorprendido, un signo de interrogación se forma en su entrecejo, y luego sonríe. Es como si una luz se encendiera en su rostro.

—Hola —dice.

—Hola —me permito a mí misma sonreír.

Camina hacia mí, sostiene una bolsa de papel.

—Me encontraste —dice.

—Me llegó tu mensaje —digo. Él parece confundido—. Es decir, el mensaje que le enviaste a Luna. Lo espié —entonces señalo mis ojos, como si él necesitara una pista para entender lo que le digo—. Soy una espía de mensajes de texto.

—Puedes espiar mis mensajes de texto cuando quieras —dice Archer, sonriendo.

Siento las mejillas calientes.

—Gracias —digo—. Luna y James todavía están dormidos.

—¿En serio? —mira su reloj—. Bueno, pues estoy aquí para pagar la apuesta —me enseña la bolsa.

Volteo hacia el mostrador.

—¿Dónde está Josh?

—Ah —señala por encima del hombro con un ademán—. Va directo al departamento de Luna. Es un poco lento en las mañanas. Además, quiere que yo compre el pan —sonríe y da una palmadita en su bolsillo. Me le quedo viendo los pantalones por un momento hasta que capto que está tocando su cartera—. Lo cual es justo. Anoche dormí en su sillón. Se puede pagar una noche de hotel con *croissants* de chocolate de este lugar.

Abre la bolsa para ofrecerme y tomo uno, envuelto en papel encerado, que está salpicado con chocolate oscuro. Doy una mordida. La corteza cruje y el chocolate es suave y semiamargo.

—Exquisito —digo, masticando, con la boca llena de pan mantecoso y chocolate. Finjo que me desmayo y caigo sentada en una silla que está en una mesita junto a la ventana—. Dios mío, ¿puedo vivir aquí para siempre?

—Claro —dice Archer—. Bueno, probablemente no en esta panadería —se sienta en la otra silla y le da una mordida a su *croissant*. Una migaja dorada se queda atrapada debajo de su labio inferior y me dan ganas de quitársela con mi dedo pulgar. De alguna forma me contengo. Pero entonces tiro sin querer mi bolsa de la mesa y mis tubos de bálsamo labial se desparraman. Estaría bien si sólo tuviera uno, pero tengo al menos cuatro. Archer se agacha para ayudarme a recogerlos. Alza las cejas y me mira por debajo de la mesa.

—¿Eso es todo lo que llevas en la bolsa?

Me río.

—No —digo—. Es que siempre los pierdo, por eso compro muchos.

Los dos nos sentamos otra vez y cierro bien mi bolsa para que no se vuelva a salir nada. Miro a Archer.

—¿Entonces qué vas a hacer hoy en la mañana? —pregunto. Justo en ese momento suena mi teléfono y veo que es un mensaje de texto de Luna.

Hey, tempranera, dice. *¿Qué hay?* Lo guardo de nuevo en mi bolsa.

—Tengo que ir al departamento de mis papás —dice—. Mi pedal de afinación no funciona muy bien, y necesito recoger el otro que tengo.

—Entonces en realidad no vives con Josh.

—No oficialmente —dice Archer—. Me quedo a dormir en su sillón muy seguido. Vive con otros tres tipos y de hecho su departamento es un poco asqueroso. Pero está más cerca del lugar donde ensayamos, así que después de tocar siempre duermo ahí. Regresar desde Brooklyn hasta Upper West Side es una locura —abre mucho los ojos—. Una vez me quedé dormido en el metro y terminé en Washington Heights. Fue un largo camino de regreso.

—¿Puedo acompañarte? —pregunto. ¿Por qué no? Excepto que Luna tal vez me mate por dejarla plantada—. Siento que necesito salir un poco —digo—. Necesito una aventura —por un momento me siento tonta, como si el subtexto fuera: ¿Y usted, señor, me puede ofrecer alguna?

Pero Archer me lanza una sonrisa amplia y cálida.

—Bueno, no estoy seguro de que ir a casa de mis padres sea una aventura. Pero eres bienvenida.

Sería más fácil si los dos pudiéramos evitar ver a Luna, pero Archer tiene que pasar a dejarles el pan. Cuando regresamos, vemos que Josh está recargado afuera de la puerta del edificio.

—Hey —dice Archer—, Luna y James todavía están dormidos —me quedo parada en silencio, sin decirles que Luna ya está despierta.

—Maldición —dice Josh. Mira su muñeca, pero no trae reloj—. Es alrededor de medio día.

—Bueno, no —dice Archer—. De hecho son las diez y media.

—Bien —dice Josh—. Como sea.

Le abro la puerta a Josh y todos entramos por un minuto al vestíbulo.

—¿Puedes subir esto? —pregunta Archer y le entrega la bolsa.

—¿Ustedes adónde van? —dice Josh.

—A recoger mi otro pedal —dice Archer.

Josh mira la bolsa de pan.

—¿Compraste de los que tienen almendras y chocolate?

—Sip —dice Archer—. Pero si quieres uno debes entregar el resto allá arriba.

Josh se encoge de hombros.

—Supongo que vale la pena subir los cuatro pisos —se da la vuelta y comienza a trepar las escaleras.

Entonces le mando un mensaje de texto a Luna: *Me encontré a Archer aquí afuera.* Lo que de alguna forma es verdad: estaba *afuera* cuando lo vi. En una panadería, claro, ¿pero a quién le importa? *Voy a irme en metro con él a recoger su pedal de afinación. Regreso pronto.*

—Ven —dice Archer—. Vámonos de aquí mientras podamos —me pone la mano en mi espalda baja, pero yo ya voy cruzando por el vestíbulo de mosaicos, paso la mesa del correo y llego hasta la pesada puerta de madera.

Cuando salimos a la acera, siento como si estuviéramos escapando de algo. Levanto la vista hacia la habitación de Luna esperando ver... ¿qué? Su cara, tal vez, o a ella diciéndome adiós con la mano. Pero sólo veo la cortina flotando con la brisa.

veinticinco

MEG
SEPTIEMBRE DE 1994

Puse el auricular de vuelta sobre la base del teléfono y coloqué la mano sobre el disco de marcar.

—¿Cómo está tu papá? —preguntó Kieran. Estaba parado al borde de la mesa de la cocina, sosteniéndose del respaldo de la silla. El aire acondicionado se había descompuesto la noche anterior y el viejo ventilador que adaptamos en la ventana zumbaba detrás de él y soplaba aire caliente y húmedo. Ya era septiembre, pero el calor no cedía.

—En realidad todavía no saben —dije. Me quité el cabello del cuello y me hice un moño. Estaba empapado de sudor—. Fue un infarto, pero está despierto. Sí puede hablar.

Kieran se hincó frente a mí y puso sus manos sobre mis rodillas desnudas.

—Eso es bueno —dijo.

—Va a entrar a cirugía en la mañana —escuché que se me empezaba a quebrar la voz—. Tengo que ir a Búfalo. Kit ya está ahí.

—Claro que sí —dijo Kieran—. ¿Por qué no empacas tu maleta mientras hablo a la aerolínea?

Asentí, observando la superficie lisa y brillante de la mesa de la cocina. Papá era un carpintero que hacía trabajos a la medida: libreros y gabinetes, a veces mesas o bancas. Cuando todavía vivíamos en Búfalo, él y Kieran construyeron juntos esta mesa. Tardaron un fin de semana, básicamente, porque papá no lo hizo todo mientras Kieran miraba. Le mostró cómo hacerlo y luego lo dejó hacer todo el trabajo por sí mismo.

—¿Vas a venir conmigo?

Kieran jaló una silla y se sentó.

—Meg —dijo—. Tú sabes que no puedo ir hoy. Uno de los dos tiene que estar en los Premios de MTV, o parecerá que no nos importa.

—Es MTV —dije—. A mí *no* me importa —ya habíamos ido a los Video Music Awards el año anterior, y aunque fue divertido ver el espectáculo (Madonna con sus bailarinas vestidas con lencería, bailando como desnudistas, para variar), en definitiva podía vivir sin regresar.

Kieran suspiró.

—Meg —me miró fijamente a los ojos—, necesitamos que pasen nuestros videos.

—Carter y Dan pueden hacerlo.

—Carter y Dan no son Ferris.

—Y yo tampoco —bajé la vista hacia los mosaicos blanco y negro del piso.

—Sí lo eres —dijo, y levantó mi rostro hacia él—. Tú sabes que lo eres. Y algún día lo haremos oficial—. De todas formas, van a rendirle homenaje a Kurt —su voz era suave—. Lo sabes —me sorprendió que lo mencionara. No habíamos hablado de eso desde que acordamos ir al evento. Después de que Kurt murió en abril, durante meses Kieran apenas podía pronunciar su nombre.

—Eso lo empeora todo —dije—. Es tan triste —entonces un recuerdo apareció en mi mente: Kurt y los demás integrantes de Nirvana tras bastidores después de los Video Music Awards un año antes, siendo entrevistados frente a una cámara. En el regazo de Kurt estaba Frances Bean, comiendo una galleta y apretando con su manita la cerveza de su papá. Cuando el entrevistador se fue, Kurt y yo cruzamos miradas. Él me saludó con la mano, pero otro entrevistador se sentó con él en ese momento, así que no me acerqué.

—Uno de los dos debe estar presente —dijo Kieran, hablándose a sí mismo tanto como me hablaba a mí. Yo sabía que quería a Kurt, pero en ese momento no estaba segura de si lo decía por nuestro amigo muerto o por las cámaras que harían tomas panorámicas de la audiencia para ver nuestras lágrimas mientras pasaban el video conmemorativo—. Pero no, tú no tienes que preocuparte, ve a ver a tu papá.

—Papá te quiere —dije—. Te dio una máquina para hacer etiquetas —dije la última parte en voz baja, y conforme las palabras salieron de mi boca sonó un poco ridículo. Pero era verdad.

—Meg, quiero a tu papá. Y me encanta la máquina de etiquetas —sonrió—. Basta con que veas mi colección de discos. Siempre puedes encontrar dónde está el punk o el soul de los sesenta —me apretó la mano—. En cuanto pueda te alcanzo.

—Me pregunto qué hará esta vez Madonna —dije—. ¿Cómo va a superar su número del año pasado?

Kieran sonrió ampliamente, contento porque yo bromeaba.

—Tal vez va a salir desnuda —dijo, sonriendo—. Te prometo que me cubriré los ojos —se puso de pie—. Voy a comprar tu boleto de avión.

Sabía que debía pararme y comenzar a empacar, pero me quedé sentada por un momento, escuchando el zumbido del ventilador y luego a Kieran al teléfono hablando a la aerolínea. Él intentaba hacer lo correcto, yo lo sabía, pero sentada aquí en la cocina sentía que no lo era.

veintiséis

Es un largo viaje en metro, y cuando salimos de la estación el cielo brilla por el sol y hay unas cuantas nubes desperdigadas. Los padres de Archer viven cerca de Columbia, donde su papá da clases de economía. Recuerdo el vecindario de cuando estuve ahí con Luna. Incluso pasamos por la cafetería donde conocí a James.

Caminamos unas cuantas calles hasta que Archer se detiene frente a un alto edificio de piedra caliza gris. El portero lo ve y abre la puerta de vidrio de marco dorado, detrás de la cual hay un vestíbulo con poca luz. Pese al calor, lleva puesto un abrigo ligero, pero sonríe y se le arrugan las esquinas de los ojos.

—Buenos días, Archer —dice, y luego me mira.

—Hola, Rafael —Archer voltea hacia mí—. Ella es mi amiga Phoebe.

—Hola —digo.

—Hola, Phoebe —dice Rafael.

Sonrío y permito que detenga la puerta para que yo pase, pero me siento un poco extraña al dejar que un hombre abra la puerta para mí. Creo que nunca antes he estado en un edificio con portero.

Dentro, el piso del vestíbulo es de mármol gris liso, y la luz que proviene de las lámparas de la pared parece deslizarse sobre él como metal fundido mientras caminamos.

—Qué elegante —digo.

Archer presiona el botón para llamar el elevador. Brilla en dorado y tiene una flecha al centro con la punta hacia arriba.

—Sí, está muy bien —dice—. Hemos vivido aquí desde que yo cursaba tercero de secundaria. Fue entonces cuando le dieron la plaza de profesor a papá. Mis padres querían un lugar donde pudieran hacer fiestas —imagino a los invitados cruzando el vestíbulo, los tacones de las mujeres golpeando el piso de mármol.

El elevador se abre. Es enorme. El interior es de madera oscura con un gran espejo plateado que cubre toda la pared posterior. Por un instante miro el reflejo de Archer junto al reflejo de Phoebe y me gusta lo que veo: tal vez una buena pareja, si entrecierras los ojos. Luego volteo hacia la puerta. Archer aprieta el botón del piso doce y se recarga en la pared. Hasta se encorva con gracia.

—Seguro tu mamá tiene una casa muy bonita, ¿verdad? —dice.

—Es bonita —digo—. Tenemos una casa victoriana, bueno, una granja básicamente, pero ocupa una manzana entera. Es supervieja. Contrató a unos tipos para pintarla de amarillo —visualizo los ventanales, el cobertizo sombreado. Las dos escaleras al frente tienen unas partes arqueadas fantásticas llenas de vidrio emplomado en tonos de azul y gris. Sé que mamá contrató a un tipo que se llama a sí mismo el Hombre de Vidrio, para que las reparara cuando nos mudamos—. Cuando mamá la compró era un desastre, y las casas son muy baratas en Búfalo. Pero apuesto a que ahora vale mucho más —el elevador timbra y las puertas se abren. El vestíbulo está pintado de azul oscuro y tiene un friso de madera a lo largo de la pared—. No sé muy bien cuál es el acuerdo entre mis papás —digo—. Me refiero al dinero. Sé que papá manda algo. Mamá sólo crea sus esculturas y las vende a gente rica. Y da clases en la universidad.

—Estoy seguro de que todavía reciben regalías de Shelter —dice Archer. Se detiene frente a una puerta, saca el llavero de su bolsillo y encuentra la llave correcta.

—No había pensado en eso —digo, y es verdad. Mamá siempre habla de la *gente rica* como si fueran muy diferentes a nosotros, y seguro que sí lo son, pero no somos pobres en realidad—. Tal vez tienes razón.

Archer sacude la cabeza. Se ve un poco avergonzado.

—Ni siquiera sé por qué te estoy diciendo esto. En cuanto estoy cerca de papá —dice y abre la puerta— comienzo a pensar en dinero.

Hay un vestíbulo dentro del departamento, y más allá veo una cocina con una estufa enorme y reluciente y repisas de granito. Hay un hombre en la cocina, recargado en una repisa, viendo su teléfono. Es alto, canoso y con ojos azul hielo, y voltea a vernos cuando entramos.

—Archer —dice—. Estás en casa.

Archer asiente.

—Estaba en casa de Josh. Tuvimos concierto anoche —se endereza y adopta una postura tiesa, como si sus huesos estuvieran conectados por un alambre. Archer me mira y luego mira al hombre—. Ella es Phoebe. Phoebe, él es papá.

—Soy el doctor Hughes —dice el papá de Archer y estrecha mi mano—. Es un placer. ¿De qué conoces a Archer?

Detrás de él veo que la puerta del refrigerador está completamente vacía, sin fotos ni dibujos. Nada.

—Mi hermana está en su banda —digo—. Es Luna. Mmm, obviamente.

Me mira como si no estuviera seguro de qué quiero decir. Luego dice:

—¿Tú también eres músico?

—No —digo—. Todavía no soy nada.

—Archer es músico —dice el doctor Hughes, y luego dirige la mirada hacia su hijo—. Qué será en diez años, eso ya lo veremos.

—Muchas gracias, papá —percibo algo de irritación en el tono de Archer. Se aparta sólo un poco de su padre, pero me doy cuenta—. Como siempre, tu apoyo es abrumador.

—Yo te *estoy* apoyando —el doctor Hughes guarda el teléfono en su bolsillo y toma un portafolio de la repisa—. Supongo que no de la forma que quisieras.

Archer no dice nada, sólo exhala suavemente y se mueve nervioso. La luz del sol cae formando un cuadro dorado sobre el piso de mosaicos junto a sus pies, y la cocina se queda en silencio.

—Mamá también da clases en una universidad —digo, sólo para romper el silencio. No le voy a decir que ella estaba en una banda también y que después la dejó.

—¿En verdad? —dice—. ¿En cuál?

—En la Universidad de Búfalo. Está en el Departamento de Arte.

—¿De historia del arte? —alza las cejas al decirlo.

—Taller de arte —digo. Y luego—: escultura —espero que no me pregunte en qué material esculpe, porque no me imagino que le guste mucho el metal. ¿Qué pensaría mamá? Él no parece tener la constitución para eso. *Este tipo*, diría mamá, *nunca podría soportar tanto calor.*

Asiente como si reflexionara mi respuesta. Casi puedo ver cómo toma la decisión: historia del arte habría sido mejor.

Archer parece estremecerse y afloja los brazos.

—Bueno, pues sólo venimos a recoger mi pedal de afinación —dice.

El doctor Hughes asiente.

—Muy bien —dice—. Y yo tengo una junta. Ya me voy.

Archer camina hacia el interior del departamento, y yo me quedo parada un segundo antes de seguirlo.

—Me dio gusto conocerlo —digo antes de retirarme.

—Igualmente —sonríe, y en ese momento su sonrisa parece sincera.

Archer atraviesa el umbral de una puerta por el pasillo. Supongo que para los estándares neoyorquinos su habitación es grande, está pintada de color azul grisáceo oscuro y tiene un póster del disco *Let It Be* de The Beatles: John, Paul, George y Ringo, cada uno en su propio recuadro. Hay un ventanal que da a las ventanas de bordes negros del edificio de arenisca del otro lado de la acera. Veo una bandera irlandesa en la ventana de enfrente, y una especie de palmera en la de junto. Archer enciende el estéreo y pone la aguja sobre el disco que dejó ahí. Son The Kinks.

—Qué bien —digo.

—¿Eres fan de The Kinks? —pregunta.

—Claro —digo—. La gente cree que la confrontación es entre The Beatles contra los Stones, pero debería ser The Beatles contra The Kinks —éste es el dicho de mamá y sólo lo parafraseo, pero Archer no tiene por qué saberlo. Además, ella me ha entrenado, y también a Luna; nos ha dado una educación

187

musical completa. Claro, se saltó la clase de Shelter en la década de los noventa, pero me estoy poniendo al corriente.

Archer me sonríe y siento que me sonrojo.

—¿Y quién ganaría? —pregunta.

Yo también sonrío.

—Ah, The Beatles, por supuesto, pero al menos sería una verdadera competencia.

Archer se arrodilla en el suelo frente a su cama y saca una caja. Yo me quedo parada en el centro de su habitación, no estoy muy segura de qué debo hacer. Hay un montón de fotos en su escritorio y trato de mirarlas sin que él se dé cuenta. Hay al menos una de Archer y una bonita chica de cabello oscuro.

—Me gusta el color —digo.

—¿Qué color? —está hurgando entre pedales y cables, sacando algunos y acomodándolos sobre el tapete.

—De tu habitación. Es como una ballena.

Estoy segura de que estoy diciendo cosas sin sentido. El poder que alguna vez he tenido sobre las palabras ahora me está fallando. Apenas entro a la habitación de un chico guapo y me desbarato, aparentemente. Pero Archer vuelve a sonreír.

—En definitiva así es como quería que se viera —dice.

—¿De verdad? —casi me siento aliviada.

Se ríe.

—Bueno, no, en realidad no. Pero me gustan las ballenas.

Archer comienza a buscar en las cajas bajo su cama y yo no sé dónde sentarme, así que mejor voy hacia la ventana y me paro a un lado. En la acera veo a Rafael ayudando a un repartidor con una enorme caja de comida. Una naranja se cae y rueda hasta la calle sin que se den cuenta.

En mi vida normal, yo nunca estoy tan arriba. La gente nunca luce tan pequeña, protagonizando escenas enteras en miniatura en la calle. Los coches pasan, los taxis amarillos cambian de carril. De pronto escucho el silencio entre las canciones, el disco que cruje como si fuera estática de la radio. Entonces comienza a sonar "Strangers", y Dave Davies canta con una voz como gravilla al fondo de un arroyo frío y transparente. Cierro los ojos e inhalo profundo. Me siento como si estuviera en una película, pero no estoy segura de cuál es la trama. No sé muy bien qué pasará después.

—¿Acaso hay una mejor canción que ésta en todo el mundo? —digo. Volteo hacia Archer.

Sonríe.

—Tal vez no.

—Justo ahora suena como lo mejor que podría escuchar.

Escucho al doctor Hughes decir algo desde la entrada, tal vez *adiós*, y la puerta se cierra con fuerza cuando sale. Una especie de hechizo se ha roto, como la señal de radio que se pierde cuando uno conduce demasiado lejos.

Archer gira y se sienta en el piso, recargado contra su cama. Me doy cuenta de que está ordenada con cuidado, la colcha gris metida debajo de su almohada y doblada en una línea perfecta. Me pregunto si Archer lo hizo o si hay alguien en su casa cuyo trabajo es hacerlo. Todavía no estoy segura de si es la clase de chico que ordena su propia cama.

—Papá me vuelve loco —dice Archer. Me está mirando, así que me siento también en el tapete.

—Tal vez sólo está celoso —digo—. La economía no es muy sexy.

¿Esto es lo que debería decir?, me pregunto. *¿Estoy haciéndolo bien?* No tengo idea.

Archer se ríe.

—Lo he pensado —toma un pedal verde y mueve las perillas distraído—. Antes hablábamos sobre música. Él fue el primero que me enseñó el soul de los sesenta. Tenía muchísimos discos cuando yo era niño: Otis Redding, Sam Cooke, Ray Charles. Pero entonces nos mudamos y mi hermana mayor comenzó a tener problemas.

—¿Ella vive aquí? —pregunto. Eché un vistazo a la primera habitación del pasillo, que tenía cortinas moradas largas y un montón de pantuflas de satén colgadas de la puerta. Si Tessa estuviera aquí, habría metido la cabeza a la habitación, recopilando información como una espía.

—No —dice—. Sólo Calista. No sé dónde está Natalie. Estaba en Boston hace un par de meses —empuja la caja debajo de su cama, donde cabe perfecto bajo el rodapié—. Era bailarina, pero se lastimó. Y desde entonces no pudo dejar de tomar las medicinas para el dolor.

Saca su cartera y espero que me enseñe su foto. Pero me muestra una licencia de conducir. *Natalie Hughes,* dice. Observo su fotografía: es la chica que vi en la foto del escritorio de Archer. Es bonita, con una cara angosta y pómulos altos, ojos azul cielo y cabello castaño ondulado, como el de él.

—La dejó en su habitación. Justo en medio, como si fuera un mensaje —sacude la cabeza—. Digo, ¿qué va a hacer sin su identificación?

—Tal vez tiene una falsa —*Ojos: azules,* dice la licencia. *Cabello: castaño. Altura: 1 metro, 69 centímetros.*

—Quizá, ¿pero por qué? Tiene veintidós años. Es como si hubiera querido dejar toda su vida atrás —entrecierra un poco los ojos, como si la luz fuera demasiado brillante—. ¿Qué se supone que debo hacer al respecto?

No sé qué responder, pero está bien porque creo que en realidad no está esperando una respuesta.

—Cuando dejé la escuela papá se puso muy mal —dice—. Ya ni siquiera sabe cómo hablar conmigo —se frota la frente—. No es que no pueda volver. Él todavía estará ahí. Él siempre estará ahí. Van a tener que arrancarlo de esa plaza en la universidad. No importa cuándo decida regresar, él no tendrá que pagar mi colegiatura.

Archer está sentado en el tapete tejido, recargado contra un costado del colchón de su cama. Estiro la mano para tocar una cobija de acampar de lana que está al pie de su cama, pero en realidad quiero tocarlo a él. Su rodilla o su hombro. Quiero sentir la tibieza de su piel a través de su ropa.

—¿Quieres regresar? —pregunto.

—¿Qué?

—Digo, a la escuela. Algún día. ¿Crees que lo harás?

Jala una esquina del tapete y luego la deja caer.

—Tal vez. Me gusta la idea de estar en la escuela; sólo que no estoy seguro de que necesite un título. Depende de qué suceda con los Moons —se encoge de hombros—. Sé que debo salirme de mi casa. Sólo que últimamente viajamos tanto que creo que no vale la pena. Esta vez nos vamos a ir todo un mes. Y a Calista le gusta que oficialmente todavía viva aquí.

—¿Qué crees que va a pasar? —pregunto. Él me mira—. Me refiero a los Moons.

Reflexiona un momento.

—No lo sé. Sé que Venus Moth quiere firmar con nosotros, y eso cambiaría las cosas. Me refiero a la próxima gira. Tal vez podríamos salir de Estados Unidos. Tocar en Europa.

—Ser famosos —digo.

—Mmm —dice—. En realidad eso no me importa mucho. Sólo quiero salir de aquí. Quitarme a papá de encima.

—Mamá quiere que hable con Luna —digo—. Que trate de convencerla de regresar a la escuela en otoño.

Archer me mira expectante, así que continúo.

—Todavía no le he dicho gran cosa, y de todas formas ella no va a escucharme —volteo hacia el escritorio, toco la caja de plástico llena de discos—. Las dos me vuelven loca. Primero, mamá está enojada con Luna por hacer lo mismo que ella hizo. Y Luna... es como si estuviera siguiendo todos los pasos de mamá y parece que no se da cuenta.

Archer sonríe, pero su mirada es seria.

—Creo que es difícil hacer que lo vea —dice—. Ella quiere creer que está tomando sus propias decisiones.

—No te preocupes —digo—. Luna siempre toma sus propias decisiones.

Comienzo a revisar los discos de la caja. Hay tres cajas más como ésa en el suelo junto a mis pies. Veo álbumes de Otis Redding, de Eels, de Talking Heads.

—Ése está firmado por David Byrne —dice Archer. Veo la firma en la esquina izquierda—. Papá me lo compró —suspira—. Hace mucho tiempo —se pone en pie para abrir un gabinete alto que está junto a la ventana—. Todos estos discos también —dice.

—Creo que tienes un problema con el vinil.

Saca un disco de en medio del estante.

—Lo sé.

Sigo viendo los discos, las cubiertas de los discos se sienten suaves al tacto. Ya casi termino de revisar la segunda caja cuando lo encuentro: el disco que hace que me detenga. Ni siquiera sabía que lo estaba buscando, pero cuando lo veo es como si la búsqueda hubiera terminado.

veintisiete

Papá ha sacado un disco en los tres años desde la última vez que lo vi, y lo compré yo misma en vinil hace seis meses. *Rolling Stone* escribió un artículo sobre él, hasta pusieron un pequeño encabezado en la portada. Sorprendí a mamá mirando la revista de reojo en el supermercado, y cuando se alejó para poner un frasco de jugo de naranja en el carrito tomé un ejemplar y me agaché para leerlo. "Gimme *Shelter*", decía, en clara referencia a la canción de los Stones. "Kieran vuelve al estudio con su disco *Promise*." Considerando que papá es dueño de un estudio de grabación, no estoy muy segura de cómo fue que *volvió* a él, pero supuse que no valía la pena escribir una carta al departamento editorial para preguntar.

Compré el disco en Spiral Scratch, una tienda de discos *indie* en el barrio. Cuando lo llevé a la caja esperaba que hicieran algún alboroto cuando me vieran, pero claro que el cajero no sabía quién era yo.

—Hemos estado escuchando este disco en la tienda —dijo. Se acomodó sus lentes de pasta negra en el entrecejo—. Por fin hizo algo bien.

Le sonreí y quizá me encogí de hombros, y luego caminé a casa abrazando el disco en su bolsa de papel. No lo escuché mientras mamá estaba en casa, y no lo puse en el gabinete de la sala con el resto de los discos. Supongo que ya había renunciado a lograr que ella me hablara de papá. Lo guardé en la pequeña rendija que está entre mi armario y mi librero, sobre el piso de duela, y a veces por la noche lo sacaba y manipulaba como si estuviera desactivando una bomba. La funda de cartón, el sobre, las letras de las canciones que estaban impresas en un papel delgado y transparente como piel de cebolla. El disco negro de vinil, con sus anillos concéntricos como los del interior de un viejo árbol. El disco venía con una descarga digital, claro, y la tenía en mi iPod. Lo escuchaba antes de irme a la cama, intentando comprenderlo a través de sus letras, de su voz. ¿Qué era esta *promesa*, y a quién se la hacía? Había una canción acerca de una ruptura y una sobre una chica llamada Laura. Yo no conocía a nadie llamada Laura. Había una letra de una joven con ojos verdiazules y me pregunté si era acerca de mamá. Pero papá había estado de gira sin ella durante quince años, y tal vez desde entonces había salido con cientos de chicas de ojos verdiazules.

En el disco sólo había una foto de él, pequeña, en la parte de atrás donde estaba la información del disco y los créditos de los demás músicos. Estaba parado de perfil, en las sombras, en blanco y negro. Tenía una amplia sonrisa, con la boca abierta. Ése era papá en escala de grises, compacto. Y ni siquiera en una fotografía podía lograr que me mirara.

Ahora, en la habitación de Archer, me encuentro mirando otra vez la fotografía de papá. Es tan pequeña que no luce el hoyuelo que es igual al mío.

—¿Te parece raro que tenga eso? —pregunta Archer. Está parado detrás de mí, tan cerca que siento su aliento sobre el hombro.

Volteo a verlo.

—¿Por qué sería raro?

—Porque ustedes no le hablan. Y Luna está muy enojada.

Niego con la cabeza.

—No es raro.

Archer frunce el ceño.

—¿Y tú lo estás?

Parece que a su frase le falta un adjetivo.

—¿Estoy qué?

—Enojada.

Lo pienso por un momento.

—Estoy confundida. Simplemente no sé adónde fue. Digo, no es que estuviera muy cerca de nosotras, pero ahora se fue por completo —levanto la funda del disco—. Excepto por esto —es sólo papel, son sólo fotos, pero siento que de alguna manera llevan la música dentro.

Acomodo el disco en su lugar en la caja y me siento en el borde de la cama de Archer.

—Lo que es raro —digo— es ser la única en mi familia que no hace música —siempre me he sentido así, pero no sé si alguna vez lo he dicho en voz alta. Y entonces lo digo y no sucede nada, excepto que Archer se sienta junto a mí.

—¿Nunca lo intentaste? —dice.

—Un poco. Mamá no me presionó, pero estaba abierta a ello. Es sorprendente, viendo cómo reacciona ahora con Luna. Digo, ¿qué esperaba que sucediera? —subo una pierna en la cama y me sostengo el tobillo—. De todas formas no tengo talento. Mi voz está bien, pero no es nada especial. No logré tocar ningún instrumento. Hasta intenté tocar la flauta. Supuse que tocarla sería algo totalmente diferente y que así podría tener algo que fuera sólo mío. Pero lo odiaba. Y no era nada buena. O tal vez temía ser muy mala en algo en lo que ellos son tan buenos —me detengo y siento que me sonrojo—. No sé por qué estoy diciéndote todo esto.

Archer me lanza una sonrisa que poco a poco crece en su rostro.

—Porque yo te pregunté.

Una paloma pasa por la ventana, una mancha de alas grises revoloteando.

—Siempre pensé que encontraría algo más —digo—. Tengo inteligencia, buenas calificaciones, pero en esencia eso es todo.

—¿Es broma? —pregunta—. Phoebe, eres una escritora maravillosa. Poeta, letrista, como se diga —estira la mano y toma mi muñeca entre sus dedos. Su pulgar presiona directo sobre mi pulso y siento como si me fuera a derretir en el suelo.

—Gracias —digo, y de pronto soy muy consciente del espacio que hay entre los dos. Podría medirse en centímetros, no metros, no kilómetros. Puedo ver las manchas ámbar en sus iris azules, y me pregunto qué es lo que él está viendo en los míos.

El disco termina y escucho que la aguja vuelve a su pedestal. Ahora todo está en silencio. Archer suelta mi muñeca y va a poner otro disco.

Hay un póster de un concierto de Elvis Costello en la pared que está junto a mí. Es de su disco *Brutal Youth*, y Elvis luce serio con una mirada quizás un poco reprobatoria. *Sí, no sé qué hago aquí, Elvis,* pienso. *Pero tal vez no es demasiado tarde para dar la vuelta.*

Mi corazón comienza a latir más fuerte contra mis costillas. La idea florece dentro de mí como los lirios de mamá:

hermosos, en forma de estrella y sólo por tiempo limitado. Me acerco un poco a Archer.

—Tengo que ir a un lugar —digo—. Y no quiero que Luna se entere —no sé qué hacer con las manos, así que pongo las palmas sobre mis muslos. Inhalo profundo—. Tiene que ser hoy. ¿Vienes conmigo?

veintiocho

Sé dónde está el estudio de papá. Lo sé porque Luna me llevó una vez el año pasado, cuando la visité en su dormitorio el primer semestre que estuvo estudiando en Nueva York. Era principios de noviembre y hacía mucho frío, y cuando nos bajamos del metro el aire olía como a cielo azul y hojas secas. El follaje de los árboles en Brooklyn era color rojo y dorado, parecía que ardía. Primero nos detuvimos en un café a comprar chocolate caliente en vasos de cartón, y luego caminamos tres calles con los vasos calientes entre las manos.

Al llegar nos quedamos paradas del otro lado de la acera y observamos el edificio algún tiempo, luego cruzamos y comenzamos a subir la escalera de la fachada: uno, dos, tres escalones. Había un pequeño timbre blanco y arriba de él, impreso en letras pequeñas en una cinta verde decía: ESTUDIOS KIERAN FERRIS. Me pregunté si papá habría hecho ese letrero o quizás alguna secretaria o algo así. Me recargué en el barandal, Luna torció la boca y miró el letrero, mientras frotaba una de sus largas botas café contra la otra. Tomé un trago de chocolate. Ahí parada pensé que debíamos tocar el timbre y ver si estaba, pero eso no era parte del plan de Luna. Cuando estiré la mano para tocar el timbre ella me detuvo, me tomó la mano. Negó con la cabeza.

Se dio la vuelta y bajó las escaleras hasta la acera, y luego comenzó a caminar hacia el metro.

—¿Ya nos vamos? —pregunté. Yo todavía estaba parada junto a la puerta, mirándola. Su bufanda roja voló detrás de sus hombros.

—Sólo quería ver el lugar —dijo.

No intenté convencerla. Sólo bajé las escaleras y la seguí, pasamos junto al café y nos subimos al metro, de vuelta a su dormitorio en la universidad. Después no hablamos al respecto, y lo que más me intrigaba era por qué me había llevado. Ella siempre estaba en la ciudad, podría haber ido sola sin que nadie lo supiera. Pero en vez de eso me llevó en su extraño peregrinaje, sólo para quedarnos paradas en la escalera y luego dar la vuelta e irnos. Tal vez ni siquiera habíamos estado ahí.

Esta vez se siente diferente, con Archer, porque el riesgo es menor. Si papá no está, o incluso si está, no tengo que preocuparme de qué pensará Luna. Ni siquiera tengo que contarle.

Hay algo estable en Archer, para empezar con la forma en que camina junto a mí, igualando mi paso aunque no nos digamos nada el uno al otro. Hasta ahora me doy cuenta de que cuando camino con Luna en las calles de esta ciudad siento como si siempre estuviera medio paso atrás, aunque me mueva lo más rápido posible.

Aquí en la acera quiero tomar la mano de Archer, pero algo me detiene. Después de hablar con Luna anoche, mi cabeza todavía es un lío con todo el tema de Tessa y Ben. ¿Si tomo la mano de Archer quiere decir que Tessa tiene razón? ¿Siquiera sé lo que estoy haciendo?

En la esquina de la calle de papá suena mi teléfono y lo saco de la bolsa. Es un mensaje de texto de Luna: *Vuelve pronto, ¿okey? Podemos ir al súper. Haré pasta para cenar.* Me detengo y le respondo el mensaje. *Okey.* Archer se coloca justo a mi lado en la acera y espera mientras observo la calle en busca del edificio de papá. Cuando lo veo, lo señalo.

—Ése es —digo. Concuerda con la imagen que tengo en la memoria: el edificio de una vieja fábrica con ventanas enormes y rejas de hierro forjado al frente de cuatro puertas separadas, cuatro escaleras. Reconozco aquélla en la que estuve con Luna en noviembre pasado.

—¿Deberíamos hacer esto? —pregunta Archer. Seguro percibe mi titubeo porque saca su mano y la pone para que yo la tome. Lo hago, y me aprieta suavemente los dedos. Caminamos juntos hacia la puerta.

El pánico se extiende por todo mi cuerpo como hielo. No he visto a papá en casi tres años y ahora voy a llegar de pronto, sin Luna, y con Archer, ni siquiera sé muy bien qué hay entre nosotros dos. Sin contar a Tessa, con Archer he sido más honesta que con nadie con respecto a papá, aunque no le haya contado todo. De todas formas, papá dará un concierto mañana en Bowery Ballroom y planeo ir.

Pero Archer todavía me está tomando de la mano, y antes de que me dé cuenta subimos la escalera y mi dedo presiona el timbre. La misma etiqueta verde está pegada arriba, y veo todas las letras del nombre de papá hasta que la puerta se abre.

veintinueve

MEG
JUNIO DE 1994

Hasta que Kieran encendió la luz me di cuenta de que llevaba mucho tiempo sentada en medio de la oscuridad. Mi guitarra estaba en el suelo frente a mí, pero no la había tocado al menos en una hora. Incluso había comprado un cuaderno nuevo en la farmacia, pero eso no me ayudaba.

—Estamos jodidos —dije. Kieran se sentó en el brazo del sillón—. No sé qué escribir —cerré el cuaderno—. Ya han rechazado tres canciones.

—Lo sé —dijo—. Está bien, nena.

—*Demasiada labia*, dicen. *Necesita algo que enganche* —aventé las notas de Rick al suelo—. Rick tiene pésima caligrafía, ¿sabes?

Kieran se rio.

—Probablemente sea mejor no decirle eso.

Levanté la barbilla y lo miré.

—Tal vez debería.

—Respira —dijo Kieran. Se arrodilló detrás de mí y deslizó sus manos por mis hombros. Cuando los presionó con las puntas de los dedos me di cuenta de lo tensos que estaban mis músculos. Suspiré y bajé la barbilla al pecho.

—Esto no es como creí que sería —dije. Pasé el dedo gordo del pie sobre un raspón en la duela, uno que Kieran había hecho meses atrás al deslizar su amplificador por el piso. Nuestra gata, Patti Smith, se acercó y restregó la cabeza contra mi rodilla. Estiré la mano para acariciarla.

—Esto es lo que creo —dijo Kieran—: estás tratando de hacer todo sola, pero somos un equipo, ¿cierto? Déjame ver qué estás escribiendo.

Le pasé el cuaderno.

—*Estás al borde del cielo y vas cayendo* —leyó. Levantó la vista y me miró—. Eso está muy bien.

—Sí, pero ni siquiera yo sé qué significa.

Kieran tomó mi bolígrafo y comenzó a escribir unas cuantas palabras. Me pasó el cuaderno y leí lo que escribió.

Pero el mundo ya no es plano.

Esperaba mi reacción. Sonreí.

—Tú también tienes pésima caligrafía —dije. Pero me gustó lo que había escrito. No estaba mal.

Kieran se encogió de hombros.

—Por algo Lennon y McCartney hicieron su mejor trabajo juntos. No te alejes, Paul —me dio un golpecito en el hombro.

—Para nada —dije—, yo sería Lennon. Tú eres McCartney, Señor Sentimental.

—De acuerdo —Kieran se puso en pie y me acercó hacia él—. Puedo serlo. Y tú te aseguras de que mantenga mi agudeza mental.

—Necesitas tener agudeza para mantenerla —dije. Sacudió la cabeza, sonriendo.

—Cállate —dijo, y me besó.

treinta

Cuando abre la puerta, papá luce bastante igual que siempre. Lleva puesta una camiseta azul marino y jeans, un par de audífonos negros le cuelgan del cuello y tiene el cable enredado alrededor de una mano como si fuera un lazo. Trae el cabello más corto, pero todavía no luce como si fuera el *papá* de alguien. Lo cual está bien, porque no lo es. No realmente.

Por un momento aguza la mirada al verme como si tratara de ubicarme, o tal vez para asegurarse de que soy yo. Quizás está buscando rasgos para identificarme, así como yo busco el hoyuelo que sé que tiene en la mejilla derecha, igual al mío en la izquierda. Me siento como si fuera un espécimen que alguien dejó a su puerta, listo para ser examinado. Luego su rostro forma una sonrisa.

—Phoebe —dice—. No sabía que estabas en la ciudad.

Claro, pienso. *¿Cómo ibas a saberlo?*

—Aquí estoy —digo—. Mmm, obviamente. Espero que esté bien que haya pasado a verte —estoy nerviosa, froto las puntas de los dedos de mi mano derecha. En algún momento antes de que la puerta se abriera solté la mano de Archer, y me siento a la deriva, insegura. Papá asiente, sonriendo como si fuera un día cualquiera.

—Claro que está bien —dice, su voz es cálida y amigable. Parece que para él no significa gran cosa no haberme visto hace años. Uno pensaría que nos vimos hace un par de semanas.

—Tú abres la puerta —digo—. No sabía si tendría que explicarle a alguien quién soy.

—No —niega con la cabeza—. Hay un par de ingenieros que a veces trabajan conmigo, pero ahora sólo estoy yo. Estoy grabando a Prue Donohue —con un movimiento de cabeza señala detrás de él y lo dice como si yo supiera quién es ella, pero por supuesto que no lo sé.

Estiro la mano y toco el barandal de acero forjado, que está tibio y suave.

—No queremos interrumpir.

—Estamos terminando —dice—. Pasen.

Entro al vestíbulo y papá mira a Archer. Me doy cuenta de que no los he presentado todavía.

—Él es mi amigo Archer —me inclino hacia él.

—Hola, Archer —papá extiende la mano y Archer la estrecha.

—Está en la banda de Luna —digo.

—Ah, claro. ¿Tocas el bajo? Los vi tocar en el Mudroom —papá entra al vestíbulo y nos dirige por un pasillo estrecho hasta el estudio. Las paredes están cubiertas de discos enmarcados: veo los cuatro de solista de papá acomodados en orden cronológico conforme pasamos, junto con otros discos que no reconozco en la pared de enfrente.

—Lo recuerdo —dice Archer, detrás de mí—. Gracias por ir a vernos.

—Claro —dice papá y se gira hacia nosotros—. Esperaba hablar con Luna después del concierto, pero desapareció.

No volteo a ver a Archer, pero percibo que vacila antes de decidir, como espero que haga, cubrir a Luna.

—No se sentía bien —dice.

Papá asiente, pero sólo veo su nuca, así que no sé si le cree o no a Archer.

El estudio está soleado gracias a una enorme ventana del lado derecho que da a un patio trasero del edificio. No es muy grande, y el poco espacio está atiborrado de instrumentos, amplificadores y cables.

Hay una bonita chica de unos veintitantos sentada junto al tablero de sonido, con mechas rosas entre su cabello rubio oscuro.

—Hola —dice en voz baja y dulce.

—Hola —respondo. Siento como si le hiciera eco—. Perdón por interrumpir —miro a papá, que se sienta junto a ella.

—No —dice él—. Sólo estábamos escuchando.

—Soy Prue —dice ella.

—Yo soy Phoebe —papá nos hace un gesto a mí y a Archer para que nos sentemos en un sofá de piel que está junto a la pared. Archer se sienta pero yo no. Recargo la cadera en el sillón.

—Es mi hija —le explica papá a Prue. Lo dice fácil, como si la palabra no se sintiera extraña en su boca.

—Qué bien —dice y asiente—. Toqué en un concierto con tu hermana. Es genial —por primera vez desde que crucé por la puerta desearía que Luna estuviera aquí, aunque sólo fuera para decirme qué se supone que debo pensar de esta chica. Prue se acerca a papá un poco más de lo que yo me acercaría a un hombre veinte años mayor que yo, pero tal vez es cuestión de confianza, de artista a ingeniero. Quizás él es una figura paterna para ella. Ciertamente él no está ocupado siendo el padre de nadie más.

—Yo estoy en los Moons —explica Archer—. Archer Hughes —se acerca a ella y le extiende la mano. Ella la estrecha y sonríe todavía más.

—Genial —dice—. Creí haberte reconocido —voltea a verme—. ¿Luna no vino contigo?

—No —digo. *Obviamente*, pienso. *A menos que sea invisible.* Hay tres guitarras sobre sus atriles junto al sofá, una de ellas es la elegante Fender Jazzmaster, la favorita de papá, con sus bordes asimétricos como una ameba. La cabina de sonido que está a un costado es del tamaño de la habitación de Luna en Schermerhorn, y veo un banco y un micrófono al centro. En la pared del fondo hay un montón de carteles de los conciertos de papá como solista, cada uno enmarcado cuidadosamente en negro mate, con una marialuisa color crema de más de cinco centímetros. No puedo evitar acercarme a verlos. Uno es de su primera gira como solista, cuando yo tenía dos años. Aparece de pie con la guitarra colgando de su hombro, con la mirada hacia un lado, intentando parecer serio.

—Ya me voy, Kieran —dice Prue. Volteo a verla. Se cuelga una bolsa enorme sobre el hombro—. Tengo que recoger a Alexei a las cuatro —me pregunto si Alexei es su novio. Pero fácilmente podría ser su hijo o hasta su perro. Un perro pequeñito, me imagino, pero tal vez adoptado, por lo menos.

Papá asiente. Papá siempre está asintiendo. Comienza a cantar la canción de The Beatles, "Dear Prudence".

—Sí, sí —dice Prue, pero sonríe—, *saldré a jugar.* Me dio gusto conocerlos, chicos.

—Igualmente —digo. Se ve que es muy linda persona, pero no logro que en mi boca se forme una sonrisa. Me siento en el sillón porque no sé qué otra cosa hacer. Quiero estirar la mano y tocar la mano o la rodilla de Archer, pero probablemente sería raro que lo hiciera. Él me está mirando, como si con los ojos me preguntara algo. *¿Estás bien?*, o *¿Quieres que nos vayamos?*, o quizá *¿Nos quedamos otro rato?* Yo asiento ante las tres preguntas que imaginé.

Archer mira alrededor.

—Tienes un buen estudio.

—Gracias —dice papá—. Es pequeño pero funciona. Me buscan algunos grandes músicos porque estoy dispuesto a prestarles atención, pero también a no involucrarme cuando no es necesario.

—*¡Vaya!*, pienso. *Vaya que tiene mucha experiencia en eso de no involucrarse.*

Casi me río. Mi voz interior está un poco malcriada el día de hoy.

—¿Aquí dentro cabe toda una banda al mismo tiempo? —pregunta Archer.

Papá niega.

—Estaría muy apretado. Normalmente no grabo a bandas completas en vivo. La mayoría son solistas, o bandas que tocan uno o dos instrumentos a la vez. Ven, te enseño.

Pasan por la puerta de la cabina de sonido y los observo a través del cristal de las ventanas. Papá es varios centímetros más alto que Archer, y cuando se inclinan con las cabezas juntas de pronto me entra una sensación de pánico al darme cuenta de que no conozco bien a ninguno de los dos. Otra vez desearía que Luna, o mamá, o Tessa estuvieran conmigo en este sillón de piel negro. Pero entonces ellos se dan la vuelta y me siento mejor. Ahí está papá que finalmente, después de tres años, está a sólo unos metros de mí. Y ahí está Archer, que vino conmigo voluntariamente e incluso me dio la mano.

Cuando salen de la cabina, papá le pregunta a Archer quién grabó el último disco de los Moons.

—Grabamos con Greg en Jackson —dice Archer, y aunque a mí me suena críptico, papá conoce el estudio del que habla. Sonríe.

—Greg es un gran ingeniero de sonido —dice. Se sienta junto al tablero pero gira la silla para ver hacia el sillón, y justo en ese momento estoy más cerca de él de lo que he estado en todo este tiempo. Observo su rostro detenidamente y no me importa que se dé cuenta de ello. Veo que tiene unas leves arrugas en las esquinas de los ojos, que se acentúan cuando sonríe. Toma los audífonos que tiene alrededor del cuello y los coloca sobre la mesa.

—¿Quieren grabar un nuevo disco pronto?

—Tenemos suficiente material —dice Archer y se sienta junto a mí. El sillón se hunde un poco, y me siento más calmada ahora que él está cerca—. Estamos tratando de conseguir el dinero.

Papá se recarga en su silla y ésta emite un rechinido corto.

—Yo puedo grabarlos gratis —dice—. Me encantaría hacerlo.

Miro a Archer. Tiene la boca abierta y los ojos muy abiertos. Me siento atontada y segura de que he cometido un error al venir aquí. Todo se está saliendo de control.

—A Luna le gusta hacer las cosas por sí misma —digo, y me enderezo, sosteniendo el borde del sillón con las dos manos.

—Claro —dice papá—. Pero me gustaría ayudar si ella me lo permite.

Archer me mira y luego ve a papá.

—Qué generoso —dice—. Luna no le dice a nadie que es tu hija —sonríe avergonzado—. Aunque la gente siempre lo averigua.

Parece que papá reflexiona al respecto. Toma un bolígrafo de la mesa sin siquiera mirarla, y luego juega con ella entre los dedos.

—Admiro eso —dice—. Pero es tonto que no use mi estudio. Puedo pedirle a otro ingeniero que realice la grabación, si ella quiere. Greg mismo puede hacerlo. ¿Pero para qué pagar por el estudio cuando yo tengo uno aquí mismo?

—Buen punto —dice Archer. Me mira—. Vamos a hablar con ella.

Inhalo, pero no siento los pulmones lo bastante grandes para lo profundo que quisiera respirar. Papá me mira.

—Me gustaría ver a Luna, Phoebe. ¿Puedes decirle? —papá me mira directo a los ojos, y estando tan cerca veo que sus iris cafés están salpicados de verde. Hay algo en su postura que me recuerda a Luna, y quizás es porque los dos están acostumbrados a estar en un lugar lleno de personas que los observan—. Y también me gustaría verte a ti otra vez.

Por un segundo lo observo y pienso: *Pues te estoy viendo ahora. ¿Acaso me estás despidiendo?* Pero en realidad tampoco sé cómo pasar el rato, cómo estar juntos.

Papá coloca sus manos sobre las rodillas.

—Mañana en la noche doy un concierto en el Bowery Ballroom. Puedo ponerte en la lista. Y también a Luna. Y a Archer, por supuesto.

—¿Vas a tocar mañana? —digo—. No sabía —siento como si estuviera leyendo un libreto. Me pregunto si Archer se da cuenta de que miento. Me pregunto si papá lo percibe—. Claro, nosotros vamos. Pero no sé si Luna irá.

—Genial —papá escribe su número de teléfono en tinta azul oscuro, es el mismo que tiene desde años y que todavía me sé de memoria. Escribe su dirección debajo del número. Me da el papel y lo veo.

—*Okey* —me escucho decir.

Más tarde, Archer me encamina a la estación del metro, aunque planea encontrarse con Josh en Dumbo para ensayar dentro de una hora. Estamos parados en medio del calor del andén esperando la luz y el ajetreo del próximo tren en las vías. Me siento un poco mareada, y no sé qué hora es, ni siquiera puedo decir si afuera hay luz o está oscuro.

—Debo regresar al departamento —digo—. Luna quiere que vaya con ella al supermercado. Va a cocinar para cenar —extrañamente tengo ganas de que eso suceda: la cocina diminuta de Luna y viejos platos y salsa de tomate de frasco.

—Eso será interesante —dice.

—Creo que sólo va a hacer pasta —digo, y como si fuera necesario, añado—: de caja.

Él está sonriendo. Luego aprieta los labios.

—¿Le vas a decir a Luna que lo vimos?

—Para nada. ¿Estás loco? —lo digo como si estuviera bromeando, pero es en serio—. Pensaré en algo —hace poco revisé el mapa de mi camino en metro y sé adónde voy—. Te veo afuera de la estación Bowery mañana a las siete.

—¿No vas a decirle adónde vamos?

—No —digo—. Sólo reír.

Nos quedamos parados un momento, uno frente al otro, y nunca antes había sido tan consciente del viento. Saco mi teléfono de la bolsa sin desviar la mirada de Archer. Una sonrisa comienza a formarse en su boca y asiente.

—*Okey*, Phoebe. No sé cómo vas a resolver todo esto, pero ahí estaré. Envíame un mensaje si tienes algún problema.

Cuando estiro la mano para tomar mi teléfono nuestros dedos se encuentran. Quiero tomar su mano, pero no lo hago. No todavía.

—Seguro voy a tener muchos problemas —digo—. Pero ahí estaré.

treinta y uno

Luna y yo vamos a una tienda de *bagels* en Montague antes de que el sol comience a calentar el día. Ordenamos unos *bagels* tostados de trigo sabor miel y con queso crema —Luna dice que los hacen ahí mismo— y esperamos a que los traigan, recargadas al final del mostrador. El chico de la caja observa cuidadosamente a Luna cuando le entrega el cambio.

—Tú eres Luna —dice. Inclina la cabeza, pero su cabello cuidadosamente peinado permanece en su sitio.

—Lo soy —dice. Le lanza una sonrisa estilo Mona Lisa y endereza los hombros.

Él toma nuestra bolsa de *bagels* de manos de la chica que los tostó, y se los entrega a Luna.

—De Luna y los Moons —dice. Su compañera de trabajo pone los codos sobre el mostrador y mira a Luna como pensando que debería conocerla, pero no sabe quién es.

Luna sacude su cabello sobre los hombros.

—La misma.

Él ahora sonríe y asiente.

—Te vimos en el Tulip la otra noche —dice.

—Genial —la sonrisa de Luna es más grande—. ¿Y qué les pareció?

—Estuvo increíble.

—Fue mucha gente —dice Luna—. Gracias por ir a vernos —sonríe de nuevo sinceramente y luego salimos por la puerta de vidrio. Se cierra detrás de nosotras y escucho que tintinean las campanitas. Y pienso: *¿Así nada más?* Puede ser así de fácil, pero cada vez que a mamá le preguntan quién es, inventa juegos complicados para fingir que es alguien más o lo niega.

Luna y yo vamos hacia el camino costero para comernos nuestros *bagels*. Nos sentamos en una banca roja a la sombra de un árbol largo con vista al río azul y brillante. La Estatua de la Libertad se erige verde y derecha desde el agua, sosteniendo su antorcha en alto. Es mucho más pequeña de lo que esperaba, tan sola ahí fuera.

Luna tiene en la mano el círculo perfecto de la mitad de un *bagel* y pone los dedos de su pie izquierdo en punta. Dibuja una línea en el piso con ellos.

—¿Cómo es la casa de Archer? —pregunta.

—Elegante —digo. Miro hacia el agua para no tener que ver a Luna—. Pero su papá es un poco odioso.

—Bueno —dice Luna—, el nuestro también —hace un amplio gesto con los brazos como si estuviera en medio de un musical. Está actuando, pero sólo yo estoy lo bastante cerca para escucharla. Éste es el acto *despreocupado* de Luna, en el que nada importa y todo es divertido, hasta los padres desobligados estrellas de rock.

El viento me levanta el cabello de los hombros y lo vuelve a dejar caer. Escucho la bocina de un barco, un quejido grave que podría ser de un animal. Tal vez de un elefante, o una morsa, algo con pulmones grandes y una nariz espectacular.

Por algún motivo es reconfortante que el barco emita su advertencia mientras viaja. Me gustaría que todo en la vida tuviera una advertencia igual a ésa.

Luna suspira.

—Lo lamento, pero voy a tener que detener todo esto.

—¿Qué? —volteo a verla, pero ella mira hacia el agua. A menos que haya estado entrenando como espía, o que Archer le haya dicho algo, no hay forma de que sepa que visité a nuestro papá.

Luna me mira.

—Archer —sacude la cabeza para poner énfasis.

—¿A qué te refieres? —pregunto. Estoy tan confundida por el pánico que no entiendo qué quiere decir. Una adolescente pasa corriendo, persiguiendo a un perrito que se soltó de la correa, y volteo para seguirla con la mirada. Sus sandalias golpean el suelo y el perro corre un poco adelante que ella, lo suficiente para no ser atrapado.

—Considéralo prohibido —la voz de Luna es firme—. Sé que es guapo y lo quiero, pero es un desastre.

Volteo hacia ella, casi suspiro aliviada. Esto no tiene nada que ver con nuestro padre.

—Primero que nada, ¿quién dijo que me interesa?

Me mira fijamente con sus ojos tan verdiazules y claros como los de mamá.

Nos quedamos calladas un momento. Los edificios que rodean Manhattan se ven como un escenario, o un modelo a escala. Son demasiado perfectos, demasiado geométricos para ser reales.

—¿Qué tipo de desastre?

Luna arruga el papel aluminio del *bagel* y lo guarda en la bolsa. Estira las piernas y mira sus zapatos.

—El tipo de desastre que no puede arreglarse pronto —inhala y deja salir el aire despacio, como si estuviera demostrando una técnica de meditación. Luego me mira—. Y yo también —dice.

No tengo idea de a qué se refiere.

—¿Tú también qué?

—Tal vez yo soy el mismo tipo de desastre —sonríe pero es una sonrisa indecisa que parece que en cualquier momento va a colapsar.

Me doy cuenta de que me estoy sosteniendo del borde de la banca tan fuerte que distingo las vetas de la madera.

—Entonces quizá debería advertir a James con respecto a ti —digo.

—No creo que te escuche —dice, y sacude un poco la cabeza.

—¿Y por qué yo sí debo escucharte?

—Porque si no lo haces —dice—, le voy a decir a mamá. Y entonces tendrás que escucharlo de su boca —parece que ha vuelto a la normalidad, segura de sí misma y con la certeza de que tiene la razón—. Subirá al Volvo y estará aquí para la hora de la cena.

Puedo imaginarlo: mamá y Dusty llegando al departamento de Luna en Schermerhorn, lista para salvarme de tener un novio músico, o lo que sea. Ya sabes, el tipo de novios/esposos que ellas dos han tenido. *Porque básicamente estás viviendo la vida de mamá*, pienso.

—Bueno —digo—, tendrías que hablar con ella para contarle.

Luna se encoge de hombros.

—Se lo puedo decir por mensaje de texto.

Hay una nube sobre nosotras con la forma perfecta de una tortuga, flotando como un globo a través del cielo. Echo la cabeza hacia atrás para mirarla.

—¿Qué tiene de malo Archer? —digo—. Me parece que es genial.

Luna asiente.

—Él *es* genial. Pero ha tenido un año difícil, desde que se fue su hermana —desenrosca la tapa de su botella de agua y bebe un trago—. Durante un tiempo pensé que íbamos a tener que sacarlo de la banda.

Ya sé a lo que se refiere con eso. Ha tenido algún problema con el alcohol o drogas o chicas o *algo*. Pero no puedo vincular lo que ella dice con el Archer que conozco, tan educado y responsable.

—¿Y qué pasó entonces?

—Bueno, tuvimos una plática seria. Todos nosotros. Se quedó con Josh unas cuantas semanas sin ir a casa de sus papás —aprieta los labios, recordando—. Ha estado mejor desde entonces.

¿Entonces cuál es el problema?, pienso.

—Bueno, sólo estamos pasando un rato juntos —*Y, mmm, nos hemos estado enviando mensajes toda la primavera y el verano.* Sacudo mis manos frente a mi rostro como si estuviera alejando una nube de mosquitos—. Si me quedo *contigo* cada minuto de los próximos días nos vamos a matar la una a la otra —volteo a verla—. Déjame tener un amigo. Es muy lindo —siento que mi propia voz comienza a temblar—. Las cosas han estado tan mal, y ayer... ayudó.

Luna estira la mano y toca un rizo de mi cabello que cae justo sobre mi hombro.

—Muy bien —dice—. Amigos. Pero sólo eso.

Asiento y sonrío, primero una sonrisa pequeña y luego más grande. Pero tengo los dedos cruzados. No conozco los sentimientos de Archer, pero no quiero que seamos sólo amigos.

Se siente bien que al fin tenga un secreto que no puede lastimar a nadie. Y tal vez uno es suficiente.

Así que entonces casi le cuento a Luna que fuimos a ver a Kieran, y que quiere grabar su disco. Que parece que nos extraña, a su manera. Pero Luna se pone en pie y camina hacia el barandal de la barda de concreto y se para sobre ella. El sol sale detrás de una nube y el cabello de Luna brilla como la lava, cuando se enfría y se vuelve negra. Entrecierro los ojos y la observo convertirse en una silueta contra el extenso cielo azul.

treinta y dos

MEG
DICIEMBRE DE 1993

Tenía las medias rotas, pero la mujer del vestuario —creo que se llamaba Julie— no estaba preocupada.

—Me gustan así —dijo. Estaba parada con la cadera de lado, inclinando la cabeza. Su cabello rubio estaba teñido de morado en las puntas, como si lo hubiera metido en jugo de uva—. Te hace parecer como que no te importa. Como si fuera un accidente.

Casi le digo que sí *fue* un accidente romperme las medias —y que últimamente mi vida entera también se sentía como tal—, pero en ese momento Kieran apareció en la puerta vestido con una camiseta y jeans.

—Nos están esperando —dijo—. ¿Ya estás lista? —me miró de arriba abajo—. Te ves espectacular.

—Gracias —dije. Había estado muy nerviosa toda la mañana y sin ganas de comer, así que me sentía mareada y somnolienta, como si me moviera en el agua y no en el aire. Si había mariposas en mi estómago, eran prehistóricas, con alas de un metro de largo. Dejé que Kieran tomara mi mano y me llevara hasta el pasillo.

—¿Eso es lo que te vas a poner? —pregunté—. ¿Te cambiaste siquiera?

—¿Qué? —dijo—. Quieren que me vea normal. Tengo un sentido natural del estilo, ya lo sabes —me dio una vuelta y me inclinó como bailarín de salsa, y estaba a punto de besarme cuando escuché un chillido detrás de nosotros. Era Julie, de vestuario, otra vez.

—¡No le arruines el lápiz labial! —dijo. Kieran me jaló hacia arriba y me separó de él. Sonrió.

—Eso no es lo único que quiero arruinar —dijo.

El estudio estaba tan iluminado que sólo cruzar la puerta era como si hubiéramos aterrizado en otro planeta. Cerca del fondo del lugar había un enorme telón negro, con una luna pintada en medio, llena de sombras y cráteres. Carter y Dan ya estaban ahí, observaban el techo y deambulaban de un lado a otro. Parecieron aliviados al vernos.

—No sabemos qué hacer aquí —dijo Carter.

—Por lo pronto hacen un buen trabajo estando ahí parados —dije.

El fotógrafo se llamaba Christian, y se veía apenas un poco mayor que yo. También llevaba puesta una camiseta negra y jeans, así que parecía como si fuera otro miembro de la banda.

—Hay un uniforme —le murmuré a Dan—, y yo soy la única que no lo trae puesto.

Sonrió.

—Sí, ¿dónde está tu cabello morado? —tomó una camisa de franela de una mesa que estaba en la parte sin iluminar—. Se supone que debo ponerme esto.

Los cuatro nos paramos juntos, Kieran y yo al centro, Josh y Carter a los lados. Las luces brillaban sobre nosotros como soles abrasadores. Sentía que comenzaba a sudar debajo del vestido negro de manga larga que Julie había escogido para mí.

—¿Sonreímos? —preguntó Carter.

—No —dijo Kieran, al mismo tiempo que yo dije:

—Ellos nos van a decir.

Él se encogió de hombros.

—Muy bien —dijo Christian—. Hagamos esto. Meg, ven al frente.

Miré a Kieran, que tenía el ceño fruncido, y luego di un par de pasos hacia Christian.

—Dos pasos más —dijo. Miró hacia Kieran—: y ustedes, chicos, muévanse un poco hacia el costado, justo al borde de la luna —señaló el telón y luego le murmuró algo a su asistente. Ella condujo a los chicos hacia mi izquierda, los empujó y los jaló acomodándolos con las manos sobre sus hombros, hasta que quedaron parados donde ella quería. Si estirara la mano no habría podido alcanzarlos. Pero por alguna razón, en ese momento no me molestó mucho.

Me di cuenta de que todos en el salón me observaban: los chicos de iluminación, el peinador, Julie de vestuario. Las luces no se sentían tan calientes para sentirme incómoda, sólo eran suaves y cálidas, como si me derritieran de la forma más agradable. Sonreí y sacudí un poco mi cabello. Casi me rio —no era el anuncio para un acondicionador—, pero creo que a Christian le gustó eso.

—Tienes un talento natural —dijo—. Hermosa. Sólo sigue mirándome.

Al principio lo hice, pero luego no pude evitar mirar de reojo a Kieran. Se veía serio, incluso receloso. Pero cuando crucé miradas con él sonrió ligeramente, apenas levantando las comisuras de su boca. No supe si era una sonrisa real.

—Quédense serios, chicos —dijo Christian, y Kieran frunció el ceño. Yo volteé a ver a Christian, abrí un poco los labios e inhalé profundo. Él miro por la cámara por un momento, viéndome a mí.

—La primera chica en la luna —dijo, y entonces ya no pude ver otra cosa que los destellos de las cámaras.

treinta y tres

Tomo la línea 4 del metro hacia el Brooklyn Bridge/City Hall y luego camino por el subterráneo hasta la línea J. Al bajarme en la estación Bowery, me siento orgullosa de mí, como si fuera una especie de experta del metro, aunque lo único que hice fue tomar dos trenes sin perderme. Volteo a mi alrededor para ver si alguien se ha dado cuenta, pero todo mundo lleva prisa, subiendo las escaleras o bajando a la plataforma para entrar por las puertas abiertas del tren. Nadie se da cuenta.

Mamá me ha estado enviando mensajes de texto todo el día, y he respondido rápido para que parezca que estoy ocupada. Me preguntó qué voy a hacer esta noche y le dije lo mismo que a Luna: voy a una lectura de una poeta que me gusta. Es cierto que hay una lectura y es verdad que me gusta esa poeta —la leímos en la clase de literatura inglesa avanzada el año pasado—, pero obviamente no iré a verla.

Esta noche traigo puesta mi propia ropa, jeans ajustados oscuros y una blusa larga y vaporosa color marfil, pero no me siento como yo. Observo mi imagen en la ventana de una zapatería y veo a una chica bonita, de cabello suelto y hombros derechos reflejada sobre los tacones en exhibición detrás del aparador. Sonrío y sigo caminado.

Al llegar al Ballroom, veo a Archer esperándome afuera, recargado en la fachada de piedra del edificio. Junto a él está la puerta, un ventanal en forma de arco que abarca dos pisos, y levanto la vista para mirarla, hasta arriba. Sólo he visto este lugar en fotografías, cuando lo busqué en internet después de ver la fecha en el calendario de conciertos de papá. Supongo que incluso entonces imaginé cómo sería estar aquí parada en la acera, a sabiendas de que papá estaría adentro, pero ahora estoy aquí, y siento una ansiedad efervescente que crece en todo mi cuerpo. No sé cómo voy a obligarme a entrar.

Archer me abraza y me envuelve con fuerza entre sus brazos. Nuestros cuerpos están juntos, con las caderas y los hombros pegados, y entonces siento que el nerviosismo retrocede un poco como marea baja. Me siento segura. Luego me suelta y mira mi rostro.

—¿Qué le dijiste a Luna? —pregunta.

—Le dije que quería ir a la lectura de Rebecca Hazelton en McNally Jackson —digo. Luna me llevó ahí la primera vez que fui a visitarla, y vimos a otro escritor, un poeta de voz suave que sonaba como música—. Está en Prince Street. Cerca de aquí —percibo que mi tono se pone un poco a la defensiva en la última parte de la frase. No sé a quién intento convencer de que lo que hago está bien, si a Archer o a mí—. Pero le dije que vendrías conmigo —digo—. Y de hecho me gustaría que también fuéramos a ver a Rebecca.

Archer juega con un cigarro entre los dedos.

—Todavía hay tiempo de que cambies de parecer —dice, sonriendo.

Niego y miro hacia la puerta.

—Aquí es donde debo estar —digo.

Archer asiente.

—¿Estás segura de que no quieres decirle a Luna adónde vamos realmente?

—Estoy segura —digo, aunque no es así.

—*Okey* —guarda el cigarro en la cajetilla y caminamos hacia la puerta. Parado afuera de la puerta hay un tipo de camiseta negra y con un sujetapapeles en las manos, junto a la corta fila de gente que pretende entrar.

—Soy Phoebe Ferris —digo. Él revisa la lista con su bolígrafo y hace una marca. Mira a Archer, esperando saber su nombre.

—Archer Hughes.

—Sí —dice, y otra vez marca con su bolígrafo—. Aquí están.

No nos pide identificación, lo cual es bueno porque la mía dice que tengo diecisiete. Supongo que si uno está en la lista, eso no importa. Archer me dijo ayer que tiene una identificación falsa, en caso de necesitarla.

—Pueden subir al balcón —dice el tipo, y nos entrega a cada quien un pequeño distintivo—. VIP.

Lo tomo y lo observo.

—¿Tengo que hacerlo? —pregunto—. Me refiero a subir al balcón.

El tipo parpadea.

—No —dice—. También pueden quedarse en el piso de abajo.

Asiento y miro a Archer. Temo que se sienta decepcionado, pero sonríe.

—Podemos subir después —dice—, si tú quieres.

Ya sé que no quiero. Deseo ver este concierto con todo el mundo. No quiero que nadie se pregunte quién soy.

Cruzo el umbral, luego me detengo y retrocedo.

—¿Hay una Luna en la lista? —me paro de puntillas e intento ver sin ser demasiado obvia. Ni siquiera sé por qué estoy preguntando esto.

Revisa la lista.

—¿Luna? —dice, todavía buscando.

—Sí. ¿Puedes revisar? Luna Ferris.

—Aquí está —observa el espacio vacío que hay detrás de mí—. ¿Viene contigo?

—No —digo—. No va a venir —regreso los talones al piso y me columpio un poco—. Quiero decir, creo que no va a venir, pero déjala en la lista.

Me mira como si estuviera loca. Sonríe a medias.

—No voy a quitar a nadie de la lista —dice y alza una mano, con la palma hacia mí—. No te preocupes —y entonces veo que se ha dado cuenta de quién debo ser.

—¿Eres familiar de Kieran? —pregunta.

Mi primer impulso es mentir, pero estoy aquí y él tiene mi apellido en la lista frente a él. Y parte de mí quiere reclamar a papá como mío, aunque él nunca lo haya hecho conmigo.

—Sí —digo—. Soy su hija.

—Es un tipo genial —asiente al decirlo—. Pero seguro tú ya lo sabes.

Miro a Archer y él me sonríe. Observo de nuevo al tipo.

—Claro —digo—. Gracias.

Archer me toma de la mano, entrelaza sus dedos en los míos, y atravesamos la puerta. Caminamos por el sótano y el bar y luego subimos unas escaleras hacia el salón principal. Es como un laberinto. El salón tiene un brillo submarino, y de inmediato siento que me deslizo a través de él. El lugar está atiborrado de gente. Las voces del público zumban, como los cables de la luz si te paras lo suficientemente cerca de ellos. Miro las caras conforme caminamos hacia el escenario. Hay muchas personas de la edad de mis padres, pero también de la edad de Archer y mía. Archer todavía me toma de la mano, así que cuando me detengo a la mitad del salón, él también se detiene. No quiero estar justo al frente. Me mira y me sonríe. Observo su colmillo que está un poco torcido y la curva de sus labios. Sostengo su mirada por un segundo y entonces saco mi teléfono. Envío un mensaje de texto a Luna: *No te enojes. Estoy con Archer en un concierto de papá en el Bowery. ¿Quieres venir? Estás en la lista.*

Pero no lo envío. No quiero saber que no vendrá. Sostengo el teléfono frente a mi rostro y observo la pantalla brillar como una linterna en este gran salón oscuro. Y entonces —aunque sé que soy una mentirosa— borro el mensaje y apago mi teléfono.

treinta y cuatro

Nunca antes he visto a papá dar un concierto. Al menos no en la vida real. He visto videos en YouTube de sus conciertos, lo he visto en el festival de Austin City Limits, y por supuesto he visto todos los videos de Shelter. Incluso ése donde tocan "Three Days of Rain" en una playa gris y vacía a mediados de marzo, y al mirar de cerca se puede ver a mamá temblando de frío con su largo abrigo negro. Detrás de ella, papá recarga el pie en su amplificador, que está medio hundido en la arena nacarada. Este año, la semana en que salió *Promise*, tocó en el programa de Jimmy Fallon y hasta se sentó por unos minutos en la silla que está junto al escritorio de Jimmy. Hablaron sobre su pizzería favorita en Nueva York, que al parecer es la de horno de leña que está cerca del puente de Brooklyn. Durante una hora leí reseñas en Yelp antes de darme cuenta de que estaba buscando una firma: *Kieran*.

Incluso recuerdo a papá tocando la guitarra en el sillón cuando yo era pequeña y nos visitaba, cantando canciones de The Beatles con Luna y yo acurrucadas junto a él sobre los cojines. Pero nunca lo he visto en directo, tocando frente a la gente en un concierto oficial.

Cuando papá sube al escenario, directo hacia un punto donde cae una luz, y en el hombro trae colgada la misma guitarra Fender Jazzmaster que vi en su estudio. Espera a que cedan los aplausos y sonríe sinceramente. Hay una corista muy hermosa parada a su izquierda, con la piel iluminada de rojo y dorado por las luces, y cabello afro que la rodea como un aura. Más atrás están el otro guitarrista y el baterista, detrás de su brillante instrumento. El bajista lleva una guitarra Fender rojo oscuro, y creo que eso es lo que ve Archer en este instante.

Estoy ahí parada y me pregunto si papá dirá algo sobre mí. Me pregunto si dirá mi nombre.

—Hola, Nueva York —dice. Una ovación surge de la multitud y se extiende por el salón como una ola—. Estamos muy contentos por estar aquí hoy —está sonriendo, y voltea a ver al baterista quien levanta sus baquetas—. No hay otro lugar donde prefiera estar que mi ciudad natal, aunque es cierto que aquí casi todo mundo viene de otra parte —camina hacia delante y toca el micrófono que está sobre el atril—. Yo vengo de otra parte —dice—, pero fue hace tanto tiempo que ya no recuerdo de dónde.

—¡No fue hace tanto! —grita alguien.

Papá se ríe, y su risa es un sonido claro y agudo en medio del zumbido del salón.

—Creo que sí —dice, y enfatiza la última palabra—. Pero no importa. Lo mejor es cuando la gente que amas aparece donde tú estás, ¿verdad?

Veo a la gente que está a mi izquierda, pero están mirando hacia el escenario y a papá. Siento como si yo estuviera brillando, como si hubiera un letrero sobre mi cabeza, pero nadie sabe que soy su hija, salvo el tipo de la puerta. No sé si quiero que los demás lo sepan.

—Ya sé lo que están pensando —dice papá, y volteo a verlo—. Ve al grano, Kieran. *Okey, okey* —toca un acorde con la guitarra. Sin pensarlo, sin siquiera mirar a Archer, *yo* tomo *su* mano y entrelazo sus dedos con los míos. Con el rabillo del ojo veo que me sonríe.

Me sé las canciones. Me sé *todas* las canciones. Las he escuchado en mi iPod cuando salgo a correr con Dusty, o en nuestro tocadiscos cuando mamá está en el trabajo. Así que aunque estoy parada en el mismo salón que papá, aunque está tocando justo frente a mí, las canciones me suenan un poco solitarias, de una forma que quizá nadie en el público sienta. Me suenan un poco tristes.

Todo mundo viene a un concierto a ver a este tipo que quizás adoraron cuando estaba en una banda llamada Shelter hace veinte años. Quizás han seguido de cerca su carrera a lo largo de las décadas y han comprado cada disco, en vinil, cinta, disco compacto y otra vez en vinil. Pero para mí esto es sólo una investigación de campo que me ayuda a comprender a papá. Ésta es la parte en que yo lo observo, y observo a otras personas mirarlo, y escucho estas canciones en un salón donde está el tipo que las creó.

La música de Luna parece apresurada, como intentando llegar a alguna parte, tratando de llenar todo el espacio a su alrededor. Las canciones de papá son diferentes. Se toman su tiempo. Se mueven alrededor del salón, llenando el espacio al igual que las de Luna, pero tan despacio que no te das cuenta.

Observo al público cuando no miro a papá. La luz del escenario se refleja en sus rostros en tonos dorados y plateados. Oscilan la cabeza al ritmo de sus canciones, o cantan junto con él, a veces con mucha fuerza, abriendo grande la boca y sonriendo al cantar, y a veces en voz baja, sólo susurrando las palabras.

Se me ocurre que nada puede salir mal en un escenario en su ciudad favorita. Hay una especie de seguridad en lo que está haciendo papá, subir al escenario para ser apoyado. Él sabe que todos aquí lo aman. No parece ser tan valiente como lo es Luna ahora, ya que mucha gente que la ve aquí la está escuchando por primera vez. Supongo que ella está buscando lo mismo, y tiene la suficiente confianza para saber que eventualmente lo obtendrá. Ellos, mi hermana y papá, tienen algo y sé que mamá también.

Papá toca por largo rato, cerca de hora y media. Yo estoy ahí parada, tomando la mano de Archer. A cada rato cambio de postura, pero no canto. Finalmente toca una canción más y dice *Buenas noches*, suavemente y directo en el micrófono. Deja el escenario tan rápido que no estoy segura de si en verdad ya terminó. Los aplausos comienzan a sonar a mi alrededor como el rugido del océano cuando sales del auto por primera vez en la playa. El sonido no proviene de un lugar en particular, pero está en todas partes al mismo tiempo. La gente grita su nombre, corea los nombres de sus canciones y aplaude como si estuvieran tratando de llamarlo desde muy lejos. Archer y yo aplaudimos también, primero suavemente y después tan sonoramente como los demás. Después de tres minutos de aplausos papá regresa, y el aplauso se convierte en un zumbido de satisfacción, interrumpido por algunas ovaciones.

Comienza a tocar la canción que he estado esperando escuchar sin darme cuenta, llamada "Lost Girls", sobre la cual me he preguntado desde la primera vez que la escuché. Tal vez ha perdido a muchas chicas a lo largo de los años desde que se marchó, pero no puedo evitar desear que sea acerca de mamá, mi hermana y yo.

—*Chicas perdidas* —canta—, *esperando a las orillas de mis sueños. Quisiera poder decirles que mi amor no era lo que parecía.*

He pensado mucho en lo que quiso decir al escribir esas palabras. ¿Desearía poder decírselo a las chicas, pero no puede porque están perdidas? ¿O que quisiera que su amor fuera diferente, pero sabe que *era* lo que parecía ser? ¿Que su forma de amar no era suficiente. Me pregunto si está cantando esa letra diferente hoy porque sabe que quizás estoy aquí. No lo sé, pero me doy cuenta de que estoy cerrando las manos en puño, así que suelto los dedos y los estiro. Entonces siento que Archer vuelve a tomar mi mano derecha y sonrío sin mirarlo.

Cuando papá termina, no baja del escenario de inmediato. Las luces del salón se encienden y se agacha para llevarse su propia guitarra y pedales, aunque estoy segura de que podría pedirle a alguien que lo haga en su lugar. Unas cuantas personas del público se acercan al borde del escenario para hablar con él. Papá luce contento de conversar con ellos y se las arregla para mantener contacto visual directo mientras sigue empacando sus cosas.

—¿Qué quieres hacer? —pregunta Archer. Todavía hay mucho ruido y acerca su boca a mi oreja, siento su aliento cálido y suave sobre mi piel. Todavía está tomando mi mano.

Volteo a verlo.

—No lo sé.

—Deberíamos decirle que estamos aquí, ¿no?

No me acerco mucho al escenario, pero hay más espacio entre la gente ahora. Veo que papá mira hacia la gente que va saliendo, entrecerrando los ojos por la luz que todavía brilla sobre él. Alzo la mano y lo saludo y papá me encuentra. Su boca dibuja una sonrisa, una verdadera sonrisa que también abarca su mirada, y levanta la mano para saludarme.

Entonces me doy la vuelta, porque no sé muy bien qué más hacer. Archer me sigue, o tal vez yo lo conduzco, tomándolo de la mano.

El tipo de la puerta está parado en el pasillo donde la gente deambula. Parece que su trabajo ya casi ha terminado, porque no luce muy interesado en lo que sucede alrededor. Pero entonces me mira y sus ojos brillan como si en ellos se encendiera una luz. Me sonríe y yo hago lo mismo, fingiendo que soy la chica que imagina que soy, la que acaba de ver un concierto de su padre, estrella de rock (¿de categoría B?) y que seguro, seguro, tiene una vida perfecta. Lo saludo con la mano también.

Delante de nosotros la puerta doble enmarca un amplio recuadro de luz incandescente. Inhalo profundo, y cuando salimos a la calle todavía me aferró a la mano de Archer.

treinta y cinco

Caminamos deprisa, abriéndonos paso entre los fans de Kieran Ferris que aún están hablando en grupos en la acera. Archer me sigue. Siento como si tuviera que poner cierta distancia entre el Ballroom y yo. Nos detenemos en la esquina.

El parque Sara D. Roosevelt está más adelante, un estrecho fragmento de área verde en medio del Bowery. Está oscuro, pero la hierba aún brilla, tal vez por el contraste con el gris sucio de las calles circundantes, o porque el aire ahí está más fresco.

—¿Te quieres sentar? —pregunta Archer y aprieta mis dedos con los suyos. Asiento y nos dirigimos hacia el parque.

Casi todo el espacio está ocupado por canchas de basquetbol y un campo de futbol, llenas de jugadores, aunque ya sea tarde. Sus gritos y risas se escuchan del otro lado del césped y llegan hasta mis oídos, el golpeteo de las pelotas de basquetbol suena como pisadas, como si una docena de gigantes estuviera corriendo por un piso amplio.

Encontramos una banca de madera y dejo mi bolsa junto a mí. La siento pesada, como si cargara algo extra después del concierto, pero no compré ni recogí nada. Nadie me dio siquiera un talón de una entrada. Sólo llevo el ejemplar de *SPIN* y el libro de *El guardián*, que todavía no le he mostrado a nadie en Nueva York.

—Carajo —dice Archer—, estuvo maravilloso —sonríe—. Espero que algún día toquemos ahí.

—Lo harán —digo, y por algún motivo en este momento pienso en Ben. ¿Habría ido a conciertos con Ben? Sé que le encanta la música, pero no me lo puedo imaginar. ¿Entonces adónde habríamos salido? ¿A partidos de lacrosse? A algún lugar donde hubiera reglas y dos bandos para escoger. Donde al final de la noche hubiera un ganador.

Me recargo en el respaldo de la banca y me quito la sandalia del pie izquierdo. Pongo los dedos en el piso. Hace horas que oscureció, pero todavía siento el calor del sol acumulado en el suelo.

—El pavimento está tibio —digo.

Archer se agacha para tocar el concreto con los dedos.

—Hoy hizo mucho calor.

—Al pavimento le toma horas olvidar —digo—. Olvidar el día.

Archer me mira, esperando a que continúe.

—Es decir... guarda el calor —comienzo a jugar con la correa de mi bolsa para mantener los dedos ocupados.

—Ya sé lo que quisiste decir —dice. Un chico en patineta pasa frente a nosotros; las llantas traquetean en las grietas de la acera—. Me gustó cómo lo dijiste.

Siento mi pulso latir en las orejas y tengo que desviar la mirada. Por primera vez desde que he estado con Archer en la vida real, me siento un poco como la chica que era en los mensajes de texto que le enviaba. Siento que quizá puedo hacer que las palabras funcionen.

Miro hacia el cielo, pero en realidad no hay nada que ver. Es color grafito, lo más que llega a oscurecer aquí. Hay una pequeña luna redonda brillando sobre la otra orilla del parque, justo arriba de los techos parejos y derechos de los edificios del otro lado de la calle.

—Es un poco difícil en la ciudad —dice Archer.

Lo miro.

—¿A qué te refieres?

—Por toda la luz y la contaminación —señala el cielo color carbón, gris, sin estrellas—. Cuando era niño me fui de campamento y vi muchísimas estrellas. Como si alguien las hubiera puesto en el cielo mientras salíamos de la ciudad. No podía creerlo —mira hacia el cielo y aguza la vista para ver si puede encontrar una estrella—. Si alguna vez sientes que estás siendo aburrido en una conversación con una chica, puedes intentar encontrar una constelación.

De pronto aparece la diminuta luz parpadeante de un avión y cruza el cielo sobre nosotros. Sonrío.

—¿Hablabas con muchas chicas?

Se ríe, una sonrisita que sale como exhalación. Me mira y siento que se me corta la respiración.

—He mejorado desde entonces —dice—. He pulido mis habilidades de conversador.

Lo miro.

—Me doy cuenta —digo con un tono coqueto en la voz, igual que como le he hablado a docenas de chicos que me han gustado, pero esta vez se siente diferente—. Pensé que te referías a que siempre hay gente cerca. Y que por eso es difícil encontrar el momento… para intentar besar a alguien.

Sonríe y me mira a los ojos, y yo… pierdo el valor.

Así que fijo la mirada en el cielo.

—¿Cuántas constelaciones puedes señalar? —mi corazón late con fuerza contra mis costillas. Así puedo rearmarme de valor. Consigo señalarlas todas, o por lo menos las famosas, después de que durante toda mi infancia mamá me enseñó sus formas.

Archer ríe.

—En su mayoría las inventaba —dice—. El Ornitorrinco Mayor, cosas así. La Tostadora Menor.

Sacudo la cabeza.

—Y una linda chica creía que estaba aprendiendo algo —toco ligeramente su brazo y siento la calidez de su piel—. ¿La Tostadora Menor?

—Ésa sería —dibuja un cuadro en el aire con las manos— así.

—Todos sabemos lo mucho que les gustaban sus tostadoras a los griegos antiguos.

—Mayor *o* menor, sí —quita un mechón de cabello de mi rostro y contengo el aliento—. Debí apegarme al Hombre en la Luna o algo así —dice, y señala hacia la luna en el cielo de Manhattan, todavía sobre los techos de los edificios.

—No es un hombre —digo sin pensarlo.

—¿Qué?

Observo la banca. Alguien ha tallado el nombre de Audrey en la madera entre las rodillas de Archer y las mías, y toco las letras con la mano.

—Mamá siempre decía que lo que luce ahí no es un hombre. Dijo que eran niñas.

—¿Niñas, en plural?

—Sí —lo digo, e intento recordar lo que mamá solía decir. Me recuerdo a los siete, nueve, doce años, sentada en el jardín, mirando la luna polvorienta y cubierta de sombras. Nos dijo que esos rasgos borrosos no eran una cara de hombre, y que quienes pensaban eso estaban equivocados.

—¿Entonces qué es lo que se ve? —preguntó Luna, mirando la luna tan atentamente como yo.

—Niñas —dijo mamá—. Niñas como ustedes dos.

Yo acepté su explicación cuando era pequeña, de la misma manera en que uno acepta la historia del ratón y su obsesión por los dientes, o de Santa Claus con su trineo jalado por renos voladores y enjoyados. Pero ahora me pregunto qué querría decir. Tal vez las formas están hechas al igual que los mares lunares, todos esos cráteres que tendrían agua si la hubiera en la luna. ¿O acaso las niñas están recostadas sobre el polvo lunar, recargando la cabeza sobre sus manos y con las piernas cruzadas?

Ahora, sentada en esta banca con Archer, algo se conecta en mi mente y finalmente logro entender a qué se refería mamá.

—Nunca había pensado en esto antes —digo—, pero creo que tiene algo que ver con esto —saco el ejemplar de *SPIN* de mi bolsa y se lo paso. Él lo toma como si fuera algo muy frágil. Lo sostiene bajo la luz del farol que está detrás de nosotros y lo observa, en silencio.

—Esto es increíble —dice, después de unos momentos.

—Lo sé.

Me mira.

—¿Dónde lo conseguiste? ¿De tu mamá?

Niego con la cabeza.

—No, en eBay —digo—. Usé la tarjeta de crédito de mi amiga Tessa. Finalmente se me ocurrió que podía comprarlo, si es que mamá nunca iba a platicarme de la banda —miro la imagen de mamá en la portada de la revista, que está sobre el regazo de Archer, sus labios con expresión de certeza, sus grandes ojos verdiazules—. Aunque tal vez siempre estaba hablando al respecto.

Archer hojea la revista para encontrar el artículo.

—¿Se la has mostrado a Luna?

—No —digo—. Quiero hacerlo. Sólo que no he hallado el momento adecuado. No sé qué va a decir —me acomodo el cabello detrás de la nuca y lo tuerzo para que no vuelva a caer al frente. Se siente muy bien el aire fresco de la noche en mi cuello, como algo que había olvidado que deseaba—. Supongo que no quiero que diga algo malo.

—Voy a leerlo en el metro —dice Archer—, si te parece bien. Es muy difícil ver con esta luz —me devuelve la revista—. Además, quiero decirte algo.

Entonces percibo los latidos de mi corazón golpeando mis costillas, como si alguien acabara de encenderlo.

—Antes de que me mostraras esto estaba pensando en Luna.

—¿Por qué? —por un momento me pregunto si he interpretado todo mal. Tal vez a él le gusta Luna, como a prácticamente todos los chicos que la han conocido—. ¿Te gusta? —pregunto.

Archer ríe.

—¡No! Luna es mi amiga. Y también James. No es eso —entonces aguza la mirada, como tratando de verme a media luz. Inhala y yo espero—. Todo el tiempo pienso que me mataría si te beso.

Esas últimas palabras me dan la sensación de caerme, como si la banca ya no estuviera debajo de mí. Pero lo único que pienso es que quiero seguir cayendo.

—Entonces no le digamos —digo. Mi corazón se agita como esferas en una caja, palpitando tan fuerte que temo que él pueda escucharlo. Otro avión, uno grande, destella con sus luces en el cielo. Allá arriba hay unas doscientas personas leyendo o comiendo un aperitivo o durmiendo con la cabeza recargada contra la ventana, y no tienen idea de que estamos aquí abajo, que esto está sucediendo kilómetros debajo de donde están.

Volteo a ver a Archer.

—¿Y si viajáramos en el tiempo? —digo.

Me mira y sonríe.

—Explícate.

—Bueno, es improbable, pero si ya me hubieras besado, entonces ya estaría hecho —sacudo la mano—. Luna te mataría o no, pero ya me habrías besado —observo sus labios y no me importa que se dé cuenta—. No hay forma de deshacer el hecho. Ya sucedió.

Asiente como si yo acabara de plantear una propuesta científica seria y la estuviera reflexionando.

—Interesante —dice—. Parece muy lógico.

—La lógica no es mi fuerte, pero me estoy esforzando —deslizo mis dedos de entre su mano y me volteo por completo para verlo de frente.

—Estoy convencido —lo dice en voz tan baja que tengo que prestar mucha atención para escucharlo, y no hace nada, no se acerca a mí ni toma mi rostro entre sus manos. Sólo me mira. Pero entonces inclina un poco la cabeza y puedo ver lo que va a pasar antes de que suceda. Después de todo, quizás así es como funcionan los viajes en el tiempo. Sus labios se encuentran con los míos, como buscando o preguntando algo. Siento un estruendo en mi interior, un zumbido que comienza en mi estómago y se extiende en todas direcciones, como las ondas de sonido al viajar por el agua.

La última persona que me besó fue Ben, un beso que yo no debía desear. Un beso que rompió mi amistad con Tessa, arruinó el resto del año escolar y mi verano, hasta ahora. Esta vez es diferente. Esta vez, cuando nos separamos y abro los ojos no veo estrellas dando vueltas en el cielo, sólo a Archer en una banca y un montón de chicos jugando basquetbol en alguna parte detrás de él. Yo estoy aquí, en esta banca, pero una parte de mí vuela en espiral, viajando en el tiempo.

Mis papás debieron tener un primer beso en alguna parte, antes de la banda, los discos, las giras. Antes de Luna y de mí. Me pregunto si en ese momento se sentían seguros, al igual que yo ahora, en medio de ese calor lento que los envolvía, de que todo saldría bien.

O si decidieron hacerlo incluso sabiendo que había una posibilidad de que no fuera así.

treinta y seis

MEG
OCTUBRE DE 1993

Afuera de la cafetería, las hojas secas se arremolinan en el pavimento. Los tacones de mis botas sonaron en la acera y escuché el rumor del tráfico de Broadway, pero además de eso la calle estaba tranquila y estábamos solos.

Inhalé profundo e incliné la cabeza hacia atrás. El cielo era de un azul deslavado, surcado con las ramas desnudas. Los árboles eran mi cosa favorita de esa calle, además de la cafetería Flamingo. Solíamos venir aquí a mitad de la noche después de nuestros conciertos, con los amigos o solos, exhaustos y estresados y a veces un poco ebrios. Ahora llevábamos de gira dos meses, y el Flamingo parecía un lugar de alguna otra vida.

—Estuvimos fuera mucho tiempo —le dije a Kieran. Volteé a verlo.

Estaba sonriendo.

—Y ahora estamos de vuelta.

—Sí —dije—. Por dos semanas. Y luego tenemos que volver a irnos.

—Vamos, Meg —dijo Kieran. Estiró la mano para tomar la mía—. Tú también quieres esto. Tenemos que esforzarnos para lograrlo.

—Lo sé. Es sólo que extraño nuestra casa —dije—. Te extraño a ti.

Me jaló hacia él y me besó, y yo sentí que todas las moléculas de mi cuerpo se soltaban y flotaban hacia las suyas. Recordé la primera vez que me besó, afuera de un bar en Allen Street, en Búfalo. Era enero, helado y hermoso. Las estrellas parecían pequeños agujeros brillantes en un cielo aterciopelado. Yo quería seguirlo besando por siempre.

—Yo también te extraño, nena —me dijo en ese momento Kieran—. Pero siempre estoy aquí. Siempre estamos juntos.

—Lo sé.

Levantó la vista para ver el letrero de neón rosa de Flamingo.

—Comamos algo y luego nos vamos a casa. Sólo tú y yo.

Abrió la puerta de vidrio y la campanita sonó. Nuestra mesera favorita, Gina, nos saludó con la mano detrás del mostrador. Su cabello rojo brillante era exactamente el mismo, al igual que su uniforme azul y sus botas Doc Martens.

—¡Ya regresaron! —gritó.

—¡Al fin! —dije sonriendo, pero estaba muy lejos para escucharme.

—Y Flamingo es nuestra primera parada —dijo Kieran, con una voz más sonora que la mía. Apretó mi mano.

—Es un honor —dijo Gina—. Denme un segundo. Voy a limpiar su mesa.

Me recargué en la pared, que estaba cubierta con un mural de una palmera, y cerré los ojos. Escuchaba el placentero barullo de la cocina de la cafetería, platos y cubiertos que se estrellaban y el zumbido de la lavaloza.

—Suena igual —dije y abrí los ojos.

—Y estoy seguro de que sabe igual —dijo Kieran. Se acercó a mí—. *¿Tú* sabes igual? Déjame ver —me besó y me abrazó a la altura de la espalda baja. Mi sangre comenzó a bombear un nuevo ritmo por mis venas.

Cuando nos separamos había una chica parada frente a nosotros. Tendría unos diecinueve años, era rubia y con ojos color café, y llevaba puestos unos jeans y una camiseta blanca. Se veía amigable.

—Ustedes son Kieran y Meg, ¿verdad? —preguntó.

Kieran me miró sonriendo.

—Ésos somos nosotros —dijo.

—Yo soy Annabel —volteó hacia una mesa al otro extremo de la cafetería y asintió. Sus amigos, que eran muchos, se pararon y se acercaron. Al menos eran seis y formaron un semicírculo alrededor de nosotros.

—Los vimos en Knitting Factory el año pasado —dijo Annabel—. Estuvo increíble.

—Gracias —dijo Kieran—. Recuerdo ese concierto. Acabábamos de volver de una gira.

Comenzaron a preguntarnos cosas, pero en realidad yo no los escuchaba. Tenía una sonrisa en el rostro, pero la sentía como una máscara. Así no era como tenía que ser esto. Flamingo era nuestro lugar, y se suponía que no tendríamos que hablar con nadie más que con nosotros. Y tal vez con Gina, mientras ordenábamos nuestros panqueques. Pero ahora todo mundo en el restaurante nos miraba, ya fuera porque nos reconocían o porque se imaginaban que éramos gente a la que valía la pena observar. En las bocinas del techo se escuchaba "Here Comes My Baby" de Cat Stevens, con el pandero sonando alegremente, y me pregunté qué pasaría si yo salía bailando por la puerta. *Ahí va mi chica.*

Desde ahí veía la mesa que más me gustaba, vacía, junto a la ventana. Con asientos azules de vinil, mesa de formaica y sobre ella una azucarera, un dispensador de crema, uno de cátsup. Nos habíamos sentado ahí al menos cien veces desde que nos mudamos a la ciudad, comiendo panqueques y huevos y sándwiches calientes de queso, café con leche tan dulce que casi me estropeaba los dientes. La mesa estaba ahí mismo, a veinte pasos, pero en ese momento no sabía cómo llegar a ella.

treinta y siete

Dejamos la banca alrededor de media noche. Hacía una hora la luna se escondió detrás de los edificios del otro lado de la calle y ahora tengo esta sensación somnolienta y de ensueño que hace que el mundo alrededor se vea en alto contraste y muy vívido, incluso en la oscuridad.

—Una cosa más —dice Archer cuando llegamos a la orilla del parque—. Quiero enseñarte algo —se para en la acera y mira a su alrededor para orientarse, y luego comienza a caminar al oeste.

Andamos sin hablar, tomados de las manos. Me pregunto qué ve la gente en nosotros al pasar, si es que nos ven. Me siento diferente ahora al estar con él, después de las últimas horas. Algunas de las preguntas que queríamos hacernos ya han sido respondidas. Entre nosotros corre una conexión como corriente eléctrica, y también fluye a través de las puntas de nuestros dedos al tocarnos.

—¿Adónde vamos? —pregunto.

—A SoHo —Archer revisa el letrero de una calle y me conduce hacia la acera—. Está a unas cuantas calles.

Poco después se detiene frente a un edificio de ladrillos rojos y me jala hacia las escaleras de entrada.

—Mira —dice, y señala la lista de nombres junto a los timbres de cada departamento. Me observa mientras los leo. Me parecen adivinanzas o acertijos, pero ninguno de ellos me dice nada hasta que llego al quinto: *D. Byrne*. Miro a Archer.

—¿De verdad? —pregunto—. ¿David Byrne de Talking Heads? ¿Vive aquí?

Una enorme sonrisa se dibuja en su rostro.

—Es su estudio —dice—. Me gusta ver su nombre. Cuando me siento mal a veces vengo aquí —parece un poco avergonzado y se encoge de hombros—. Camino mucho. Me hace ir hacia algún lado.

Pienso en lo que Luna me dijo, sobre el Archer de hace unos meses, que todo lo arruinaba y faltaba a los conciertos. Quiero preguntarle al respecto, pero no me parece el momento oportuno. Quizá quiero que él me lo cuente sin que yo se lo pregunte.

—Suena como a meditar —digo, y me escucho hablar como mamá. Me acerco al timbre y veo las letras del nombre del músico—. ¿Nunca has querido tocar el timbre?

—Claro que sí —dice Archer. No se acerca más—. Pero no sería correcto.

Entonces lo vuelvo a besar, en la puerta de David Byrne, y luego regresamos a la acera y caminamos hacia el metro.

—Josh a veces camina en frente de la vieja casa de Walt Whitman en Fort Greene —dice Archer. Desliza su mano para tomar la mía y me sorprende lo natural que se siente—. Por la misma razón.

Me asombra que Josh, con su sarcasmo y sus datos sobre música, eligiera para tranquilizarse a un poeta norteamericano que murió hace años.

—¿De verdad?

Archer asiente.

—Josh es un hombre complejo.

Pasamos por un café que todavía está abierto y brilla a través de sus grandes ventanales. Hay dos hombres viejos sentados en una mesa al frente, inclinados sobre sus tazas de cerámica.

—¿Quieres un *latte*? —pregunta Archer, sonriendo—. ¿O alguna cosa de comer que vendan ahí?

—Ja, ja —rio—. ¿Sabes? De hecho me gusta ese trabajo. Mis compañeros me molestan por ser tan tradicional, pero ahí me siento como parte de una familia —mientras lo digo me doy cuenta de que es verdad—. Todos tienen apodos. Es como un club.

Archer me mira y espera a que continúe.

—Soy la más joven —digo—. Me llamaron Lolita hasta que les expliqué que ese personaje era víctima de un pedófilo. Así que ahora sólo me dicen Phoebs.

—Eso está bien —dice.

—No lo sé —digo—. Me gustaría tener un buen apodo.

Archer señala el metro que está a media calle y damos la vuelta hacia allá.

—Podría intentar ponerte uno —dice. Observo la puerta abierta de un sótano frente a un mercado. Las angostas escaleras y toda esa oscuridad me hacen sentir un poco mareada.

—Veamos.

Pasa a un lado de una caja de lechugas que está en la acera.

—Muy bien. En inglés, un *phoebe* es una especie de pájaro, ¿cierto?

—Sí, pero a mí me pusieron ese nombre por la deidad de la luna.

—Ya tienes una hermana que se llama Luna —agita la mano—. Demasiadas lunas. Sigamos con el pájaro *phoebe*. ¿Qué tal Bird? O Birdie, que significa pajarita.

Caminamos bajo el toldo de una tienda de flores y sonrío en dirección de las rosas que están detrás de la ventana. Veo el reflejo de Archer, observándome.

—Me gusta —digo—. Birdie.

—A decir verdad, quizás haya un montón de niños pequeños corriendo por Brooklyn con ese nombre en su certificado de nacimiento —dice.

—Hay cosas peores —digo—. ¿Y cómo lo sabes?

Me mira.

—¿Cómo sé qué?

—Sobre el pájaro *phoebe*.

Voltea las palmas de las manos hacia arriba como diciendo *No sé*.

—Soy un hombre con muchos conocimientos ocultos.

—Ya lo veo —bajo el primer escalón hacia el metro—. Constelaciones falsas, puertas de estrellas de rock, ese tipo de cosas.

Archer sonríe.

—Lo tengo todo —dice.

Archer insiste en acompañarme en el metro hasta Brooklyn Heights.

—No tengo nada mejor que hacer —dice y desliza su tarjeta del metro en el lector.

—Es la una de la mañana —digo.

—No estoy cansado.

Se para a mi lado en la plataforma y nuestros hombros se tocan, mientras el tren llega después de una ráfaga de aire.

Media hora más tarde, cuando salimos en la calle frente a Borough Hall, el aire huele a lluvia pero el pavimento está seco.

—Es mejor que nos apresuremos —dice.

En la calle de Luna todo está en silencio excepto por el sonido de Otis Redding, que alguien escucha en uno de los edificios. Tomo la mano de Archer y cierro los ojos por un segundo, y sé que la próxima vez que escuche "Try a Little Tenderness" pensaré en este momento, justo en este lugar.

Frente al número catorce, un coche pasa por la calle. Levanto la vista hacia la ventana de la habitación de Luna. Está oscuro.

Archer se acerca para besarme ahí en la acera, pero desvío el rostro.

—Aquí no —digo, y tomo su mano—. Ven —lo jalo hacia las escaleras de la puerta principal. Sus labios están sobre los míos antes de bajar por completo los escalones; mi espalda está contra la pared y sus manos encuentran el camino hasta mi cabello. Siento que estoy hecha de llamas, como si estuviera ardiendo. No tengo idea de cuánto tiempo pasa hasta que él retrocede un poco y nuestros labios se separan. Me mira.

—Ya tengo que subir —digo. Estoy sin aliento—. Es muy tarde.

—*Okey* —dice, pero me besa de nuevo, sus dedos presionan suavemente mi columna. Y entonces me suelta.

Cuando la puerta se cierra detrás de mí quiero volver a abrirla de inmediato e ir adonde sea que vaya Archer. Me quedo parada un momento en el vestíbulo esperando a que mi corazón se calme. La luz del techo ilumina el montón de cartas y paquetes del correo, que se ha caído en una pequeña avalancha sobre la mesa. Hay media docena de revistas entre los sobres blancos de recibos o lo que sea, y me alegra notar que en las portadas no aparece nadie de mi familia.

treinta y ocho

—¿Qué demonios, Phoebe?

Está tan oscuro en el departamento que al principio no veo a Luna. Cuando mis ojos empiezan a ajustarse a la oscuridad la detecto, parada frente a la ventana. Es una sombra y el brillo de la calle la rodea como un aura.

—¿Qué? —digo. Luna enciende una lámpara y la sala se inunda de luz.

—¿Dónde has estado toda la noche? —pregunta. Lleva puesta una camiseta sin mangas negra y shorts rosas de ejercicio, y el cabello suelto sobre los hombros. Mueve las manos, como siempre, con los dedos estirados y las palmas una frente a la otra. Si le tomara una foto en este instante se vería como si aplaudiera al estilo de una porrista. Pero enojada.

En lo que a mí respecta, no quiero acercarme más a Luna. Es como un animal salvaje peligroso, quizás una pantera, o algún perro rabioso y terrorífico.

—Estaba con Archer —digo. Estoy tratando de mantener la voz calmada—. Te dije.

Ella sacude la cabeza.

—Son casi las dos de la mañana. ¿No podías llamarme?

Miro mi bolsa, que todavía estoy sosteniendo.

—A mi teléfono se le terminó la pila —creo que es bastante seguro afirmarlo porque mi teléfono está apagado al fondo de mi bolsa, y estoy casi segura de que no me pedirá que se lo demuestre.

Avanza un paso hacia mí, descalza sobre el piso de duela desgastado.

—¿Y *Archer* no pudo enviarme un mensaje?

—No le pedí que lo hiciera. No eres mamá. Y sabías dónde estaba.

—De hecho, no lo sabía —cambia su postura hacia la otra cadera—. Ése es el punto.

Entonces James sale de la habitación, despeinado, con una camiseta blanca y pantalones de pijama. Se recarga en el marco de la puerta y luce somnoliento y preocupado. Le sonrío, en parte para que se tranquilice y en parte para que se ponga de mi lado, aunque sea un poco.

Camino hacia la mesa para dejar mi bolsa y echo un vistazo a mi reflejo en el espejo. Mi cabello tiene rizos esponjados por la humedad y mis labios se ven hinchados, besados. Es probable que Luna pueda adivinar lo que he estado haciendo. Me pregunto si James también.

—Luna —dice, con un tono lo bastante relajado para hacerlo sonar como un extraterrestre en nuestra galaxia Ferris superacalorada—. Ya regresó. Se encuentra bien. Todo está bien.

—Ya sé, J. Sólo… necesito hablar con ella —baja la voz y dice ronroneando—: Me voy a portar bien. Vuelve a la cama —veo lo tensos que están sus hombros. Su postura es tan tiesa que parece que está a punto de abalanzarse sobre mí.

James se queda parado en el marco de la puerta un momento más, mirándome. Le sonrío a medias para hacerle saber que está bien que se vaya. Lo pienso casi en serio. Él asiente casi imperceptiblemente, luego retrocede y cierra la puerta con suavidad.

Luna camina hacia la tornamesa y pone la aguja en el disco que dejó ahí antes. Es un vinil blanco, así que no me sorprende cuando la música de Vampire Weekend llena la sala.

—*No* vamos a hacer esto —dice Luna, murmurando. Me doy cuenta de que la música es para encubrir la conversación. No quiere que James nos escuche.

—¿Hacer qué? —intento que mi voz suene aburrida, pero mi corazón late con fuerza. Me tiro sobre el sillón.

—Todo este... cambio de roles. Tú no vas a ser la mala —camina descalza hacia mí con pasos calculados. Se sienta al borde del sillón gris con una postura rígida.

—¿Por qué? —pregunto, inclinando los hombros hacia ella—. ¿Porque tú eres muy buena para eso?

—Porque es un montón de mierda —prácticamente escupe la última palabra—. Porque eres una niña.

—Soy sólo dos años menor que tú —desenredo los dedos y pongo las manos a los lados. No recuerdo cuándo fue la última vez que discutí con Luna, pero eso es porque casi siempre cedo.

—Exacto —dice Luna—. Dos años es mucho tiempo. Todavía estás en preparatoria —detrás de ella, enmarcando su cabeza, está uno de sus libreros angostos, y me imagino que algunos de los libros gruesos son los de texto de la universidad. Estaba estudiando psicología con música como asignatura secundaria. Luego la abandonó y ahora quiere pretender que tiene todas las respuestas.

—Claro —digo—. Tú eres tan vieja y sabia —sacudo la cabeza—. ¿Cuándo te volviste así? ¿Fue tras dejar la universidad?

—No la dejé —dice—. Voy a regresar —pero su voz es vacilante. No suena segura de ello. Niega y mira la puerta de su habitación, y luego inhala despacio y profundo.

—De acuerdo —digo—. La dejaste por un tiempo. ¿Y por eso debería escucharte?

—Debes escucharme porque vivo sola y me mantengo —su voz ahora es más suave, otra vez firme, pero dentro de mí crece la furia como si fuera electricidad.

—¿Ah, sí? —digo—. Porque estoy muy segura de que mamá paga tu cuenta de teléfono, *al menos*. Y vives con tu novio, Luna. Estás en una banda. Como mamá. Con tu novio. Como mamá. Te mudaste a Nueva York. ¡Como mamá! —avanzo un paso hacia ella—. ¡Y le pusiste a la banda los Moons! No sé cómo no te das cuenta. Quieres pretender que para nada eres como ella, actúas como si la odiaras, pero prácticamente estás tratando de vivir su vida.

Sacude la cabeza y desvía la mirada.

—Mamá no es perfecta, lo sabes —Luna está mirando la flor robot, que brilla alegre bajo la luz de la lámpara, simulando florecer por siempre.

—Nunca jamás he pensado que es perfecta —digo, pero Luna sigue hablando.

—Primero que nada, no es tan independiente como crees.

Pongo los ojos en blanco y me dice lo siguiente con velocidad, como un chiste que no espera que sea divertido.

—Se acuesta con Jake.

—¿Qué? —siento que mi cara se pone caliente—. No es cierto.

Es verdad que Jake siempre está por ahí. Han sido amigos por años. Pero no es su novio.

—Claro que sí —dice Luna—. Mamá quiere fingir que no necesita a un hombre ni nada, pero eso es sólo porque Jake básicamente es *su* hombre. Lo ha sido por años —Luna se recarga contra el respaldo de la silla como si estuviera exhausta—. Pero no habla de eso. Supongo que cree que es mejor ser conocida como la santa patrona de la fortaleza.

No puedo decir nada, así que miro hacia abajo, inhalo el fresco aire de la noche que entra por la ventana. De pronto siento la necesidad de salir otra vez, donde el cielo está abierto y hay más oxígeno del que cualquiera podría usar. En este momento el departamento me parece muy pequeño. Miro a Luna.

—Todo es muy fácil para ti —digo. Es decir: su vida, su talento. La manera en que siempre sabe qué sucede o se convence a sí misma de que lo que cree es lo correcto. Puede reescribir la historia de ser necesario, y se obliga a sí misma a creerla.

Pero cuando levanto la vista hacia Luna, luce afectada, conmocionada. Y no puedo imaginar por qué.

—Nada es *fácil* —dice. Con los dedos de la mano derecha jala un hilo del cojín del sillón, haciendo el mismo movimiento una y otra vez hasta que finalmente lo arranca—. Nada —luego se pone en pie, se da la vuelta y regresa a su habitación. Espero que azote la puerta, pero la cierra tan suave como lo hizo James hace un rato.

En cuanto se va, escucho la lluvia, cayendo por la escalera de incendios, vibrante y metálica. Su aroma entra con un vaho de viento: verde y mojado, como alga marina. Tal vez ha estado lloviendo todo este tiempo. Apago la luz y me imagino a Archer saliendo de la estación de la línea 2 cerca del departamento de sus padres y, más tarde, dando pasos húmedos por el piso de mármol del vestíbulo. Ahora sé cómo es su habitación, las paredes y la cama y la silla sobre la cual colocará sus jeans y su camiseta.

Me recuesto en el sillón, espero a que el disco deje de sonar y la aguja vuelva a su base, y me quedo ahí otro momento, hasta que comienza a llover tan fuerte que la calle suena como estática de radio, una pared sólida de siseos. Y en el arrullo de ese reconfortante ruido blanco, me quedo dormida.

treinta y nueve

En la mañana Luna parece estar bien. Otra vez se despertó antes que yo y cuando abro los ojos está poniendo cajas de cereal sobre la mesa. Su cabello todavía está mojado del baño y sus grandes rizos caen en su espalda y empapan su camiseta. Está cantando, pero tan suave que apenas puedo escucharla. Canta en un murmullo. Yo la observo, y ella eventualmente se da cuenta. Deja de hacer lo que está haciendo y me mira.

—Hola —dice— se queda ahí parada sosteniendo el plato de cereal, como si posara para una pintura.

—Hola —me siento y cruzo las piernas, todavía envuelta en la sábana.

—¿Cereal? —pregunta y camina hacia la mesa. Es como si hubiera una barrera de lenguaje entre las dos, como si yo fuera una estudiante extranjera de intercambio y su labor fuera hacerme entender lo básico de la vida.

Paso los dedos por mi cabello enredado.

—Sí —digo.

Sirve un poco de granola en un plato y coloca la cuchara hasta arriba con cuidado, como adorno.

—¿Vas a venir al ensayo con nosotros?

Supongo que es buena señal que me diga una oración completa. Además, no está tratando de mantenerme lo más alejada posible de Archer.

—Claro —digo—. Me gustaría ver el lugar. Y creo que hoy mi agenda está bastante libre.

Esto último es broma, pero Luna sólo asiente. Se recoge el cabello en un moño y lo ata con una liga, luce como bailarina o tal vez como bibliotecaria. Muy seria.

Luna señala el baño.

—Entonces ya deberías ducharte.

Se sienta a la mesa y yo tomo mi ropa de la maleta que está junto a la puerta: una camisa gris sin mangas y una falda a rayas color azul marino. Al cerrar la puerta del baño escucho que Luna vuelve a cantar, pero a través de la pared no puedo escuchar qué canta.

Los Moons comparten un espacio para ensayar en Dumbo con otras dos bandas, en una vieja fábrica de bolsas de papel a unos cuantos minutos del río. Tienen un horario complicado, escrito en tinta azul, verde y roja en un pedazo de papel de un cuaderno pegado en la puerta, y no pueden ensayar tarde en la noche porque la gente de los edificios vecinos se queja.

La escalera es oscura y estrecha, pero la habitación del segundo piso tiene una ventana con marco de hierro que da a la calle. Josh y James ya están ahí, Josh juega con sus percusiones y James desempaca su guitarra.

—¿Sabes qué? —le digo—. Para ser un chico que vive donde me estoy quedando, te veo muy poco.

—Me levanto temprano, casi siempre —dice sonriendo—. Y tú tienes el sueño muy pesado.

Luna abre su estuche, saca su guitarra y la conecta a un amplificador que está junto a la ventana. El amplificador zumba suavemente como insecto.

—¿Dónde está Archer? —pregunta, y ya no tengo que hacerlo yo. Intento leer la expresión de su rostro, pero está impasible.

—Viene de casa de sus padres —dice Josh—. Llegará pronto.

Me acomodo en una silla entre la ventana y el asiento de Josh en la batería, y pongo los pies sobre el estuche de guitarra de Luna, suavemente, como si fuera un objeto frágil. Como si fuera un capullo, tal vez, o una especie de escultura de papel maché.

Luna y James comienzan a tocar una melodía, con las cabezas inclinadas sobre sus guitarras. Josh mira por la ventana y se sienta, tamborileando las baquetas en sus rodillas.

—Archer me dijo que tu papá también es músico —digo.

Aguza un poco la mirada.

—Sí —dice—. Sabrías su nombre, si conocieras de jazz.

—Conozco a Charlie Parker —digo—. Miles Davis. Nada de jazz nuevo.

Josh asiente.

—Creo que papá quisiera que algún día me una a su banda, pero no es lo mío —estira la mano para tocar el borde de su platillo—. A veces viene a nuestros conciertos. No lo escondo como Luna —golpea sus baquetas una contra otra—. Pero es un poco raro cuando él y yo somos las únicas personas negras en el lugar. Me resulta difícil explicar por qué estoy aquí y no con él.

—Eso está muy mal —digo.

—Sí —mira detrás de mí y luego sonríe—. Y cada vez que lo veo entre el público me hace perder el ritmo.

Entonces la puerta se abre y entra Archer.

—Hola —saluda a todos. Se arrodilla para abrir el estuche de su bajo y me mira—. Hola —me dice.

—Hola —no puedo evitar sonreír, aunque estoy segura de que Luna me está observando con cuidado.

—Otra vez estamos ensayando "Open Road" —le dice James.

—La nueva canción —me dice Josh.

Luna suspira y se tira en su silla.

—Ya ni siquiera me gusta —sostiene su cuaderno arrugado y mira la página—. ¿No es aburrido escribir una canción sobre las giras? ¿No es demasiado egocéntrico?

—*Tú* eres demasiado egocéntrica —dice Josh y ella le saca la lengua. Él responde haciendo lo mismo.

—Me da gusto ver que son muy maduros —digo, pero es bueno ver a Luna comportarse como niña.

Luna se endereza y canta el primer verso.

—*Recuéstate y mira el cielo cubierto de estrellas* —su voz resuena en esta habitación tan pequeña. Hace una mueca—. No está bien, Demasiadas sílabas. Y no tiene ritmo.

—Herido —digo.

Todos me miran y Archer estalla en una enorme sonrisa. No sé qué me hizo pensarlo o decirlo, pero sé que suena bien.

—¿Qué? —pregunta Luna.

—Herido. O sea, *herido por las estrellas*. Es sorprendente e intrigante. Una palabra que nadie esperaría —miro a James y luego a Luna—. Cuando las juntas, esas dos palabras tienen… —busco la palabra correcta y la encuentro— efervescencia.

Ése es el tipo de términos que usaría mi maestra favorita de literatura inglesa, la señorita Stanton. Fue mi maestra el año pasado y siempre me animaba para trabajar en la revista literaria. Todavía no lo he hecho, pero lo estoy considerando para el próximo año. Especialmente porque no tengo amigos en la escuela y no tengo nada que hacer. (Ja. En serio.) De todas formas, lo que me gusta de las canciones es que las letras no deben tener sentido. Sólo tienen que sonar bien. Es como la poesía. Supongo que las estrellas no pueden herir el cielo, salvo cuando parece que lo hacen. Suena bien.

Luna sonríe despacio, sorprendida.

—Intentémoslo —dice.

James y Archer se acomodan en sus lugares, los mismos del escenario en el bar Tulip. Josh adopta su expresión de concentración, como si fuera a correr dos kilómetros o a arreglar el motor de un coche, y toca el primer acorde. Y entonces, frente a mí, crean una canción.

Es tranquila y Luna exhala las palabras como aliento. Sopla la canción en la habitación diminuta y ésta se cuela por las ventanas abiertas hacia la calle. Pienso en todas las personas que van pasando y lo que escuchan de camino hacia su destino. Me pregunto si se detendrán para oír por un minuto. Y cuando canta mi verso suena perfecto, como si las palabras estuvieran destinadas a estar juntas.

Cuando terminan, Luna sonríe.

—Sip —dice.

—¿Sip? —digo.

Asiente y todavía me ve como si observara algo nuevo.

—Gracias, Fi.

Siento la sonrisa que se dibuja en mi rostro.

—Me alegra servir de algo —digo.

Ella baja la vista y arregla algo en su guitarra. Archer se acerca a mí. Se agacha a mi lado.

—Finalmente tus letras tienen música —dice. Toca mi rodilla desnuda suavemente, y siento como si tuviera fuegos artificiales diminutos en las puntas de los dedos—. Se lo merecen. Te vas mañana —dice en voz baja.

Yo asiento.

—¿Qué harás más tarde?

Una sensación chispeante se extiende desde mi estómago. En este instante, sólo quiero besarlo de nuevo, pero no en este lugar, con mi hermana de testigo.

—Más tarde estaremos ocupadas —dice Luna, a diez pasos de distancia.

Volteo a verla.

—¿Lo estaremos?

—Y de todas formas —Luna se pone en pie—, tiene diecisiete años, Archer —el tono de su voz es filoso, rasposo como el asfalto.

Me acerco a ella, escucho mis sandalias sobre el piso de madera.

—Y tú tienes diecinueve —digo—. *Y estás viviendo con tu novio* —pero Luna no me mira. Está parada con los hombros derechos frente a Archer, y ahora él también está en pie.

—Ya sé que tiene diecisiete —Archer sacude la cabeza levemente, sin poder creer que están teniendo esta conversación—. Voy a cuidarla, Luna.

Luna frunce los labios.

—Es mi hermana. *Yo* voy a cuidarla.

Miro a James, que está sentado, pero todavía tiene la guitarra entre las manos, como si temiera dejarla en el piso.

—Yo puedo cuidarme —digo, pero nadie me escucha. Me siento invisible y muda, como si me hubiera resbalado por una puerta a otra dimensión. No sé cómo detener esto.

Los hombros de Archer están firmes bajo su camiseta.

—¿Has pensado en lo que Phoebe quiere, Luna?

—¿A qué te refieres?

—Estás muy enojada con tu papá, pero tal vez Phoebe quiere verlo.

—¿Qué? —Luna se aparta de él, negando con la cabeza—. Nuestro padre no está interesado en nosotras.

—Luna, eso es una estupidez —dice Archer—. Tu padre *quiere* verlas.

Intento cruzar miradas con Archer para detenerlo, pero él no me mira.

—Actúas como si a él no le importara nada, pero sí le importa. Él estaría *feliz* de verte.

Luna no deja de sacudir la cabeza, con el cabello de un lado a otro sobre los hombros. Se ve furiosa pero pequeña, y comienza a parecer un poco menos segura.

—Si eso fuera verdad, ya lo habría hecho.

—¡Lo intentó, Luna! Fue a nuestro concierto —Archer no dice: *Y tú te escondiste*. Inhala profundo y exhala por la nariz.

Josh observa la conversación como si fuera un partido de tenis, siguiendo a Luna y Archer con la mirada. James pone la guitarra en un atril y se sienta en una silla plegadiza junto a la ventana.

Luna se arrodilla junto a su bolsa y comienza a hurgar dentro de ella, pero no sé qué busca.

—Él se marchó y ha estado completamente ausente de nuestra vidas durante tres años —dice—. ¿Ahora estoy en la ciudad y le resulta lo suficientemente conveniente verme? ¿Porque sólo tiene que tomar el metro?

—Muy bien —dice Archer—. Estás enojada. Lo entiendo. Pero podríamos recurrir a su ayuda. Él grabaría nuestro disco sin cobrarnos, estoy ciento por ciento seguro.

Lanzo un pequeño grito ahogado sin querer, pero Luna no lo escucha.

—¿Cómo? —pregunta Luna—. ¿Por qué estás tan seguro?

Archer finalmente me mira. Pero ahora ya no me importa. Lanzo las manos al aire.

—¿Y por qué demonios no? —le digo a Archer.

Archer voltea hacia Luna.

—Lo sé —dice.

—Vas a tener que explicarte un poco más —dice James. Está sentado muy derecho en su silla.

—Porque lo vimos —digo.

Luna me lanza una mirada.

—¿Quién lo vio?

—Archer y yo. Yo era la que quería ir. Lo convencí de acompañarme.

—Sí, cómo no —dice Luna.

—Hey —dice Archer—. Esto ni siquiera tiene que ver conmigo.

Luna lo mira rápidamente.

—Yo te dije que no, así que lo haces a través de mi hermana.

—¡Yo quería ir! —digo—. ¡Fue mi idea!

Luna sacude la cabeza. Ahora camina de un lado a otro, como gato salvaje, cerca de la ventana. Veo una franja de cielo sobre el techo del edificio de enfrente, azul lustroso como un mosaico brillante. Como los cielos que los niños pintan en sus dibujos. Creo que es el momento de decir la verdad, o cualquier parte de verdad que pueda sacar a relucir ahora.

—Fuimos a su concierto anoche, Luna. Él nos invitó —trato de hacer que me mire—. Nos puso en la lista.

Luna abre la boca y luego la cierra. Parpadea.

—*Okey* —dice James, y su voz tranquila suena como agua de río. Corre sobre rocas, lima las orillas filosas—. Vamos todos a respirar profundo —en cuanto lo dice yo lo hago, pero creo que soy la única.

—Archer tiene razón —dice James—. Estamos trabajando muy duro, Luna. Y tú tienes este contacto que facilitaría mucho las cosas. A veces es frustrante —aprieta los labios y espera a que ella diga algo.

—¿Entonces quieres que le llame a papá, que básicamente nos abandonó, a quien no le importamos…?

—Sí le importamos —digo. Y es verdad, ¿no? Debemos importarle, aunque sea un poco. Le dio gusto verme. Supo quién era yo.

—Piénsalo así —dice James—. Estamos planeando grabar en un estudio de mierda, cuando tu papá es *Kieran Ferris*.

—¿Así que por eso me quieres cerca? —Luna lo dice pero yo no puedo creer que realmente lo piense. Es obvio que James la amaría sin importar quién fuera.

—No —dice James—. Creo que está muy claro que eso no es por lo que te quiero cerca, ya que ni siquiera he conocido a tu padre. Te quiero por quien eres. Pero me frustra que ni siquiera lo consideres.

Luna se pone en pie y lo enfrenta.

—Bueno, pues tendrás que seguir frustrado.

Entonces James la observa con una mirada larga, como si en ese momento estuviera tratando de recordar quién es Luna. Se pone en pie también.

—Bueno —dice—. Pero deberías pensar en decir la verdad —se da la vuelta y sale por la puerta.

La expresión de Luna es imperturbable, pero veo que su boca comienza a arrugarse. La habitación está tan callada que escuchamos los pasos de James por el corredor y luego por las escaleras. Escuchamos que la puerta del edificio se cierra.

Josh se aclara la garganta.

—Tengo hambre —dice—. ¿Alguien tiene ganas de tacos? —espera un momento, y como nadie pronuncia palabra se da la vuelta y sale por la puerta para seguir a James.

—Nadie te pide que tomes una decisión hoy, Luna —dice Archer. Tiene razón, está siendo sensato, pero no soporto la forma en que ella luce ahora, perdida y triste. Y en este instante no tolero el hecho de que un chico crea que sabe lo que es correcto para mí, y para Luna también, aunque tenga razón.

—Déjala —le digo—. Si no quiere su ayuda, entonces no la quiere y ya.

Archer guarda su bajo en el estuche. Cierra los pasadores: uno, dos, tres.

—Claro. ¿Yo qué voy a saber? —dice Archer.

Entonces se pone en pie, deja el bajo en el suelo y pasa por encima de él. Sale por la puerta hacia el pasillo, a la calle, adonde sea.

En todo este tiempo él no me mira ni una sola vez.

cuarenta

Luna no dice nada en todo el camino de regreso a su edificio. Lleva su estuche de guitarra sin columpiarlo, casi todo el tiempo tratando de mantenerlo paralelo a la acera. Mientras caminamos el estuche me va golpeando la pierna, hasta que me muevo un poco más cerca de la calle. Voy tocando algunos faroles, para tener buena suerte o porque estoy nerviosa, no sé cuál de las dos opciones. Intento no mirar a Luna. Observo el cielo, claro y azul, con la luz dorada que se concentra alrededor de los techos de los edificios. No he revisado mi teléfono, pero seguro casi es hora de cenar, porque el metro estaba lleno de gente de regreso del trabajo, en trajes sastre y con zapatos deportivos o sandalias. Cuando pasamos junto a la gente hago contacto visual porque sé que ella no lo hará. Me la imagino flotando junto a mí como una especie de deslizador aéreo, impulsada sólo por su furia.

En la esquina de Court y Schermerhorn, un tipo alto y delgado con barba de unos cuantos días está recargado contra un puesto de periódicos del otro lado de la calle, frente a la librería.

—Hey, linda —le dice a Luna—. Sonríe un poco.

Luna se detiene. Se para derecha contra la ventana, de forma que puedo ver su reflejo. Voltea los hombros en dirección al hombre y parece que el aire se mueve a nuestro alrededor, formando un tornado miniatura. Contengo el aliento. Espero presenciar una demostración improvisada de la famosa Furia de Luna Ferris.

Pero entonces gira hacia el otro lado, el aire vuelve a la normalidad y ella sigue caminando. Me toma un par de pasos alcanzarla.

Me mira de reojo, y es la primera vez que lo hace en todo el camino a casa.

—Odio cuando los tipos me dicen que sonría.

Me hago a un lado y camino detrás de ella para evitar un contenedor de basura que está en la acera.

—A mí nunca me lo dicen —le digo—. Lo que sólo puede ser porque siempre estoy sonriendo, o porque nadie se da cuenta de que no sonrío —miro a Luna y me doy cuenta de que no me hace caso. Abre la puerta de su edificio, se columpia con su guitarra hacia el vestíbulo y comienza a subir las escaleras. Yo la sigo.

Arriba, abre la puerta del departamento, coloca el estuche de la guitarra en el piso y se sienta en el sillón. Supongo que no quiere estar sola, dado que está echada en medio de lo que básicamente ha sido mi habitación durante esa semana. Así que me quito las sandalias y voy a sentarme al sillón que está frente a ella. Pego mis rodillas al pecho. Ella no me mira, mantiene los ojos fijos en el techo.

Se me ocurre poner un disco, pero no quiero moverme de aquí hasta que me diga algo.

—Tal vez puedas decirme cómo lo haces —deslizo mis dedos sobre los brazos del sillón.

—¿Cómo hago qué? —suena cansada, y su voz es tan baja que sin querer me concentro para escucharla mejor.

—Siempre estás muy segura de todo. Siempre sabes exactamente lo que quieres. Siempre sabes qué es lo correcto para ti —no dice nada, ni siquiera se mueve, así que continúo—. Puedes irte de casa, y no hay problema. Puedes decirle a mamá que dejas la escuela —inhalo—. Tú le hubieras dicho a Tessa si Ben te hubiera besado.

—Quién sabe qué habría hecho —dice—. A veces es más fácil quedarse callada.

Me río burlona.

—¿Qué? —se sienta para verme de frente y baja las piernas al suelo. Sus ojos se ven enormes, verdes y azules y grises al mismo tiempo.

—Tú nunca te quedas callada.

Frunce los labios.

—Me callo —dice—, si es necesario.

Sacudo la cabeza y siento que mi cabello se mece sobre mis hombros.

—Nop.

—¡Claro que sí!

Sonrío.

—Literalmente en este momento estás demostrando que tengo razón.

Respira profunda y sonoramente.

—Ni siquiera puedes respirar en silencio —digo. Estoy intentando hacerla reír, pero no lo hace. En cambio, se queda mirando la mesita de centro, la flor robot que mamá le hizo. Sobre ella cae la luz del sol que todavía entra por la ventana y brilla, plateada y puntiaguda.

De pronto tengo ganas de contarle a Luna la verdad acerca de algo.

—He estado hablando con Archer —digo—. Es decir, por mensaje de texto. Desde que vine en febrero.

Luna me mira.

—¿Qué?

—Me gusta, Luna. No sé qué es esto, pero no es cualquier cosa —bajo la vista para mirar el brazalete de mamá y lo giro en mi muñeca—. Lamento no haberte contado.

Niega con la cabeza.

—*Okey* —dice. Su voz suena frágil. Mi primer pensamiento es *Eso fue demasiado fácil.* Levanto la vista y veo que está temblando.

—Creo que he arruinado todo, Fi —Luna presiona sus ojos con los dedos y me doy cuenta de que tiene puestos tres anillos, todos de plata, hechos por nuestra mamá. Sus dedos han estado al desnudo durante días y no recuerdo si ya los llevaba hoy.

—James va a volver pronto —digo, y me acerco a ella—. Es obvio que te ama.

—No se trata de James —dice—. Sé que me ama. Hasta cuando soy una perra —me mira—. Creo que... estoy embarazada.

Por un momento olvido respirar. Luces chispeantes pasan frente a mí y creo que estoy viendo estrellas, que tal vez estoy alucinando o desmayándome. Pero me doy cuenta de que son las luces de una patrulla que titilan en azul y rojo sobre la pared de la sala.

—¿C-cómo?

—¿Cómo crees? —se recarga en el brazo del sillón. Se ve débil. Es la primera vez que la veo así, tal vez en toda mi vida.

Estoy temblando.

—No me refiero a eso —hablo despacio, enunciando cada palabra—. ¿Cómo pudiste ser tan idiota?

Luna permanece en silencio por un minuto. Escucho los sonidos de la calle que suben con el aire del verano y entran por la ventana abierta. Un perro ladra. Música cubana sale por un radio diminuto. Alguien avienta botellas de vidrio en un contenedor de basura. Tengo la sensación de que podría salir en este instante, hacia el perro, hacia el radio. Podría alejarme de Luna y nada de esto sería mi problema esta noche.

Pero no me muevo. Todos mis instintos me dicen que corra, pero me quedo.

Luna intenta sonreír, pero no lo logra.

—Ésa es una buena pregunta.

—¿Ya te hiciste la prueba?

Niega con la cabeza.

—He estado pensando todo el tiempo quiero comprarme una, pero no logro entrar a la farmacia —gira uno de los anillos de plata entre los dedos—. Estuve a punto en una farmacia cvs, en una Duane Reade y hasta en una Rite Aid en Manhattan —mira hacia la ventana—. No sé qué me pasa.

—¿James lo sabe?

Inhala larga y profundamente y exhala como un suspiro.

—No —dice.

Me levanto de la silla y camino con los pies descalzos sobre la duela de madera. Ahora me hace sentido que se haya preocupado por estar gorda, y también sus lágrimas después de sentir náuseas en la fuente. La cerveza que apenas bebió. Me maravillo ante mi propia estupidez por no darme cuenta antes.

Camino hacia la repisa de la cocina, donde James guarda una botella de whisky de la que nunca lo he visto beber, y me sirvo un vaso en uno de los pequeños tarros de mermelada que usan para el jugo de naranja. No estoy segura de qué estoy haciendo, qué clase de espectáculo estoy montando, pero me parece que es lo que hay que hacer. Ya siento que todo esto es como un recuerdo, volviéndome borrosa desde las orillas, como una Polaroid revelándose a la inversa. Pienso en mamá hace veinte años haciéndose una prueba de embarazo. Me pregunto dónde estaba.

El whisky sabe horrible, como fuego húmedo y picante, pero me lo trago. Pongo mi vaso en la repisa, sin querer lo azoto, y veo que Luna se sobresalta un poco. Si alguien más estuviera aquí se preguntaría por qué torturo a mi hermana, y yo respondería *No estoy tratando de hacer eso*. Es sólo que no sé qué hacer.

Entonces Luna comienza a llorar. Veo que sus ojos se humedecen y las lágrimas le corren por las mejillas. Pero no puedo decir nada más. No siento ganas de acercarme a ella y abrazarla.

En vez de eso, camino hacia la puerta y me pongo mis sandalias doradas. La bolsa de Luna yace tirada en el piso entre sus zapatos y un par de zapatos deportivos de James. Espero un momento, con la mano descansando en el marco de la puerta. Intento escuchar la respiración de Luna, pero no puedo.

—Yo voy —digo—. Pero me voy a llevar tu cartera.

Me quedo parada un segundo y ella no dice nada. Entonces salgo al pasillo y en cuanto estoy cerrando la puerta escucho:

—Fi —dice—. Necesito un poco de tiempo. ¿Puedes… regresar por el camino largo?

Inhalo, y mi mano vacila sobre la perilla de la puerta por un momento. Luego digo:

—*Okey* —pero estoy cerrando la puerta y no sé si me escuchó.

Al salir, me siento en los escalones del departamento de al lado. Son las seis de la tarde y en algún lugar suenan las campanas de un templo, con su sonido metálico haciendo eco en el calor que queda del día. No sé qué hacer además de ir a la farmacia, y eso no me tomará más de diez minutos.

Saco mi teléfono y hago sombra con la mano para ver la pantalla. Tengo un mensaje de texto de mamá pero no lo leo. Y uno más: es de Tessa. Y dice esto:

¿Ya viste el carrusel?

Reflexiono sobre las palabras por un minuto. Es lo primero que me ha dicho en dos meses sin que yo le hable antes.

—Carrusel —digo en voz alta, y entonces lo veo: la cubierta rojo oscuro de *El guardián*. Saco el ejemplar de mi bolsa.

—*Oookey* —digo por segunda vez en la noche, aunque esta vez se lo digo a Tessa, que no está aquí, o tal vez al universo, que esta noche me está enviando a alguna parte, justo cuando necesito un lugar adónde ir.

cuarenta y uno

El tren de la línea 4 se detiene en mi parada y salgo a la calle sintiéndome victoriosa: Phoebe Ferris, Reina del Metro. Al menos hoy hice algo bien. Me paro en Lexington Avenue por un momento, descubro hacia dónde es el oeste y camino hacia el este por la calle Sesenta y ocho hacia el parque. Quiero detenerme en alguna parte y perder el tiempo, pero esta calle es esencialmente residencial, sólo hay árboles pequeños y bonitos edificios de piedra. Los aires acondicionados zumban desde las ventanas, y cuando llego a los últimos edificios que están antes del parque me detengo bajo el toldo verde de un edificio que abarca toda la acera, y miro mi teléfono. Ahí está todavía el mensaje de texto de Tessa, y el de mamá, que ahora reviso: *¿Qué hay de nuevo hoy?*, seguido por una carita feliz. Imagino que escribo *¿Qué hay de nuevo? Nada, excepto que tu hija mayor inconscientemente está tratando de ser tú en prácticamente todas las formas posibles y yo estoy aquí para limpiar el desastre.* Guardo el teléfono en mi bolsa y sigo caminando.

Cuando entro al parque, tres corredores se acercan por detrás y pasan a mi lado, uno empuja un cochecito para bebé y otro acompaña a dos perritos, se mueven tan rápido que no se distinguen sus patas. Luego un ciclista pasa volando a mi derecha, brillando con su ropa de spandex. Estoy en medio de una oleada de gente deportista, pero yo camino despacio, asimilando todo lo que veo. El parque luce tan verde que es como si hubieran hecho un ajuste de color en una pantalla de televisión. Los taxis amarillos pasan por la calle a mi izquierda, uno tras otro, tomando un atajo por el parque, supongo. El camino da la vuelta y serpentea un poco, y me lleva directo al carrusel.

Cuando pensé en el carrusel lo imaginé al aire libre, abierto a los elementos naturales, pero veo que está encerrado en un edificio de varias paredes de ladrillo rojo. Ya revisé los horarios, así que sé que hoy sólo funciona hasta las seis de la tarde. Pero son las seis cuarenta y cinco, y el edificio todavía está abierto.

Al oeste, los campos de softbol se extienden bajo el sol dorado que se oculta. En el campo más lejano se está jugando un partido, y veo gente diminuta con uniformes morados que corre alrededor del gran cuadro. No me importaría caminar hasta allá para sentarme en el césped y ver el partido un momento. Sería lindo fingir que no estoy en una misión, que no debo ir a ninguna parte.

Pero regreso al carrusel, levanto el teléfono y le tomo una foto. Con este sol apenas puedo ver la pantalla, pero sé que no salió bien. La foto sólo luce como un edificio de ladrillos con espacios abiertos llenos de sombras. Apenas se puede vislumbrar que adentro hay un carrusel. Yo sé que esto no es lo que Tessa se ha estado imaginando, y ciertamente no es lo que Holden y Phoebe vieron en El guardián.

Leímos el libro el año pasado con la señorita Stanton y algunas de las chicas ni siquiera lo entendieron. Incluso Willa: cada día cuando comenzábamos a hablar de él en clase, ella levantaba la mano y decía: *Qué sorpresa: Holden está enojado por algo.* Tessa adoraba el libro, así que se pasaba media clase defendiendo a Holden por ser malhumorado. *Su hermanito murió,* decía. Sin embargo, de alguna manera Willa tenía razón. Todo el libro es una larga serie de quejas: aquéllos que él cree que son embusteros, los niños de su edad que no son tan inteligentes como él quiere que sean. Él deja caer tan suavemente el asunto de que su hermano está muriendo de leucemia que si uno lee el libro superficialmente ni siquiera lo nota, pero de ahí proviene todo su enojo. Y eso fue lo que más me gustó del libro; no que su hermano muriera, sino la forma en que Holden continúa dando vueltas al respecto, de la misma forma en que narra su deambular por la ciudad. No lo decía como gran cosa, pero seguía saliendo el tema, una y otra vez. Uno se daba cuenta de que eso fue lo que rompió su corazón y seguía rompiéndolo.

Como sea, eso escribí en mi ensayo, el mismo ensayo para el cual Tessa escribió acerca del simbolismo del carrusel. Yo argumenté que Salinger usa a Holden para mostrar que todos tenemos algo —por lo regular una cosa— que nos pesa. Una cosa que nos parte en dos sin importar lo mucho que intentemos repararnos.

La última vez que los cuatro miembros de mi familia estuvieron juntos al mismo tiempo en una habitación fue cuando Luna cumplió quince años. Era diciembre y papá estaba en Búfalo de visita. Por tres días. Se suponía que se iría temprano en la mañana del cumpleaños de Luna —tenía un concierto en alguna parte— pero se desató una tormenta de nieve a la mitad de la noche y todos los vuelos fueron cancelados. Recuerdo que al despertar encontré que todo estaba cubierto de blanco, y más nieve caía del cielo como azúcar glas, tres centímetros por hora. Cuando miré por mi ventana vi que las luces en el departamento de nuestra cochera estaban encendidas, y supe que papá aún estaba ahí.

Pilar y Tessa vinieron desde sus casas a la hora del almuerzo: Tessa traía puestas las viejas botas para la nieve de su mamá, aunque no era realmente necesario porque habían pasado ya las barredoras de nieve. Pero le gustaba cómo se veían. Pilar llegó con el cabello brillante, incrustado de nieve, aunque llevaba puesto un sombrero. Tuvo que envolverse el cabello en una toalla.

Luna estaba parada en la cocina, viendo de frente la cochera y a nuestro papá.

—¿Qué hacemos con papá? —preguntó.

Mamá estaba buscando unas velas de cumpleaños en un cajón y no levantó la vista.

—Ve y dile que venga —dijo.

Y él vino. Comió enchiladas en nuestro comedor y cantó "Happy Birthday" con el resto de nosotros mientras Luna estaba sentada ante el brillo de quince velitas, con una sonrisa a medias y poco convincente. Ahora que lo pienso, ésa es la única vez que recuerdo haber escuchado a mis papás cantar juntos fuera de los discos.

Mis papás hablaron un poco, pero no recuerdo qué dijeron. Después del almuerzo, él estuvo una hora ayudando a quitar la nieve de la entrada, con una chamarra de lona no muy caliente y uno de mis viejos sombreros de lana. Se suponía que estábamos viendo una película —*Dieciséis velas*, aunque Luna cumplía quince—, pero Luna y yo en realidad veíamos a nuestros papás afuera en la nieve. Todo el tiempo hablaron, pero no logré enterarme de qué. Deseé ser capaz de leer los labios, y no fue la última vez. Papá reía mucho, lo cual era bastante normal por lo que yo sabía, y mamá sonreía de vez en cuando. Se veían como dos personas que se conocían de mucho tiempo. Y lo eran. Dos personas que, después de todo, no *necesariamente* se odiaban.

Pero entonces él recibió una llamada y le dijeron que su vuelo había sido reprogramado para las seis, y una hora después Luna y yo estábamos paradas en la entrada de la casa con nuestras botas, diciéndole adiós con la mano mientras el taxi se alejaba. Recuerdo haber estado contenta por cómo habíamos pasado el día —ese día extra—, pero yo sólo tenía trece años. Después de que él se fue, Luna prácticamente no nos habló a mamá ni a mí durante tres días. La furia surgió de ella como electricidad estática. Eventualmente pareció desvanecerse y las cosas volvieron a la normalidad. Nada cambió. Él no habló por teléfono más de lo que llamaba antes de eso. Y luego, como un año después, dejó de hablar por completo.

Ahora me acerco y me recargo contra la reja de metal de una de las grandes aberturas de las paredes del edificio del carrusel. Frente a mí, muy quieto, hay un caballo negro con crin y cola blancas, adornado con una complicada serie de mantas y estandartes, silla y cabestro. Su cuello es una curva perfecta, su cabeza forma un arco hacia el piso. Tomo la foto y ahí en las sombras puedo verlo en la pantalla: éste es el caballo que montaría Tessa, si estuviera aquí y el carrusel estuviera encendido. Éste es el que escogería. Y si llegáramos al carrusel demasiado tarde como para montarlo, como hoy, nos sentaríamos en la banca de afuera, como Holden, y tal vez finalmente podríamos hablar.

No quiero enviar la fotografía así nada más, pero no sé qué escribir. Quiero contarle que vi a papá. Quiero contarle sobre Luna y adónde tengo que ir ahora. Quiero decirle

Desearía que estuvieras aquí o *La próxima vez vendremos juntas,* pero nada de eso me suena bien.

Me siento un minuto en la banca frente al carrusel y observo las nubes que se deslizan sobre él, como si tuvieran que ir a alguna parte. Luego enciendo otra vez mi teléfono y escribo *Ésta es la mejor foto que pude tomar,* y luego, *besos.* Presiono enviar y la fotografía sale volando hacia los satélites, y luego hasta Tessa, donde sea que esté ahora. Tal vez en su habitación frente a mi ventana vacía; tal vez escapando por la enredadera de madreselva; tal vez sentada en los columpios en el parque calle abajo. La imagino que escucha su teléfono sonar en su bolsillo, y que lo saca para ver qué le he enviado. La imagino extrañándome, aunque no sé cómo se vería eso.

Cuando salgo del parque camino por la Quinta Avenida hacia las calles Sesenta del lado este, dirigiéndome hacia el norte en dirección a la línea 6 del metro. Justo frente a la entrada de la estación veo una pequeña librería con una estrecha puerta de madera. LIBROS USADOS, dice en un gran letrero sobre la puerta. Me quedo parada en la acera un minuto viendo el letrero, y luego entro.

Adentro de la librería está más fresco pero un poco sofocante, como si no funcionara bien el aire acondicionado. Está oscuro, iluminado por luces incandescentes en esferas de cristal, y tengo que esperar a que mis ojos se adapten.

—Hola —dice una voz al fondo. Levanto la vista y veo la silueta de una mujer en el segundo piso, a unos cuantos escalones de la planta baja—. ¿Quieres que te ayude a encontrar algo?

—No estoy segura —digo. Estiro la mano y toco una fila de diccionarios encuadernados en tela—. Poesía, creo.

—Eso está aquí arriba —dice. Ahora veo que tiene unos cincuenta, tal vez, es bonita y su cabello es largo y rojizo atado en un moño. Tiene un montón de libros entre los brazos y los coloca en una mesa mientras yo subo las escaleras. Camina hacia un librero del otro lado del rellano y luego se acerca a mí.

—¿Alguno en particular?

Examino los libreros, pero hay tantos nombres —Frost, Dickinson, Glück, O'Hara—, que no sé por dónde comenzar.

—No sé mucho de poesía —digo—. Sólo lo que he leído en clase. Pero me gusta —espero que no suene totalmente tonto.

Ella asiente y dibuja una pequeña sonrisa en sus labios.

—Necesitas un lugar donde comenzar —dice. Saca un libro del librero—. ¿Qué te parece éste?

Es un libro azul marino con letras plateadas en la portada: *Mujeres poetas norteamericanas*, dice, y luego en letras más pequeñas; *Siglo veinte*.

Me gusta cómo se siente el libro entre mis manos, y me gusta que esté lleno de poemas que no he leído. Las páginas están un poco amarillentas, pero nadie ha escrito notas en ellas.

—*Okey* —digo. Sigo a la mujer a la caja. Pago con un billete de veinte y me devuelve uno de diez y algunas monedas.

Cuando me cuelgo la bolsa sobre el hombro siento el peso de mi nuevo libro dentro.

Después voy en metro hasta Astor Place y al salir camino hacia Washington Square. No sé adónde voy —¿voy sobre mis pasos de la otra noche?— pero en una calle donde los edificios tienen banderas que dicen NYU, de la Universidad de Nueva York, veo a un grupo de chicas caminando juntas. Deben ser estudiantes de verano o algo así, porque llevan mochilas. No sé qué me hace verlas. Tal vez sea la forma en que caminan, acercándose entre ellas y riendo: me recuerda a mis amigas. Las amigas que ya no tengo. Sin pensarlo las sigo, sin propósito alguno, y cuando entran en un café a media calle, yo también entro.

Estoy muy lejos de Queen City Coffee, pero los sonidos en este lugar son exactamente iguales: los platos chocando entre sí, un suave murmullo general de gente hablando, el zumbido de la leche al vapor. Órdenes que se gritan desde el mostrador. Yo no bebo café —cuando trabajo veo demasiados adictos al café como para querer engancharme en eso—, pero me encanta su aroma, y el olor de este lugar baja mi presión arterial casi de inmediato. Las chicas frente a mí ordenan un montón de bebidas heladas con café, y luego es mi turno. La cajera tiene cabello rubio corto y un diminuto arete plateado en la nariz. Sonríe.

—¿Qué vas a tomar?

—Un *latte* de vainilla con leche descremada, por favor —digo—. Mediano.

Ella asiente y teclea la orden. Le entrego uno de los billetes de veinte de Luna. Cuando me da el cambio pongo dos dólares en el frasco de las propinas.

—Gracias —dice.

—Yo trabajo en lo mismo que tú —digo—. En donde vivo.

No hay nadie en la fila detrás de mí, así que me recargo en el mostrador y espero mi bebida.

—¿De dónde eres? —pregunta la chica.

Cuando abro la boca para responder ya he decidido que hoy quiero ser otra persona.

—De Washington —digo.

—Ahí hace más calor que aquí, ¿verdad? —dice. Las chicas a quienes seguí toman sus bebidas en vasos para llevar y salen por la puerta de vidrio.

La tía Kit vive en Washington, así que he pasado muchas semanas del verano deambulando por todos los museos que tienen aire acondicionado. Asiento.

—Esto no es nada.

—¿Estudias en NYU? —pregunta.

Hago una pausa y luego asiento.

—Yo también. Fotografía —limpia el mostrador con un paño blanco—. ¿Qué carrera estudias?

Sé mi respuesta sin siquiera pensarlo. Esto se vuelve cada vez más fácil.

—Literatura inglesa —digo.

—¿Ya tuviste clases con la profesora Kirk?

Niego con la cabeza.

—Es genial. Ojalá tomes su clase pronto —extiende su mano a través del mostrador—. Por cierto, soy Emily.

—Phoebe —digo, y la estrecho. No sé por qué, pero mi identidad alterna no necesita seudónimo.

—*Latte* de vainilla —grita el chico de la barra, y me entrega una taza de porcelana sobre un platito.

—Por cierto —dice Emily—. Estamos buscando ayuda. Digo, por si necesitas trabajo.

—Gracias —digo—. He estado pensando en eso.

Me siento en una mesa junto a la ventana, saco mi nuevo libro y lo abro a la mitad. Leo un poema de Rita Dove y otro de Anne Sexton. Leo uno de Elizabeth Bishop titulado "Un arte", que es acerca de perder: cosas, lugares, personas. El final de poema es tan verdadero y vívido y perfecto que siento ganas de llorar, sobre todo por las cosas que he perdido y encontrado últimamente. Lo leo en murmullos aquí en la mesa porque quiero pronunciar las palabras.

—*Es evidente que el arte de perder no es difícil de dominar, aunque parezca como* (¡Escríbelo!) *como un desastre.*

Exacto. Quiero saber cómo hacer esto: decir la verdad como si dijera un secreto. Decir lo que siempre he sabido de una forma que parezca totalmente nueva.

En el metro de regreso a Brooklyn, me recargo en el asiento de plástico y cierro los ojos. Archer no me ha enviado ningún mensaje, y pronto tendré que considerar el hecho de que me voy mañana y que quizá no lo vea antes de irme. Pensar en ello me deja un hueco en el estómago, como si alguien me hubiera quitado algo y hubiera olvidado devolverlo. Ya sé que podría enviarle un mensaje, pero no sé qué decir. En este momento no puedo hablar con versos. Prefiero hablar con él en persona.

Pero aunque eso se siente de la mierda —así se siente—, estoy aquí y estoy resolviendo cosas. Estoy ayudando a Luna. Vi a papá. Hice lo que venía a hacer. Sé que me voy a ir de Nueva York sin arrepentirme de nada.

Cuando Luna iba en tercero de preparatoria ella tenía una amiga llamada Leah que se embarazó en el otoño antes de graduarse. Era callada y reflexiva y muy inteligente, y parece que a la hermana Rosamond se le rompió el corazón cuando a Leah se le empezó a notar el embarazo. Por un tiempo nadie sabía con seguridad si le permitirían ir a la graduación, pero sí y ella caminó por el escenario con una larga túnica blanca como el resto de las chicas, su rostro resplandeciente frente a un ramo de rosas rojas y su hermoso vientre. Unas semanas después Luna le organizó un baby shower, y se levantó muy temprano para hornear tres docenas de galletas con forma de osito.

Ahora, en el metro, me pregunto cómo sería Luna embarazada. ¿Tendría antojo de pretzels cubiertos de chocolate o de sandía rojo brillante, dejando las sobras en forma de media luna en la mesa de la cocina? ¿Se pondrá ajustados vestidos tejidos para mostrar la protuberancia de su vientre, y caminará con las manos a los lados como si cubriera las orejas del bebé? ¿Se mudaría a Búfalo? Tal vez tendría que renunciar a todo. Pero tal vez no: mamá no lo hizo, al menos no de inmediato. Una escena atraviesa mi mente: yo de gira con los Moons al igual que la tía Kit lo hizo con Shelter, y el bebé de Luna con orejeras a prueba de ruido dormido en mis brazos. Claro, mamá me mataría, pero podría viajar, estar con Luna y Archer y mi sobrina o sobrino sin nombre.

Claro, ni siquiera sé si Luna tendrá o no al bebé.

Cuando el tren va pasando por alguna parte de la zona baja de Manhattan me doy cuenta de que en el asiento de enfrente hay una chica con un gran cuaderno de dibujo sobre el regazo. Trae el cabello trenzado en cientos de minitrencitas negras que le caen sobre los hombros. Intento no mirarla pero después de un tiempo me doy cuenta de que ella me mira. Cruzamos miradas.

—Me estás dibujando —afirmo, no es una pregunta. La pared del túnel del metro se ilumina con chispas que saltan de las vías.

La chica sonríe y se muerde el labio.

—Sí —sostiene el lápiz en el aire, sobre el papel—. ¿Hay problema?

—Creo que no —digo, pero también sonrío. En este vagón sólo hay unas cuantas personas, aún así siento que me ha elegido a mí.

—Soy estudiante de arte —dice—. A veces me subo al metro durante algunas horas y dibujo —pasa las páginas del cuaderno y me muestra los retratos que ha hecho, matizados con lápiz y llenos de líneas abruptas y rápidas—. Por lo regular la gente no lo nota.

El tren pasa la estación de Bowling Green y comenzamos ese largo y tambaleante trecho bajo el río, el tren rechina sobre las vías.

—Supongo que no tengo nada mejor que hacer que notarlo —digo. Miro por la ventana como si hubiera algo que ver, pero en el túnel sólo hay paredes oscuras y grafiti—. Debo decirte que me voy a bajar en Borough Hall.

—Entonces me apresuro para terminar —dice—. Si quieres te lo enseño.

Me encojo de hombros. Parte de mí quiere verlo, pero más que eso quiero creer que ella me ve de una forma en que nadie más lo hace, que a través de su lápiz ha encontrado una manera de mirarme que ni siquiera yo he descubierto.

Cuando el tren se detiene en Borough Hall le sonrío a la chica; ella levanta la vista y sonríe de vuelta. Pone su lápiz acostado sobre la página y gira el cuaderno para que yo pueda ver el dibujo. Pero antes de verlo me pongo en pie y me paro cerca de las puertas que no se han abierto aún.

—Gracias —digo, pero niego con la cabeza. Miro hacia las ventanas, esperando que la plataforma aparezca ante mí. Casi temo ver el dibujo: prefiero imaginarme un buen resultado—. Estoy segura de que está maravilloso —digo, y cuando las puertas del vagón se abren salgo y camino sin mirar atrás.

cuarenta y dos

MEG
AGOSTO DE 1993

Desde la ventana del hotel podía ver unos cuantos edificios de la Quinta Avenida erguidos por encima de los árboles frente al parque, contrastando oscuros contra el cielo soleado. Entrecerré los ojos por tanta luz y luego me di la vuelta. Frente a mí la cama de la habitación se veía como una nube, excepto que en vez de vapor de agua y neblina había unas sábanas de mil hilos y un edredón de seda. Y Kieran, del lado izquierdo del colchón, quién me miraba.

—Me siento como si fuéramos John y Yoko —dijo—. Quedémonos todo el día en la cama viendo películas —estiró la mano hacia mí. Yo atravesé la cama gateando y me acomodé entre sus brazos.

—Creo que necesitamos una causa —dije con la cabeza sobre su pecho—. La paz, tal vez. En homenaje a los que estuvieron antes que nosotros.

—La paz está muy bien —dijo Kieran—, pero la *causa* es que estamos en el Ritz y tenemos que aprovecharlo —en una copa alargada intentó servir champaña de una de las botellas abiertas que estaban en la mesa de noche, pero estaba vacía. Sólo cayeron unas cuantas gotas color dorado pálido—. Mmmm —se dijo casi a sí mismo—. Vamos a tener que pedir más.

Se sentía mágico estar ahí. Era como estar en el cielo, todo blanco y brillante y medio borroso. Pero la verdad es que últimamente todo era mágico. Como la semana anterior, cuando Paul Westerberg fue a nuestro concierto en Minneapolis. Yo había creído que Kieran iba a desmayarse en ese momento, desintegrarse en pedazos en el escenario. Pero no lo hizo. Y después Paul fue al camerino y bebió cerveza con nosotros, todavía con los lentes de sol puestos, y después de un rato se veía como cualquier tipo y no como alguien que había sido vocalista de The Replacements, una banda que Kieran idolatraba desde que tenía doce años. Últimamente las cosas cambiaban de esa forma. Se transformaban.

—En este momento me podría comer cualquier cosa —dijo Kieran—. ¿Qué pedirías?

Pensé en ello.

—Un helado con chocolate fundido, unas empanadas hindús y… sopa de coco del restaurante tailandés al que fuimos en diciembre, en la calle Cincuenta y siete. Está a sólo unos minutos de aquí.

Kieran señaló el teléfono.

—Haz que suceda, nena —se acostó de lado—. Haz que el tipo de allá abajo diga *Es mi placerrrr.*

—El recepcionista —dije—. Así se llama.

—Como sea —dijo Kieran, sonriendo—. Rick dijo que nos daría todo lo que le pidiéramos.

—*Okey* —dije.

Levanté el auricular y una voz ya estaba respondiendo antes de que me lo llevara a la oreja.

—¿Quiere usted el helado mientras preparamos el resto? —preguntó—. Lo tenemos a la mano.

—Por supuesto —dije. Parecía la respuesta correcta, y sí quería el helado en ese momento. Nunca antes había podido tronar los dedos y producir un helado sofisticado. Era como tener un poder mágico.

—Ahora mismo se lo enviamos —dijo.

Recordé mis buenos modales.

—Gracias —dije.

—No hay de qué.

Cuando colgué el teléfono, me paré sobre la cama, con los pies hundiéndose en el edredón como si caminara sobre nubes. Hice un paso tipo baile de Charleston mientras Kieran me miraba.

—¿Creíste que llegaríamos hasta aquí? —preguntó—. Me refiero al principio.

—No lo sé —dije.

—Yo siempre lo pensé —se quitó un mechón de cabello de los ojos—. Lo supe en el momento en que te vi.

Di un paso hacia él, y luego me incliné y lo besé en la nariz. Lo jalé para que se incorporara.

—¿Sabías que alguna vez brincaríamos en una cama muy grande en el Ritz? —dije, comenzando a saltar, y él me imitó, los dos llevando el ritmo.

—¡Sí! —gritó Kieran, y de alguna forma, a pesar del alboroto, escuché que llamaban a la puerta. Caí en el colchón con mi trasero, y luego salté al piso. Kieran todavía estaba brincando cuando abrí la puerta.

Y ahí en el pasillo, en una mesa de ruedas cubierta con un mantel blanco, había un tazón de plata con el más hermoso helado con chocolate fundido que yo hubiera visto jamás. Con dos cucharas.

cuarenta y tres

Salgo del metro a Court Street. Ya pasan de las ocho de la noche y el cielo está oscureciendo, manchado con nubes rosas y grises. Estoy parada en una acera salpicada de goma de mascar en patrones estilo Jackson Pollock. Arriba de mí, el letrero de la farmacia Duane Reade brilla en rojo neón y extrañamente eso me parece reconfortante. Pero no quiero entrar.

Porque si lo hago, esta historia tendrá un final. Tal vez Luna está embarazada y tal vez no, pero de cualquier forma tenemos que elegir un camino. Aquí, en este instante, es el útero de Schrödinger. Cuando me fui parecía estar con el corazón roto, y me temo que todo va a ser diferente para las dos de cualquier manera.

Entonces mi teléfono suena dentro de mi bolsa, y me acerco al edificio para sacarlo. Es la tía Kit, así que contesto.

—Mi adorada sobrina —dice, en vez de saludar.

—Adorada tía —digo.

—Me enteré que estás visitando nuestros viejos lugares. ¿Dónde estás ahora?

Volteo a ver el letrero de la farmacia.

—Eh, cerca de casa de Luna. Me detuve a comprar algo.

—Mira, preciosa, tengo una misión. ¿Podrías llamar a tu mamá? —espera un segundo—. Sé que a veces es molesta, pero te quiere.

—Lo sé —digo—. Sólo necesito un poco de espacio.

—Te entiendo *totalmente* —dice Kit, deletreando la palabra—. Pero mientras tú tienes tu espacio, quiero que sepas que yo estoy perdiendo el mío. Me llama todo el tiempo... —hace una pausa—. Mira, yo sé que quiere que hables con Luna. ¿Ya lo hiciste?

Respiro. La puerta de la farmacia se abre y escucho la canción que suena dentro. "Like a Prayer", de Madonna, de hecho.

—Sí, claro, ya hablé con ella —digo—, en el sentido de que he dicho palabras en su presencia —Kit suelta una risa y yo también sonrío—. Pero no le he dicho que creo que debe volver a la escuela.

—¿Por qué no? —Kit lo dice en un tono para nada acusador, sino curioso.

—Porque no sé si ella debería volver —y al decirlo por primera vez sé que es verdad.

—Está bien no saber —dice Kit. Un coche toca su bocina en la calle frente a mí y me esfuerzo por escuchar a mi tía—. Y comprendo que quieras dejar que ella tome sus propias decisiones. Pero también entiendo la preocupación de tu mamá.

Probablemente yo también lo entendería, si supiera de dónde surge la preocupación.

—Tía Kit.

—¿Qué, mi pequeña caléndula? —usa apodos de flores para mí y Luna desde que tengo memoria. En este momento quisiera poder sacarla del teléfono para que venga a ayudarme con todo esto. Decirme qué hacer. Pero me limito a preguntarle:

—¿Cómo era todo cuando Shelter funcionaba? —inhalo—. Sé que tú estabas ahí.

Kit no dice nada por unos segundos.

—A veces era increíble —dice—. Y a veces era muy difícil para tu mamá —hace una pausa—. Algún día te contaré. Pero debes preguntarle a ella al respecto.

—Ella no nos cuenta. Nunca nos ha contado nada.

—Inténtalo otra vez —dice Kit con suavidad—. Pero mientras tanto, llámala. ¿*Okey*?

—*Okey*.

—Y ten cuidado en la gran ciudad. *Ciao*, diente de león.

—Adiós —digo. Al colgar siento una ráfaga de tristeza que me recorre como una repentina tormenta.

Una mujer mayor cubierta con una pañoleta sale de la farmacia y la puerta se abre rápidamente. El aire acondicionado me envuelve como nube. Así que avanzo y cuando entro casi puedo ver lo frío del aire, azul brillante y luminiscente. Las luces fluorescentes zumban en el techo.

Nunca antes he comprado una prueba de embarazo. Nunca he tenido motivos para comprar una. No sé en qué repisa se encuentran ni cómo elegirla, pero sé que no quiero que sea la única cosa en mi canasta. Recorro un camino laberíntico entre los estantes, suponiendo que eventualmente encontraré las pruebas de embarazo. Tomo un brillo labial como el que Luna usaba cuando era pequeña, uno con etiqueta roja con chispas y unos dibujos de moras en la cubierta. También tomo el que a mí me gustaba: de paleta helada de crema de naranja. Los encontrábamos en nuestras botas de Navidad todos los años cuando éramos niñas, y ahora intento recordar cuándo fue la última vez. Incluso sin abrir este tubo de brillo, todavía recuerdo la dulzura plástica sobre mis labios, siempre medio derretida por cargarla en mi bolsillo.

De la repisa de los dulces tomo una bolsa de M&M'S para Luna y un Milky Way para mí. Elijo seis diferentes variedades de goma de mascar y leo los ingredientes como si supiera lo que significa cualquiera de esas palabras. Quizá sólo debería buscar las pruebas de embarazo. ¿Estarán junto a los condones? Compre usted los condones antes, y las pruebas de embarazo después. Tal vez estoy empezando a parecer sospechosa y el guardia pronto me seguirá entre los pasillos.

Finalmente encuentro las pruebas. Varían en precio desde siete hasta veintiocho dólares, así que no estoy segura de qué es lo que vale pagar veinte dólares más. ¿La prueba más costosa dice si tu bebé es niño o niña? ¿Si va a entrar a Harvard? ¿Te da un resultado negativo si eso es lo que quieres, regresando en el tiempo para invalidar el embarazo? Supongo que eso valdría la pena.

Elijo tres pruebas en el espectro inferior del rango de precios, suponiendo que estoy compensando en cantidad lo que puede faltar en calidad.

Seguro mamá hizo esto hace veinte años. Debió haberse detenido en una farmacia con una canasta de compra, o sin ella, como si fuera lo bastante valiente para adquirirla sola. Por supuesto tiene una hermana, pero en ese entonces mamá estaba de gira, y no creo que la tía Kit fuera con ellos sino hasta que nació Luna. Ahora mismo daría cualquier cosa para saber cómo fue para mamá, pero nadie me pagaría lo suficiente como para llamar y preguntarle. Porque ella querría saber por qué le pregunto, y yo tendría que contarle. Y porque lo notaría en mi voz.

La última vez que estuvimos juntas en Nueva York, mamá, Luna y yo, fue cuando vinimos a ver las universidades un verano antes de que Luna entrara a último de preparatoria. Nos quedamos donde siempre, con Iris, la amiga de mamá de la Facultad de Artes (una pintora fantásticamente extravagante con un pit bull llamado Jack y el cabello decolorado tan rubio que prácticamente era blanco) en su estrafalario departamento en Prince Street. Lo compró hace un millón de años, cuando los artistas podían darse el lujo de vivir en ese vecindario. Y aunque sé que mamá no vendería nuestra casa en Ashland, adora el departamento de Iris. Su lugar favorito es la terraza diminuta de la sala. Yo ni siquiera me atrevo a salir ahí, parece demasiado desvencijada, y me imagino caer seis pisos cuando el acero forjado finalmente se desintegre después de cientos de años de estar ahí colgado. Pero cada vez que me despertaba por la mañana, mamá estaba ahí, sentada en una silla de jardín de aluminio, bebiendo té *maccha*. Ahora me pregunto si es que estaba escuchando el tráfico de la calle de abajo e imaginando otra versión de su vida, una en la que Luna y yo no hubiéramos nacido cuando nacimos y se hubiera quedado en Nueva York, y en Shelter. Me pregunto si extrañaba eso.

La dependienta es chica, gracias a Dios, tal vez de la edad de Luna o un poco mayor, con un mechón morado al centro de su cabellera rubia. Cuando marca las cosas no comenta acerca de la prueba de embarazo, pero sonríe.

—Me encantaba ese brillo de labios —dice, sosteniendo el paquete frente a ella.

—A mí todavía me encanta —digo—. O al menos eso creo —mi voz sale temblorosa y suena extraño, y me pregunto si ella podrá oler el whisky en mi aliento, el whisky que me tomé hace dos horas en la cocina de Luna y James. Quiero decirle que no estoy para nada ebria, que el mundo luce borroso pero el problema es del mundo y no mío. Quiero decirle que quizá mi hermana está embarazada y que a veces las historias se repiten, pero todo se revuelve en la nueva versión. Quiero decirle que esto podría romperle el corazón a mamá.

Pero guardo silencio. Sólo sonreímos sin mirarnos y pago con dos billetes de veinte de la cartera de Luna. Y luego tomo mi cambio y la bolsa y salgo de la farmacia hacia la calle, hacia Luna.

cuarenta y cuatro

Cuando salí dejé la puerta sin asegurar, y al regresar la encuentro igual. De hecho, Luna no se ha movido. No está dormida, sólo yace recostada con la cabeza en el brazo del sillón, mirando el techo.

Cierro la puerta con la cadera y camino hasta el sillón, y luego dejo la bolsa en la mesa. Luna ignora las pruebas de embarazo y toma el brillo labial de fresa. Usa su uña pintada de plateado para quitar el plástico que cubre el cartón, y luego abre el sello del tubo.

Yo me siento en el sillón.

—Quédate con ése —digo—, pero el chocolate es mío. Excepto los M&M'S. Ésos son tuyos. Pero creo que debes recordar que los brillos de labios y los dulces no son las compras que importan.

Se recarga otra vez en el sillón y de todas formas abre el brillo y se lo pasa por los labios. Luego se gira y se recuesta otra vez. Miro alrededor pero no hay señales de James en el departamento.

—En un minuto —dice Luna.

—Creo que debes hacerlo ahora.

Cierra los ojos.

—Déjame aquí un segundo.

—Has estado ahí horas —inhalo—. Compré tres —digo, y me inclino para acomodarlas sobre la mesa. La flor robot de mamá las mira—. Todas de diferentes laboratorios. Supuse que así nos aseguraremos de que los resultados sean precisos —dado que al parecer se trata de un experimento científico.

Luna dibuja una sonrisa torcida pero se pone en pie. Toma las tres cajas, una sobre la otra, y va al baño. Cuando cierra la puerta escucho el crujido del celofán y cómo se rompe el cartón. Escucho con tanta atención que juro que oigo cuando desdobla el instructivo y lo coloca sobre el lavabo. Luego su voz que hace eco en los mosaicos.

—*Oh, dame un hogar* —comienza a cantar—, *donde el búfalo deambule, donde el venado y el antílope jueguen.*

Por un breve segundo sonrío sin querer, como si éste fuera cualquier día y Luna fuera la versión boba de sí misma que más me gusta. Pero luego siento que el enojo me brota como un refresco que se derrama, y mis pulmones se tensan tanto que me cuesta respirar.

—Basta de canciones —digo.

—No quiero que me escuches hacer pipí —dice, su voz suena ahogada a través de la puerta.

—Qué bien —digo—, porque yo tampoco quiero escucharte haciendo pipí.

Saco mi propio brillo del paquete y lo paso por mis labios. Es exactamente el sabor de cuando tenía diez años, y por un instante casi me hace llorar.

Luna abre la puerta y trato de leer su expresión antes de que diga algo. Se ve sonrojada, no pálida, y tiene los ojos muy abiertos.

—La primera es negativa —dice—. ¿Debería hacerme las otras?

No tengo que pensarlo. Yo misma las compré, ¿o no?

—Sí —digo.

Unos minutos después sale con las tres pruebas. Las abanica entre sus dedos y las levanta en alto, y veo que cada una tiene una sola raya rosa.

—Todas negativas —dice, y el alivio hace que desaparezca la sensación de una anaconda apretando mi corazón. Pero en su lugar sólo queda agotamiento, y me hundo en el sillón.

—No necesito el apoyo visual —digo—. Guárdalas en el baño, por favor.

—O podría enmarcarlas —dice. Está sonrojada y sonriente, pero su mirada todavía es triste, brillante como la de mamá cuando sabe que algo está muy mal pero no quiere admitirlo. Toma las pruebas y sus cajas y las guarda en la bolsa de la farmacia. Luego va a la cocina y la tira en la basura bajo el lavabo, y la sume hasta el fondo del cesto. Se lava las manos y vuelve a la sala.

—¿Quieres que vaya por algo de comer? —digo—. Puedo ir otra vez al restaurante tailandés. Traigo *curry* rojo y rollos primavera. ¿Sopa de coco? —apenas regresé hace media hora y ya me siento claustrofóbica, aunque me gustaría pensar que es uno de los inconvenientes de los pequeños departamentos de Nueva York—. O comida hindú. *Naan* de ajo y *malai kofta*.

—No tengo hambre —dice Luna. Se recuesta otra vez en el sillón. Sube sus pies descalzos al respaldo del sofá y sostiene el paquete de M&M'S por la orilla, arrugando el papel de la envoltura.

—Una vez —dice—, en junio, fuera de Madison. En alguna parte de Wisconsin. Era tarde y no encontrábamos el motel, así que decidimos dormir en la camioneta. Pero yo no podía dormir —sacude la cabeza—. El aire era muy sofocante ahí dentro. Sentía que no podía respirar. Así que salí. Salté por la ventana sin abrir la puerta para no despertar a nadie, y me recosté ahí mismo en el césped en la orilla del estacionamiento —se detiene y recuerda—. Tampoco podía dormir ahí afuera pero al menos podía respirar. Conté las estrellas durante dos horas. James se asustó cuando despertó y no me vio en el asiento del copiloto —la escucho sonreír—. Así me sentía hace un rato —dice—. Ahora siento que puedo ver las estrellas.

Afuera, en la calle, un coche toca la bocina tres veces, agudo y rápido. Escucho que la puerta se azota, el motor acelera y el coche se aleja.

—¿Hace cuánto tiempo lo sabías? —pregunto—. Es decir, ¿desde cuándo has estado preocupada por esto?

—Dos semanas —Luna se quita el pelo de la cara—. Tal vez. En realidad mis periodos nunca han sido muy regulares, pero olvidé tomar la pastilla un par de veces —me mira—. Ya sé que fue estúpido. Por favor, nunca seas tan estúpida.

Pienso en mi casi relación con Ben que derivó en nada, o en que Archer se fue del ensayo hace varias horas y todavía no me llama.

—Todavía no estoy en eso —digo.

—Está bien —dice—. Eso es bueno —rompe el paquete y desliza unas cuantas M&M'S en la palma de su mano—. No lo habría tenido —me dice sin mirarme. Sé que se refiere al bebé.

—*Okey* —digo.

—Yo no soy mamá —dice, por segunda vez esta semana. Esta vez suena menos segura, con la voz temblorosa y aguda.

Asiento, pero de todas formas ella no me está viendo.

—Me pregunto cómo fue para ella —digo.

—¿Qué?

—Cuando mamá se enteró de que estaba embarazada de ti. Digo, tuvo que haber sido después de que salieron en la portada de *spin*, *Sea of Tranquility* se estaba vendiendo muy bien y entonces… —bajo la voz.

Luna se sienta.

—Y entonces se hizo una prueba de embarazo en una habitación de hotel en Seattle y entré al escenario. O al vientre, supongo —revolotea los dedos al aire—. A la vagina.

—Entiendo —digo, y hago un gesto de alto con la mano—. Naciste. ¿Pero cómo sabes dónde estaba cuando se enteró?

Luna cruza las piernas debajo de ella.

—Me lo dijo una vez. Esa noche tocaron, aunque diez minutos antes de salir al escenario estaba vomitando entre bambalinas —hace una mueca—. Me dijo que se alegró cuando se enteró. Pero no sé si le creo. ¿Cómo podría haber estado contenta?

—No lo sé —digo—. Renunció a todo con facilidad. No creo que a mamá le importara la fama o no. Tal vez estaba lista para soltar.

Luna se sienta y reflexiona.

—Tal vez —dice.

—Como sea, yo fui el gran error, ¿no?

—¿Qué? —Luna gira la cabeza y me mira, la primera vez que me ha mirado directamente desde que se sentó.

—Eso me dijiste cuando yo era niña. Dijiste que tú habías sido un accidente, pero que yo fui un error.

Luna abre grande los ojos.

—¿Qué? Mierda, Fi, perdóname por eso —suspira—. No hablaba en serio. Ni siquiera recuerdo haberlo dicho.

—No pasa nada —digo, aunque tal vez no es así.

—¿Pero sabes qué, Phoebe? —dice Luna—. Pensé que si alguien comprendería el tema con papá, serías tú —me mira aguzando la mirada—. Tú sabes cómo se siente.

—Sí, comprendo —digo—. Pero eso no significa que no tenga curiosidad acerca de él —me agacho para abrir mi bolsa. La revista todavía está en el compartimento interior, esperando. Creo que es el momento oportuno para enseñársela. La saco y se la muestro.

—Mira.

Lo hace. La mira. Sostiene la revista con las dos manos y la examina como si los encabezados estuvieran escritos en otro idioma, uno que conocía hace mucho tiempo pero que ya ha olvidado.

—Nunca había visto esto —dice—. Bueno, no en la vida real. ¿Dónde la conseguiste?

—En eBay —digo—. Ya sé que es tonto. Sólo pensé que si podía tenerla en mis manos, me ayudaría a comprenderlo todo. Pero en realidad no me ayudó —coloco las palmas de las manos sobre mis mejillas. Se sienten calientes.

Luna toca con el dedo índice el encabezado de "Primera Chica en la Luna".

—Me ayuda a mí —dice.

—¿Cómo?

—No lo sé, sólo es reconfortante —con la mano izquierda comienza a planchar las arrugas de la portada, al igual que yo siempre lo hago—. Verlos así. Me hace pensar que todo va a estar bien.

—Pero eso no tiene sentido. Las cosas no les salieron bien a ellos.

Luna levanta la revista y la acerca a ella, y entrecierra los ojos para ver mejor la fotografía de nuestros padres.

—Bueno —dice—, no se quedaron juntos, pero nosotras estamos aquí, y estamos bien. ¿No?

—Claro —digo. Casi lo creo.

Entonces ella me mira con el ceño fruncido.

—¿Cómo es posible que apenas me dijeras que lo fuiste a ver? —no suena acusatoria, exactamente, sino sólo curiosa, y por primera vez no siento que tenga que defenderme. Intento explicarme.

—Pensé decirte. Pero creí que tú no querrías saberlo —digo—. Y de todas formas, ni siquiera fue la gran cosa. Tenía curiosidad, eso era todo.

—¿Hablaste con él? —pregunta Luna.

—Un poco. Más que nada le enseñó a Archer su estudio de grabación. Estaba grabando a una chica con mechones rosas en el pelo. Pero ella parecía buena persona.

—¿Cuántos años tenía?

—Era mayor que tú. ¿Veintiocho, tal vez? Se llama Prue. Creo —cierro los ojos por un segundo y pienso en el olor del estudio de papá, con los discos y amplificadores y hules, el olor a quemado de cables y cuerdas—. De todas formas, antes de esta semana *tú* nunca me dijiste que fue a tu concierto.

—Lo sé —dice Luna en voz baja—. Lo siento.

—*Tú* dijiste que no lo habías visto desde que llegaste a Nueva York.

Luna niega con la cabeza.

—Dije que no había hablado con él. Y no lo hice. Después de nuestro concierto me quedé tras bastidores hasta que se marchó —abre la revista y comienza a pasar las páginas—. Prue tocó en ese concierto con nosotros.

—Página setenta y siete —digo, y eso me recuerda cuando hace unos días estaba en el avión, fingiendo ser alguien que no soy ante Jessica. Pero ésta es quien soy: la hija de dos personas que lograron que su banda funcionara por un tiempo, pero no consiguieron que su familia lo hiciera por más de unos cuantos años. Soy reservada. Soy leal. Soy concentrada y confusa. Estoy perdida y encontrada y soy un poquito mala. Soy muy... *muy* paciente. Estoy descubriendo lo que soy. Y eso es suficiente por ahora.

—Pues es muy linda —dice—. Aunque se acercó a mí después de que papá se fue y me dijo que seguro era increíble tener un papá como él —se ríe burlona—. Eso fue después de que habló con él por unos quince minutos. Supongo que él le dijo que le gustó lo que tocamos. Yo pensé que tal vez él quería salir con ella, pero supuse que él era serio si es que habían trabajado juntos —Luna se detiene, y me pregunto si está pensando cómo sería trabajar con papá en el siguiente disco de los Moons. Me pregunto si lo considera siquiera.

Luna se recuesta otra vez en el sillón.

—¿Cómo estuvo su concierto? —pregunta.

—Supongo que estuvo bien. Lleno de gente. Fue extraño verlo tocar para todas esas personas que obviamente lo adoran —siento que mis labios comienzan a temblar y los aprieto—. Él es papá y ni siquiera lo conozco.

—Pero él quiere conocerte.

—Eso creo —encojo los hombros—. Y a ti también.

—Yo no quiero —dice, y no replico. Nos quedamos ahí sentadas sin hablar, hasta unos minutos después, cuando abajo, en la calle, pasa una motocicleta tan rápido que los vidrios se sacuden. Respiro en el silencio que queda después de que el sonido se desvanece. Justo en ese momento recuerdo lo que James dijo horas atrás. Sale flotando como una burbuja en mi memoria.

—¿Qué quiso decir James, Luna? —pregunto—. ¿Cuando te pidió que dijeras la verdad?

—No tengo idea —se cubre los ojos con una mano y se frota las sienes con los dedos y el pulgar—. No tengo ni la más remota idea.

Me quedo sentada y veo el disco que sigue en el tocadiscos y pienso en qué decir ahora. Pero la respiración de Luna se vuelve más suave, tan regular como la grabación de olas del mar que mamá usa a veces, y sé que ya está dormida. Y como está dormida donde se supone que yo duermo, y como estoy cansada pero nerviosa, decido salir.

cuarenta y cinco

Una vez papá fue conmigo a la escuela. Yo iba en tercer grado y teníamos que hacer una exposición, lo cual, cuando yo tenía ocho años, a veces implicaba llevar a una persona, y no sólo una concha marina de las vacaciones o a tu conejo de peluche favorito. Uno de mis compañeros había llevado a su tío, que era policía, y nos mostró su placa a todos los niños para que sostuviéramos la pesada pieza de metal con las manos. Ése fue el momento en que decidí llevar a papá, pero no estoy segura de por qué. Tal vez porque como casi no lo veía me parecía algo especial, algo digno de llevar a la exposición. Yo no entendía por qué para la mayoría de los demás niños tener un papá no era la gran cosa.

Papá me siguió hasta el salón y se sentó en la silla de mi maestra. Tocó una canción con su guitarra, el tema principal del disco *Slight Change*, creo, y el sonido de sus cuerdas me resultaba familiar y a la vez extraño en el salón con escritorios y loncheras y cajas de crayolas. Todavía tengo la imagen en la mente, las letras del alfabeto colgadas de una guirnalda en la pared, sobre su cabeza, y el pizarrón verde detrás de él, lleno de polvo de gis. Varios maestros que yo ni siquiera conocía estaban apiñados junto a la puerta y lo observaban tocar, asintiendo, y Abby, a quien yo no soportaba, movía la boca cantando las canciones en silencio al compás de papá. Después ella me dijo que su mamá era una gran admiradora de papá, como si eso hiciera que Abby fuera especial, y no yo. Cuando terminó su última y tercera canción, yo supe que había cometido un error porque ahora tendría que compartir a papá, a quien rara vez veía. Ahí, en el salón, él no me pertenecía. Y en realidad, supongo que nunca me perteneció.

Cuando salgo del departamento de Luna veo que la calle está tranquila, y el último rayo de luz plateada se está desvaneciendo del cielo. Me dirijo hacia Court Street, paso la librería Barnes & Noble de la esquina, que todavía está abierta, cruzo la calle y continúo caminando. Más abajo por Court, el restaurante hindú en el que Luna y yo comimos la noche que llegué está iluminado y dorado, las cortinas de seda color azafrán brillan como fuego en las ventanas. Pienso entrar para pedir un pan de *naan* y *raita* de pepino, tal vez algo de té chai servido en sus pequeñas tazas color crema. No he comido desde el almuerzo, a menos que el chocolate cuente. Pero no me dirijo hacia allá. Continúo caminando.

No he usado la estación de Hoyt-Schermerhorn, pero gracias al mapa en mi teléfono (y al hecho de que técnicamente está en la calle donde vive Luna, aunque mucho más abajo), estoy razonablemente segura de que voy a estar bien. Ahora sé adónde voy, y me gusta empezar a adueñarme de la ciudad, o al menos de una pequeña porción de ella. La mitad de mi familia vive aquí y yo nací aquí, así que creo que ya me pertenece. O tal vez yo le pertenezco a ella. Sin siquiera intentarlo estoy caminando en esa forma neoyorquina, sabiendo adónde voy, segura de que mis pies y las aceras (y el metro, supongo) me llevarán ahí.

En la estación del metro mis pasos hacen eco contra las paredes de mosaico. Aquí abajo hay tanta luz que parece de día. Del techo gotea agua sobre las vías, formando charcos sucios rodeados de basura. No es nada bonito, excepto algo: el agudo rechinido del tren al frenar y detenerse, las letras que tienen décadas y que dicen HOYT-SCHERMERHORN.

Tengo que tomar el tren G para ir al departamento de papá, y al llegar a la estación de Broadway salgo al exterior. En la calle es un Brooklyn diferente, más rudo y más feo, con menos árboles y sin lindos edificios de ladrillo, por lo que puedo ver. Las cortinas de metal de una tintorería y un restaurante de *falafel* están cubiertas con grafiti de letras burbujeantes, y veo a unos tipos vagamente *hipsters* unos cinco años mayores que yo saliendo de una tienda de la esquina. Parece que los envió la agencia central de *casting*, o Luna, para probar su tesis acerca de Williamsburg y papá.

Memoricé el número de tren, pero de todas formas tengo que sacar el talón de mi bolsillo. La letra de papá está inclinada a la izquierda como si tuviera prisa, una mitad de las letras intentando llegar antes que la otra.

Cuando lo encuentro a tres calles de ahí, veo un edificio de dos pisos color arena con puertas pintadas de negro, dos a la vez, y grandes ventanas. Parece que la puerta de su departamento da a la calle porque sólo hay un timbre y un nombre. *K. Ferris*, dice, sobre la misma cinta verde que vi antes.

Me paro ante la puerta por un momento, como lo hice el año pasado en el estudio de papá con Luna, y otra vez con Archer hace unos días. Pero esta vez, cuando reúno el valor para presionar el timbre, no me sorprende nada.

cuarenta y seis

MEG
ABRIL DE 1993

Mi primer pensamiento fue que era la mesa más grande que había visto en mi vida, y el segundo que quería bailar tap sobre ella. Kit y yo tomamos clases cuando éramos niñas, y pensé que no había pensado en tap por años, y había algo en esa larga y suave extensión de madera que sentía ganas de hacerlo.

Estábamos en las oficinas de Capitol Records para firmar nuestro contrato, los chicos iban vestidos de traje y yo con un traje sastre imitación Chanel. Kit lo encontró en una tienda *vintage* en East Village y yo insistí en usarlo ese día. El saco tenía rota la costura en un brazo por dentro, pero mientras no me lo quitara nadie lo sabría. Y no podía imaginarme por qué tendría que quitarme el saco. A menos que me entusiasmara demasiado con el baile de tap o que no funcionara el aire acondicionado. Todas las ventanas estaban cerradas.

Nuestro *manager*, Leif, estaba ahí, con su cabello rubio desordenado, peinado con más cuidado de lo normal. Todos estábamos sentados en silencio, mirándonos unos a otros. No había reloj: era un Mundo Sin Tiempo.

Entonces la puerta se abrió y ahí estaba Rick, el ejecutivo con el que habíamos estado negociando desde que el tipo de la disquera A&R nos remitió con él. Ese día tenía sonrisa de Gato de Cheshire. Los chicos se pusieron en pie y yo también. Me sentí un poco incómoda.

—¿Están listos para ser parte de la familia Capitol? —preguntó. Una secretaria lo siguió dentro de la sala con una pila de papeles.

—Sí, señor —dijo Kieran.

—Claro —dije yo.

—Ella es nuestra estrella —dijo Leif. Trató de pasar su brazo por mis hombros pero me agaché antes de que pudiera hacerlo—. Ella tiene la voz, la inteligencia, el *look*.

Dan comenzó a cantar la canción de Roxette, "She's Got the Look", pero lo suficientemente bajo para que Rick no escuchara. Leif no le dijo que se callara, pero uno sabía que eso era lo que estaba pensando.

La semana anterior todos habíamos ido a ver al grupo Bikini Kill en Wetlands y Leif nos había acompañado, aunque definitivamente no era su ambiente.

En el concierto, mientras tocaban "Rebel Girl", puso su mano en la parte baja de mi espalda y luego la bajó aún más.

—Eres especial —me dijo pegando los labios a mi oreja. Hablaba en susurros y cada vez más bajo, hasta que pude fingir que ni siquiera sabía qué me estaba diciendo. Miré a Kathleen Hanna en el escenario y pensé que quizás ella le patearía las pelotas a Leif y problema resuelto. Algo me impedía hacerlo, pero de todas formas Kathleen me salvó.

—¡Las chicas al frente! —gritó desde el escenario. Miré a Leif y me encogí de hombros, y luego me alejé de los cuatro chicos para acercarme más a ella.

No le conté a Kieran. Es cierto que a Kit no le agradó Leif desde el principio. Lo apodaba Hoja de Maple o Brizna, como brizna de hierba, y a veces Aguja de Pino. Ella pensaba que era un imbécil, y probablemente tenía razón. Pero era uno en la serie de tipos sucios con los que tendría que lidiar: porteros de bares, agentes, meseros, técnicos de sonido, todo tipo de músicos. Al menos este tipo lascivo nos iba a hacer ganar algo de dinero.

Entonces, en la sala de juntas, Rick pronunció el nombre de Carter.

—Vas a necesitar un mejor traje —dijo Rick. Y Carter dejó de reír. Observó su propio saco. Rick soltó una carcajada y le dio una palmada a Carter en el hombro—. Sólo estaba bromeando —dijo—. Aunque de todas formas puedo darte el número de mi sastre. Hace un trabajo maravilloso —su expresión se tornó seria—. Le diré a mi secretaria que te dé su tarjeta —lo dijo así, aunque la secretaria estaba ahí mismo en la sala con nosotros, y fácilmente pudo haber dicho su nombre. A menos que estuviera hablando de otra secretaria. Tal vez tenía dos.

Entonces me pregunté si yo tendría una secretaria.

—Muy bien —dijo Rick—. Comencemos —nos hizo un gesto invitándonos a sentar y lo hicimos.

Leif puso el contrato en la mesa frente a mí.

—Que primero firme Meg —dijo, como si me diera un regalo. Puso un bolígrafo junto al contrato. Por algún motivo yo esperaba que fuera un bolígrafo especial, pero era uno Bic normal de plástico. En frente, del otro lado de la mesa, Kieran me sonreía y se le veía el hoyuelo en la mejilla. Le sonreí de vuelta, a ese chico que había comenzado todo esto. Que me había encontrado y ayudado a formar la banda.

Tomé el bolígrafo.

cuarenta y siete

Papá sonríe al verme, cuando abre la puerta lo suficiente para ver quién está afuera.

—Nos volvemos a encontrar —dice. Está parado en un pequeño vestíbulo y yo sigo en la escalera de entrada de la calle. Tengo la mano sobre el barandal, siento el metal frío bajo mi mano. Considero girar y bajar de la entrada de un salto. Pero en vez de eso me obligo a sonreír.

—Lo siento —digo—. Debí haber llamado.

—Está bien —retrocede un paso y me hace un gesto invitándome a entrar—. Por eso te di mi dirección. Esperaba que vinieras.

Miro por encima de su hombro, buscando algo, no sé qué. ¿A Prue, la bonita cantante con las mechas rosas en el pelo? ¿Un gato, tal vez, enroscado en un rincón de su sillón? Pero, por lo que veo, el departamento está vacío. Está tranquilo y en silencio, no hay música en el radio.

Ninguno de los dos sabe qué hacer, así que nos quedamos parados por un momento en el recibidor bajo una lámpara hecha de vidrio ambarino. Quisiera haber traído un abrigo para dárselo, una bufanda, para que se ocupara colgándolo en el perchero. Supongo que sería raro si le acerco mi bolsa.

—Pasa —dice finalmente, y hace un gesto hacia la sala.

Lo sigo y trato de fijarme en todo. Esta vez es diferente, sin las repisas llenas de guitarras y los tableros de sonido del estudio. No tiene puestos los audífonos ni tampoco hay mucho que ver. Hay unos cuadros abstractos en las paredes de la sala, con imágenes borrosas y tonos azules. Sólo hay una guitarra acústica color miel que yace sobre una mesita de la sala, como si papá hubiera estado tocándola en su departamento vacío cuando oprimí el timbre. No escuché nada cuando estaba en la calle.

—Así que éste es tu hábitat natural —digo. Parece que he perdido mi habilidad para llevar una conversación como una persona normal. Pero es cierto que no puedo pretender que solamente observo a un tipo trabajando, como lo hice en el estudio. Esto es más que eso.

—Quizás el estudio es más natural para mí —dice—. Todavía no estoy muy seguro de este lugar.

—Me gusta —digo, y es verdad. Las ventanas son enormes y tienen cierta apariencia de vidrio antiguo. Veo las luces de la calle hermosamente distorsionadas a través de los cristales. Las ventanas de vidrio emplomado en formas geométricas fragmentan la luz en patrones dentados sobre el techo, y las paredes tienen el tono perfecto de gris claro.

—Me alegra —dice.

Nos quedamos ahí parados otro momento, y casi me alegra ver que papá se siente tan incómodo como yo. Parece que ha olvidado que es de buena educación invitar a sentarse a las visitas. Así que camino hasta la pared más lejana, donde tiene colgado un póster de una gira de Shelter que nunca había visto, en un grueso marco de madera negra. Las letras son azul oscuro sobre un fondo gris perla, y aunque el concierto tuvo lugar el 29 de mayo en Austin, no aparece el año. No logro dilucidar cómo eran en esa fecha. ¿Sería al principio, cuando aún pensaban que todo iría bien?

Papá me da la respuesta sin que tenga que preguntarle.

—Ésa fue nuestra primera gira —dice—. Justo antes de que saliera el disco *Houses*.

Miro las letras, el dibujo irregular y de trazo débil de una casa en forma de caja al fondo, con sus ventanas amarillas ardiendo de luz. No sé qué más decir además de *Ah*, así que mejor me guardo ese comentario brillante sólo para mí. Espero que él siga hablando, que me cuente algo más.

Se para junto a mí.

—Creo que ésa fue mi gira favorita —me sorprende escucharlo decir eso. Inhala y luego exhala despacio. Su voz suena casi tímida—. Bueno, al mirar atrás. Era más fácil antes de que todo comenzara. Nadie nos conocía y nadie esperaba que supiéramos qué estábamos haciendo.

Entonces el teléfono suena en su bolsillo, una larga campanada como de un teléfono de disco antiguo, y lo saca para ver la pantalla.

—¿Te importa si contesto, Phoebe? —pregunta—. Mañana voy a grabar a esta banda y son muy especiales con respecto al montaje de su equipo.

—Adelante —digo. Honestamente, me alegra que se aleje por un minuto. Quiero seguir mirando alrededor sin la sensación de que me están dando una visita guiada por el Museo de Kieran Ferris.

Del otro lado de la sala hay un gran librero de metal lleno de libros. Es posible que algunos de esos volúmenes sean de mamá, si es que revolvieron sus libros cuando vivían juntos. Quiero encontrar algo de ella en este departamento, o algo que demuestre que piensa en Luna y en mí. Quiero una prueba de que no se olvidó de nosotras hasta que me aparecí en su puerta hace unos días.

En el borde de la repisa superior hay un ejemplar en tapa dura totalmente blanco del libro *Cómo funciona la música*, de David Byrne. Pienso en Archer y en todas las puertas frente a las cuales me he parado últimamente.

Escucho a papá hablar por teléfono, no lo que dice en realidad, sino la cadencia de sus palabras, sus tonos calmados. Quiero que me hable de esa forma. Otra vez siento que algo me oprime el pecho, y no estoy segura de si son mis pulmones o mi corazón, o mis costillas oprimiéndolo todo. Inhalo profundo y recobro el aliento al exhalar.

Hay un par de rocas en medio del librero —más grandes que simples piedras, en realidad—, grises, suavizadas por un lago o un río. Toco una de ellas, la sostengo entre los dedos índice y pulgar, y luego la guardo en mi bolsillo.

En cuanto lo hago me siento mejor, más arraigada al suelo, a la tierra. Siento que venir aquí fue lo correcto.

Papá vuelve a la sala.

—Una disculpa por eso —dice—. Los bajistas pueden ser muy neuróticos con respecto a su sonido. Seguro que ya lo sabes.

No digo nada y entonces él dice:

—Archer. Tu amigo. Toca el bajo, ¿verdad?

—Ah, sí. Él no es así —aprieto mi collar con los dedos—. O al menos creo que no.

Papá niega con la cabeza.

—Todos son así —dice, sonriendo.

Me doy la vuelta hacia el librero. Quizá tiene razón, y tal vez de todas formas yo nunca lo sabré.

—Mira esto —dice papá. En el comedor hay una enorme vitrina de discos con cuatro repisas y puertas corredizas en cada una hechas de vidrio gris. Me acerco y veo algunos de los títulos a través del cristal. Tiene una sección de discos de Dylan y unas cuantas secciones de soul de los sesenta. Tiene discos de Nirvana y Weezer y Belly y The Replacements.

—Yo lo hice —dice—, y ahora tendré que quedarme aquí para siempre porque no creo que quepa por la puerta —limpia una mancha de una de las puertas de vidrio con el pulgar—. O supongo que si el nuevo dueño no lo quiere, tendré que cortarlo o algo parecido —ahora casi habla para sí mismo.

—Estoy segura de que el dueño lo querría —digo.

—Te sorprenderías. La mayoría de la gente no tiene tantos discos.

—Lo sé —digo, aunque la gente de mi vida sí los tiene. Mamá, mi hermana, James y Archer, todos ellos están cargados de viniles—. Entonces tendrás que quedarte aquí —por algún motivo esa idea me gusta, que se quede en este lugar que yo conozco, donde puedo imaginarlo con su guitarra y su vitrina de discos. Aunque no hable con él por otros tres años, o más.

Él asiente, sonriendo.

—Creo que lo haré —se recarga en el marco de la puerta—. ¿Quieres algo de comer?

—Bueno —digo. Un destello de pánico cruza su rostro. Así que pregunto—: ¿Tienes algo?

Él mira hacia la cocina.

—Probablemente no.

Estoy un poco reticente a irme porque apenas comienzo a sentirme cómoda, pero mi estómago gruñe al pensar en comida.

—Podríamos salir —digo.

—Claro —dice él, aliviado—. ¿Qué se te antoja?

Un pensamiento tonto cruza mi mente: éste es el papá que siempre he querido. El tipo de papá que preguntaría que quiero de comer y entonces hace que suceda. Así que pienso en su pregunta.

—Panqueques —digo.

Sonríe.

—Pues vamos —dice.

Al salir por el mismo pasillo estrecho, mis ojos miran el librero de madera, que luce como salido de la biblioteca de una vieja preparatoria, o que pasó décadas pegado a la pared del fondo de un salón antes de terminar en la sala de papá. En la esquina del tercer estante de la parte de arriba hay una pequeña escultura de metal, una figura torcida hecha de grueso alambre de plata. Parece un pájaro, con las alas abiertas y el cuello estirado. Me detengo y lo toco, y luego miro a papá.

—¿Mamá hizo esto?

Él lo mira y asiente.

—Hace mucho. A veces las hacía en la camioneta cuando estábamos de gira. Pájaros y árboles. Llevaba carretes de alambre y pinzas y hacía una por hora en los viajes largos —observo su rostro mientras recuerda, y él sigue mirando la escultura y no a mí—. Las regaló todas —dice. Toma el pájaro y lo coloca en la palma de su otra mano, mirándolo por un minuto. Luego lo pone de vuelta en el librero—. Creo que está un poco doblado —dice—. Me he mudado con él un par de veces. Siempre encuentra su lugar en el librero —me mira—. ¿Vas a decirle que todavía lo tengo?

Inclino un poco la cabeza.

—¿Quieres que lo haga?

—Voy a pensarlo y luego te digo —dice.

Conforme caminamos hacia la puerta de entrada pongo mi mano en el bolsillo y toco la piedra que robé del otro librero de papá. Es suave y fría, y entonces sé que más tarde voy a guardarla en mi bolsa, con mi ejemplar de SPIN y el de *El guardián* y mi libro de poesía. Siento su peso ahí dentro, al igual que papá debe sentir el peso del pájaro de mamá cada vez que se muda a un nuevo departamento, o quizá cada vez que entra por el vestíbulo y ve la luz que lo ilumina con sus alas abiertas. A veces las cosas más pesadas son las más ligeras.

cuarenta y ocho

A unas calles del departamento de papá hay una cafetería con grandes ventanas de cristal y un letrero de neón rosa. Cuando llegamos está casi vacío, así que nos sentamos en un gabinete de vinil negro lo suficientemente grande para seis personas, que está junto a las ventanas que dan a la calle. Más allá de los coches estacionados en la acera, puedo ver los letreros de la línea G del metro donde me bajé hace un rato, y una lavandería automática llena de lavadoras blancas relucientes.

Papá se recarga en el asiento y abre el menú. La mesera —de casi treinta años, rubia y bajita, con una arracada brillante en la nariz— sonríe como si lo conociera. Enciende una velita en un frasco de mermelada y la coloca en medio de la mesa. La flama titila, luego se queda quieta y se eleva.

—Volveré cuando estén listos para ordenar —dice la mesera. Su sonrisa es un poco amplia, pero sincera, y me agrada por eso.

—Ya sé lo que quiero —digo, sin abrir la carta—. Panqueques con moras azules.

—¿Y usted? —mira a papá.

Él cierra su menú.

—Huevos con papas fritas y pan tostado, por favor.

—Suena bien. ¿De beber?

Considero ordenar una cerveza para ver qué hace papá, pero no me atrevo.

—Agua está bien —digo. Papá asiente y la mesera vuelve a la cocina.

Intento mirar a la calle para no tener que ver a papá, pero como afuera está oscureciendo, prácticamente veo nuestros reflejos. Más allá de eso, distingo a una mujer con trenzas rubias y vestido negro cargando dos fundas de almohadas llenas de ropa y luchando por abrir la puerta de la lavandería. Un tipo mayor que ella que pasea a un perrito se apresura para ayudarla. Planeo seguir observando la escena, o lo que alcance a ver, pero papá comienza a hablar.

—¿Todo está bien con Luna? —pregunta.

—Ella está bien—lo miro, y luego fijo la mirada en el salero—. Esta noche estaba cansada, pero yo no.

Recorre el borde de la mesa con la mano.

—Pero no sabe que estás aquí —sé que todavía me mira, así que levanto de nuevo la vista. No veo por qué debería mentirle al respecto.

—No —digo—. Está enojada porque fui a verte la vez pasada —sonrío—. Así que hice lo más lógico y vine otra vez.

Él también sonríe, y voltea hacia el mostrador del restaurante. La mesera se acerca con nuestros vasos de agua. Veo a papá de perfil y sólo por un momento luce como en la diminuta foto del reverso de *Promise*, pero más grande.

—Por si sirve de algo —dice—, me alegra que hayas venido.

Mamá odia esa frase, *por si sirve de algo. Si lo que me estás diciendo*, dice siempre, *es que de antemano crees que lo que dirás no sirve de mucho. ¡Entonces no lo digas!*

Quizá tiene razón, pero estoy dispuesta a no discutir con papá esta noche. Además, *sí sirve* de algo que me diga que le alegra que haya venido. Saco el ejemplar de SPIN de mi bolsa y lo deslizo sobre la mesa hacia él.

—*Vaya* —dice y estira la mano para tomarla—. No había visto esto en mucho tiempo —la pone frente a él y por un segundo no puedo ver la portada, luego la deja otra vez sobre la mesa—. Mira qué hermosa era tu mamá —me mira—. Tú te pareces mucho a ella.

—¿Yo? —sin querer me toco la cara, como Jessica en el avión, tocándose la cara porque pensaba que había cambiado—. Yo creo que Luna es la que se parece —digo.

Él asiente.

—Ah, ella también, pero es porque Luna *suena* como ella.

Tomo un sobrecito de azúcar y lo arrugo entre los dedos. Lo que en realidad quiero hacer es abrirlo y esparcirlo sobre la mesa y luego dibujar patrones en los cristales. No sé por qué.

—Mamá dice que la voz de Luna es mejor —dice.

Él lo piensa por un momento, inclinando la cabeza.

—Tal vez. Pero a veces creo que no hay nadie mejor que tu mamá —mira hacia la ventana y en el reflejo parece que está revisando su peinado—. Si grabara un disco ahora, la gente se volvería loca por él.

Me río, es más como una burla. Una risa burlona.

—Ella no lo haría —digo—. Ya casi no canta.

—No me lo imagino —dice. Está sonriendo y en su mejilla veo el hoyuelo igual al mío—. O tal vez no lo creo. Te apuesto a que canta cuando nadie la ve.

—Nuestra casa no es tan grande —digo. Él se encoge de hombros y no sé si quiere decir que no cree que eso importe o que en realidad no recuerda qué tan grande es nuestra casa.

Entonces la mesera regresa y coloca el plato de huevos y pan tostado frente a papá, y luego mis panqueques frente a mí. Sale vapor de la comida caliente, y de pronto tengo tanta hambre que me siento débil. Como un bocado.

Papá levanta su tenedor pero no comienza a comer.

—Escuché su voz incluso antes de conocerla, ¿sabes? —dice.

Yo estoy masticando y los panqueques saben a gloria.

—¿En verdad? —digo, todavía con la boca llena.

—Ella estaba en otra banda, Casiopea. ¿Lo sabías?

Niego con la cabeza. Así que mamá no solamente evita hablar acerca de Shelter, sino que parece que hay otras bandas —tal vez otras *constelaciones* de bandas, por lo que escucho— que también nos ha ocultado.

—Con Carter y Dan —dice—. Sólo ellos tres —toma una pieza de pan tostado y pone un poco de huevo revuelto sobre ella, pero no da una mordida. Sólo la sostiene—. Entré a un bar en Búfalo y escuché una voz que era como agua. Llenaba todo. Quería escucharla para siempre —desvía su mirada al decirlo, y por algún motivo siento que no debería mirarlo a la cara en este momento. Se ve tan abierto, tan honesto, que yo también desvío la mirada hacia la flama de la vela ardiendo, inmutable y dorada—. Le pregunté a todo mundo quién era ella.

—¿Te lo dijeron?

—Claro. Creció ahí. Yo recién llegaba para asistir a la universidad, aunque después la dejé. No sabía lo que hacía. Estaba en una banda pero no iba a ninguna parte. Y entonces la vi —algo cambia en la expresión de su rostro al decir esto.

—¿Hablaste con ella? —pregunto.

—Esperé al fondo del bar hasta que guardó su guitarra, y cuando bajó del escenario le invité un trago —escucho que comienza a sonreír y entonces lo miro—. Me dijo que le daban la bebida gratis, pero que de todas formas se sentaría junto a mí mientras bebía. Un trago —levanta el dedo índice—. Se lo pedí esa noche, pero me tomó un mes convencerla que formara Shelter conmigo —sonríe—. No iba a dejar a Carter y Dan, así que creo que básicamente le estaba pidiendo que me dejara unirme a su banda.

—¿Y entonces qué pasó? —pregunto. Hablo en voz baja. No pregunto sobre qué sucedió después. Estoy viajando en el tiempo. Quiero saber qué pasó *después* de todo eso.

—¿A qué te refieres?

Levanto la voz sólo un poco.

—Entres ustedes dos. ¿Por qué se separaron?

No parece sorprendido por la pregunta, pero tampoco tiene prisa por responder. Da una mordida a su pan con huevo y luego mastica y traga. Yo espero.

—No es un problema de matemáticas —dice—. No hay sólo una respuesta —exhala despacio—. Fueron muchos motivos.

Su voz se suaviza un poco al decirlo, y me hace pensar en cuando yo era pequeña y él llamaba desde Berlín o Edimburgo mientras estaba de gira. Su voz al teléfono sonaba lejana y como si estuviera bajo el agua, y mientras hablaba acerca de los conciertos y de la comida y de ese hotel donde las habitaciones eran tan pequeñas que tenía que dormir con la guitarra en la cama, yo imaginaba los cables del teléfono corriendo debajo de los océanos, pasando junto al coral, sobre la arena. Cuando se quedaba callado yo pensaba en una tortuga marina solitaria en alguna costa de Irlanda, masticando los cables y también las palabras de papá. Siempre parecía que nuestra conversación tenía agujeros. Era mejor concebir una razón más allá de lo obvio: la mayoría del tiempo papá no sabía qué decirme.

—No quiero hacer de esto algo muy grande —digo—, pero siempre he querido preguntarte... por qué te fuiste —ahora lo veo directo a los ojos, y él me sostiene la mirada.

—Yo era muy joven —dice.

—Tenías veintiséis —digo. He hecho los cálculos. Eso no me parece muy joven.

—Sí —dice.

—Yo cumplí diecisiete hace tres semanas —digo—, y no creo que me iría.

Voltea a ver el techo y luego baja la vista.

—Tú no lo harías —dice—. Tu mamá no lo haría. Es decir, no lo hizo —entonces sonríe, una sonrisa tan grande que por un segundo creo que se volvió loco—. Ella era tan fuerte. Hermosa, con esa voz que podría derribar a la gente. Más que eso, ella era feroz —está en una especie de ensueño, recordando—. Había una banda llamada Salt Sky con la que tocamos unas cuantas veces, al principio —niega con la cabeza—. Al vocalista le gustaba tu mamá. Yo creo que él hubiera tratado de cortejarla si hubiera creído que estaba dispuesta —papá deja el tenedor en el plato—. No lo soportábamos. Bueno, pues una noche bebió demasiado y trató de besarla. Fue después de un concierto y ya era tarde. Estábamos sacando todo el equipo por la puerta trasera —papá se detiene un segundo y se pasa la mano por el cabello—. Yo no vi qué le hizo él, pero fui testigo de lo que pasó después. Ella le dio un puñetazo en la boca.

Sonrío. Puedo imaginarme a mamá haciendo eso.

—Él cayó de espaldas en el callejón —dice papá—. Yo estaba congelado, me quedé ahí parado, viéndola. No sabía qué debía hacer —ríe un poco—. Habíamos estado saliendo por sólo tres meses. Habría hecho cualquier cosa para protegerla. Yo sólo... parecía que no necesitaba ayuda —sonríe, pero no con la mirada.

Yo estoy cautivada, inclinada hacia delante, con las manos al borde de la mesa frente a mí.

—Entonces ella lo dejó ahí tirado por un momento, y luego extendió la mano y lo ayudó a pararse. Él estaba ahí parado, con los ojos muy abiertos, sobándose la boca, y ella sólo le dijo una cosa: *No* —papá parece asombrado—. Luego me tomó de la mano y nos subimos a la camioneta. Creo que justo ahí en el callejón supe que iba a casarme con ella.

Quizás esto es lo más que he escuchado hablar a papá de una sentada. Se ve casi avergonzado y mira por la ventana. Yo también lo hago, pero ya está tan oscuro que no alcanzo a ver mucho más que el letrero blanco de la lavandería brillando. Además de eso, sólo nos veo a nosotros: papá y yo.

Inhala.

—Ella siempre fue fuerte. Así que tiene sentido que les diera una vida mucho mejor a ti y a Luna. La admiraba por eso.

Siento una furia repentina expandirse como una llama en mi estómago. Es maravilloso que la admirara mientras ella trabajaba como un burro para criar a dos niñas por sí misma.

—¿Alguna vez se lo dijiste?

Él niega con la cabeza.

—Estoy seguro de que no lo hice —dice—. Soy un imbécil. Apuesto a que tu mamá te lo ha dicho.

Se equivoca. Aunque Luna despotricara sobre nuestro papá en los últimos dos años, mamá casi no decía nada.

—De hecho... casi no habla de ti —por como lo digo, me pregunto si es para bien o para mal.

Papá observa su plato, examinando sus huevos como si intentara memorizarlos, con los bordes como encajes, remolinos amarillos y blancos.

—Aunque Luna cree que eres un patán —le digo este detalle como para consolarlo.

Papá exhala y suena como una risa suave y nerviosa.

—No la culpo —dice—. No lo hice nada bien.

—¿Qué cosa?

—Ser papá —se pone la mano en la mejilla—. Había muchas otras cosas que quería hacer.

Vierto miel de maple en los últimos bocados de mis panqueques, luego coloco el frasco en la mesa, quizá con mucha fuerza. La vela y el azúcar saltan.

—Podrías haberlas hecho de igual manera —digo.

Él asiente.

—Tal vez tienes razón. Sólo que no supe cómo —baja la voz y se acerca a mí—. Meg descubrió que estaba embarazada y quiso dejarlo todo. Supongo que yo no. La convencí y seguimos juntos unas cuantas giras más. Tu tía Kit venía con nosotros.

Lo sé, por supuesto, pero no le digo que he visto algunas de las fotos. En una, en particular, recuerdo a la tía Kit con el pelo muy corto, y se veía como una versión más pequeña de mamá, como pajarito, sonriendo ampliamente y llevando a Luna de seis meses al frente en un cangurero con las manos sobre las orejas de Luna. ¿En verdad nos llevaban a mí y a Luna a los conciertos? ¿O sólo era un ensayo? Siempre me lo he preguntado, pero ahora no quiero distraerme.

—¿Por qué dejaste de llamarnos? —pregunto.

Me mira como si intentara comprender algo. Como si yo fuera una de esas imágenes en 3D a las que debes quedarte viendo por largo rato, tratando de desenfocar los ojos hasta que la imagen se revele.

Entonces continúo hablando.

—Me refiero a que dices que nos querías en tu vida. Pero has estado desaparecido. Totalmente desaparecido. Hasta esta semana, no te había visto en casi tres años —ahora hablo más rápido, mis palabras se tropiezan unas con otras.

Papá pone las dos manos en el borde de la mesa y luego me mira.

—Pensé que no querías verme —dice.

Yo parpadeo.

—¿Por qué pensarías eso?

—Comienzo a ver que tal vez me equivoqué —dice—. Phoebe, Luna me pidió que no llamara más.

Entonces mi corazón se detiene, y esa sensación me da un fugaz recuerdo de cuando éramos pequeñas: Luna y yo aventando muñecas Barbie dos pisos arriba por el conducto de la lavandería de la casa de nuestra abuela. Siento que la furia vuelve a surgir.

—¿Qué? —pregunto—. ¿Cuándo?

—Hace unos veranos —baja la vista, gira un anillo de plata en su dedo medio—. Dijo que tú ya casi entrabas a la preparatoria y que las cosas iban a ser diferentes. Dijo que estaba bien que yo no hubiera estado muy cerca cuando eran pequeñas, pero que ahora las dos habían decidido que sería más fácil si yo no estaba presente en absoluto.

La mesera aparece y pone la cuenta sobre la mesa. Debajo del total dibujó una carita feliz y escribió *¡Gracias!* en tinta azul y con letras adornadas. Quiero arrugarla con las manos. Quiero romperla en mil pedacitos.

Inhalo sin mirar a papá. Estoy esperando que diga algo más, pero no lo hace, y ni siquiera sé cómo luce su rostro ahora, si se siente avergonzado o sólo triste. Pero lo que sí sé, de inmediato, es que cuando hace tres años Luna le dijo a papá que no llamara, no estaba hablando de que las cosas cambiarían para mí. O no *sólo* para mí. Estaba hablando de sí misma. Y al recordar su enojo durante estos últimos años, me doy cuenta de que ella no quería que él le creyera. Pero él le creyó. No luchó por nosotras. No discutió, así que me quedé sin papá.

Lo miro.

—No era una decisión que Luna pudiera tomar —digo—. Era mía también —trato de mantener la voz calmada—. Y no puedo creer que le hayas creído. Ella quería que eligieras ser nuestro papá. Ella *quería* que llamaras.

Suspira. Toma un sobrecito de azúcar del plato al centro de la mesa y lo arruga entre los dedos.

—Creo que tienes razón —dice—. Ahora lo sé. Pero en ese entonces no lo sabía. Las chicas adolescentes... —dice, como si fuera una explicación—. Pensé en darle un poco de tiempo para que cambiara de opinión.

—¿Por qué no hablaste con mamá? —pregunté—. Eso sería lo normal entre padres.

Digo esto aunque es obvio que él nunca ha sido un papá normal.

Espero y él continúa guardando silencio. Del otro lado del restaurante, nuestra mesera casi tira la charola y suelta una carcajada. Miro a papá y él me mira. Finalmente comienza a hablar otra vez.

—Lo hice. Me dijo que debía escuchar a Luna —voltea hacia un lado y veo que aprieta la quijada—. Me dijo que le diera tiempo. Y supuse que Meg tenía el derecho de opinar así. Pero entonces pasaron meses, y después incluso años, y no sabía qué hacer. Me refiero a cómo arreglar las cosas. Esperé demasiado, y luego me pareció que ya no estaba en mis manos —lanza los brazos al aire al decir esto, y luego los coloca sobre la mesa frente a él.

Muevo mi plato hacia el extremo de la mesa.

—No era así.

Él deja el sobrecito de azúcar en el plato y me mira directo a los ojos,

—Por eso me alegra mucho que hayas venido a verme. Honestamente, Phoebe, verte en la puerta de mi estudio, y después en mi concierto, y ahora... —sacude la cabeza—. Es maravilloso.

Quiero sacudir la cabeza o gritar o levantarme y salir de ahí. Pero no lo hago. Toco el brazalete de plata que mamá me dio antes de irme. Inhalo y exhalo. Intento calmarme pero no funciona.

—¿Vienes muy seguido aquí? —pregunto. Me muerdo el interior de la mejilla.

—A veces —dice.

—*La luz te atrapará, la luz te acogerá, pero el verano no es largo. Largo verano.* —canto la canción, y al escuchar las palabras salir de mi boca tengo un pensamiento: soy mejor letrista que papá.

Me mira.

—Hace mucho que no escucho esa canción.

—La oí en el supermercado el mes pasado —digo—. Creo que es el lugar donde la pasan ahora.

—Auch —dice, y finge que se encoge de dolor. Las comisuras de la boca se curvan y forman una pequeña sonrisa.

Me encojo de hombros.

—Está bien. De hecho tu nuevo disco es muy bueno.

—Gracias.

—¿Pero qué demonios significa esa canción?

—¿Sabes? —dice—, no lo recuerdo.

Pone un billete de veinte sobre la cuenta y luego lo acomoda, alineándolo para que las orillas estén parejas. Lo he imaginado antes: ¿cómo sería si comer panqueques con papá fuera completamente normal? Podía ser algo que hiciera a veces, si no tuviera que ir hasta Brooklyn. Lo observo ahora y me doy cuenta de que trato de memorizarlo porque en realidad quién sabe cuándo lo volveré a ver. Es una locura pensar que ahora estará de vuelta en nuestras vidas. ¿Verdad? Aunque ni siquiera estoy segura de qué significaría eso.

Visualizo a papá en el sillón del viejo departamento de mis padres en West Village, con la guitarra en su regazo. No sé si es un recuerdo real o uno que ha creado mi mente, armado a partir de fotografías que he visto a lo largo de los años. Sé que el sofá era verde y las paredes azules, pero yo sólo tenía dos años cuando se mudaron, ¿es posible que lo recuerde?

Papá alza la vista.

—Me alegra que hayas venido —dice—. No te enojes con Luna. Ella estaba tratando de protegerte.

—Trataba de protegerse a sí misma —digo—. Luna piensa primero en Luna.

—*Okey* —me mira—. Tal vez es un poco como yo. Así que tengo que perdonarla.

Tomo mi bolsa y me pongo de pie. Él me sigue, sale del gabinete y del restaurante hasta la acera. Mientras camino con él detrás de mí, intento pensar en las cosas que he aprendido de papá hasta ahora. Lee. Canta canciones de The Beatles a las chicas bonitas si se presenta la oportunidad. Hace muebles demasiado grandes que no caben por la puerta. Arruina las cosas, pero eventualmente lo admite. *Eso* no es un rasgo propio de Luna. Tal vez es como yo.

—Voy a subirme aquí al metro —digo y señalo la estación en la esquina que está más adelante.

—¿Estás segura? —pregunta papá, pero parece algo aliviado.

—Estoy segura —quiero alejarme ahora mismo. Necesito saber qué hacer ahora.

—Bueno, vuelve alguna vez —dice—. Trae a Luna contigo.

—Claro —digo. No le cuento que me voy mañana y que sé que si Luna no llamó a su puerta la última vez que estuvimos aquí, quizá nunca lo haga.

—Ve a verla de nuevo —digo—. Van a tocar en el Red Hook antes de irse de gira. La próxima semana —trato de sonreír, pero sólo lo hago a medias—. Quizás esta vez sí hable contigo.

Papá asiente. Entonces mete la mano al bolsillo y escucho que las monedas tintinean. Saca una tarjeta amarilla del metro.

—Tengo una tarjeta del metro —digo—. Es un pase semanal.

—Creo que en ésta hay veinte dólares —me la entrega—. Puedes usarla cuando la tuya se acabe —aunque no la voy a usar la acepto, porque sé que papá quiere darme algo. No le digo que ya tengo su roca en mi bolsillo, sin mencionar su hoyuelo en mi mejilla.

—Nos vemos pronto —dice, y se queda parado sin saber muy bien qué hacer. Así que otra vez lo ayudo. Doy un paso y lo abrazo, o tal vez permito que él me abrace. Y luego retrocedo, sonrío y me doy la vuelta.

Cuando llego a la entrada del metro sé que él todavía me observa. Está ahí parado, de espaldas a las ventanas de la cafetería, esperando que voltee. Pero no lo hago. Sólo bajo las escaleras del metro, deslizando la mano derecha suavemente en el barandal, evitando las partes donde hay goma de mascar. No me giro para verlo mientras me observa partir.

cuarenta y nueve

MEG
MARZO DE 1993

Soy la última en bajar del escenario, y me siento tan deslumbrada que apenas puedo ver cuando me dirijo al pasillo. Estiro la mano y encuentro la mano de Kieran que me jala hacia él. Me abraza.

—Maravillosa —dice—. Eres maravillosa —una especie de energía crepita como electricidad en el aire. Casi puedo verla sobre el hombro de Kieran, azul, como chispas en la noche. Es una sensación espectacular, hermosa, y me asusta un poco, y no sé si el sonido que escucho es el del público o la sangre precipitándose en mis oídos.

Frente a nosotros, Carter se da la vuelta. Luce una sonrisa enorme en el rostro.

—¿Qué demonios fue eso? —dice.

—Eso fue "Sea of Tranquility" —dice Kieran.

—Sí —me dice Dan—. Lograste algo impresionante allá afuera. Logramos algo impresionante.

Yo sonrío pero me siento mareada. Me recargo con fuerza en Kieran.

—¿Estás bien? —pregunta.

—Sí —digo—. Sólo estoy —respiro— abrumada —siempre me ha gustado estar en el escenario, pero esto fue diferente. Eso fue fervor. El público se volvió loco con nosotros. Honestamente me dio un poco de miedo.

Kieran ve la expresión de mi rostro y estira la mano para tocar mi mejilla.

—Esto es lo que hemos estado esperando —dice—. Y fue por ti, nena. Se volvieron locos con tus canciones. Y tu increíble y hermosa voz —entonces me besa, me recarga en él por un largo momento y luego me ayuda a enderezarme.

Todavía escucho al público gritando y aplaudiendo, creo que esperan a que volvamos a salir para un último *encore*.

—¿Deberíamos salir? —digo. Inhalo profundo, tratando de estabilizar mi pulso. Siento que la sangre me hierve.

Miro a Kieran. Sonríe y me toma de la mano.

—Vamos —dice.

cincuenta

Cuando finalmente llego a la calle de Luna, me siento en los ásperos escalones de piedra del edificio de junto, y apoyo la bolsa sobre mis pies. Desde este punto, si me recargo contra el barandal puedo ver la ventana de la sala de Luna cerca del techo del edificio. Está oscuro, así que creo que está durmiendo, todavía en el sillón o en su propia cama. Como sea, no quiero entrar y no quiero hablar con ella. Saco mi teléfono de la bolsa y reviso mi música.

Estoy buscando "Sea of Tranquility", la pista principal del mejor disco de Shelter. La que salió antes de que mamá se embarazara de Luna. La que habla acerca de un mar vacío en la luna. He escuchado esta canción aproximadamente cinco mil veces en mi vida, en parte porque es a dúo. Mis papás la cantan juntos.

La encuentro. Presiono reproducir.

Los primeros acordes de guitarra son tanto de mamá como de papá, pero la voz de ella entra antes. De hecho, él tarda un poco en comenzar a cantar, pero una vez que lo hace se queda por el resto de la canción. En este momento trato de percibir si suenan más jóvenes, hace veinte años, pero a mí sólo me suena a ellos mismos.

En el video de esta canción la banda toca en un campo de noche bajo una luna difusa y brillante. La grabación está editada con escenas de ellos tocando en el escenario de un auditorio vacío, con las cortinas de terciopelo rojo abiertas, pero no hay nadie ahí. Papá lleva unos jeans y una camiseta, como siempre. Se ven contentos, o son buenos fingiendo.

¿Quién necesita agua?, cantan mis papás, juntos, en este momento en mi teléfono y también en alguna parte del pasado. *Aún podemos fingir que es un océano.* Porque mucho en la vida se trata de fingir, ¿verdad? Fingir que sabes lo que haces, fingir que eres feliz, fingir que las cosas están bien. Pero así no es como yo quiero escribir.

Termina la canción y me quito los audífonos. Ya he tenido suficiente terapia musical por hoy. También está el hecho de que tengo cuatro mensajes de texto de mamá, lo cual aumenta mi nivel de nervios. Abro el último.

Nena, dice el mensaje de texto, *respóndeme o voy ir hasta allá.*

Entonces escribo una respuesta, finalmente. Lo último que necesito es que mamá se presente ahora, cuando debería hablar con ella —sobre todo esto— cara a cara. Ni siquiera sé qué decir en un mensaje de texto, y todavía estoy muy enojada con ella. Ella sabía lo que Luna le dijo a papá y no me lo mencionó. Estoy segura de que quería proteger a Luna de la fama de papá, de todo ese mundo que mamá decidió abandonar, pero honestamente ésa no es razón suficiente. Y ahora espera que yo evite que Luna siga el mismo camino que ella, y ése no es mi maldito trabajo.

Lo siento, digo. *Estamos muy ocupadas. Tratamos de que todo un verano quepa en unos cuantos días. Nos estamos divirtiendo. Te llamo mañana.* Apago mi teléfono y lo guardo en mi bolsa antes de que mamá pueda responder.

Hagamos un inventario, sólo por diversión. Sólo una lista rápida de Cosas que Están Mal en la Vida de Phoebe Ferris. 1. Mi hermana me ha estado mintiendo durante tres años. 2. Mi madre me ha estado mintiendo durante tres años. 3. Papá lleva su vida de estrella de rock en Williamsburg, por Dios santo, pretendiendo que fue correcto que no me haya hablado en tres años porque, oh, sorpresa, acabo de aparecer ante su puerta. 4. Ni el dulce y adorable bajista ni el dulce y adorable jugador de lacrosse van a llamarme nunca más.

Volteo hacia la calle y observo a alguien caminando hacia mí por la acera, moviéndose entre la luz de los faroles. Cuando se acerca, veo que es James. Ya no luce molesto, sólo un poco sorprendido de verme aquí afuera.

—Phoebe —dice cuando se acerca lo suficiente—, ¿saliste? —como siempre, su perfecto acento británico lo hace sonar como personaje de una película, no una persona real. Y sin embargo, aquí está. Se sienta junto a mí en las escaleras.

Asiento.

—Estaba con papá.

—¿En serio? —pregunta. Me mira y espera a escuchar lo que pueda decirle.

—Sí —digo, sacudiendo un poco la cabeza—. No le digas a Luna. No es la gran cosa. Sólo estaba aburrida.

James asiente, como si fuera perfectamente comprensible.

—¿Y Luna? —dice. Señala hacia arriba. Pregunta por ella como si fuera el reporte del clima.

Ni siquiera sé cómo empezar a explicar cómo está Luna.

—Está bien —digo—. Se quedó dormida muy temprano.

—Se agota a sí misma —dice. Estira la mano y toca la hoja de una petunia que está en una maceta junto a las escaleras.

Bajo la luz del farol los pétalos blancos brillan como si estuvieran encendidos desde dentro.

—Es como mamá —digo—. Aunque Luna se pone mucho más furiosa —lo miro de reojo y sonrío a medias—. ¿Estás seguro de que estás dispuesto a aguantarla?

Sonríe también.

—Sí —dice y encoge los hombros—. Estoy seguro. Pero tú eres diferente, ¿no?

—Soy diferente de todos ellos —digo—. Soy hija de extraterrestres —pienso en lo que Luna dijo de querer tener otro papá—. O tal vez soy hija de Paul Westerberg. Si tengo suerte.

James mira hacia la calle. Hay un pequeño gato —espero que sea un gato— olisqueando entre las sombras junto a los arbustos.

—Estuvo fatal que hiciera eso —dice—, salirme así del ensayo.

—En mi experiencia —digo—, todo el mundo comete errores de vez en cuando.

Me pregunto si Luna le dirá de las pruebas de embarazo o si se quedarán escondidas en el cesto de la cocina hasta que James las arroje en el contenedor de la calle. Y si Luna siempre recordará esta noche, cuando las cosas podrían haber salido de cualquiera de las dos formas. Cuando soltó uno de sus secretos y ocultó el otro. Porque ése es el asunto. Podría haber sido honesta conmigo cuando estábamos en el sillón. Y decidió no serlo.

—Cuando dijiste que Luna debía decir la verdad —digo. En realidad no es una pregunta—. Estabas hablando de papá.

James me mira.

—Sí —dice.

—Ella le dijo que no nos llamara —digo—. Hace tres años —vuelvo a sentir el mismo enojo que me recorre en forma de calor. James asiente—. ¿Cuándo te lo contó?

—Hace unos meses.

Observa la maceta con la petunia y yo veo mis manos. Me quito el resto del esmalte dorado de la uña de mi dedo pulgar y luego lo miro.

—¿Por qué?

—No lo sé —niega con la cabeza—. No creo que haya sido por algo en específico. Creo que ella quería que él estuviera más presente.

—¿Y entonces le dijo que no estuviera presente en absoluto?

—Creo que hasta Luna admitiría que no fue el mejor método —su voz es suave.

Guarda silencio y permanecemos ahí sentados sin hablar. El viento agita las ramas del largo árbol junto a la calle. Parpadeo y siento que mis pestañas están húmedas. Me empieza a escurrir la nariz.

—Es ridículo —digo—. Estoy tan enojada con ella y sin embargo aquí estoy, llorando —me sorbo los mocos. Muy glamorosa—. Ni siquiera sé cómo enojarme con ella como se debe —estoy a punto de limpiarme la nariz con el dorso de la mano, qué asco, ya sé, cuando James me acerca un pañuelo de tela de su bolsillo.

Lo tomo y me limpio la nariz y luego sólo lo miro.

—¿Llevas un pañuelo contigo?

—Soy británico —dice, y se encoge de hombros.

Sonrío y me froto los ojos con las manos.

—No puedo explicar todo lo que ella hace —dice James—. Pero te ama. Deberían hablarlo.

—Lo haré —digo, aunque en realidad no sabría por dónde empezar—. Algún día —exhalo despacio, soplando—. A veces creo que eres demasiado perfecto —le digo.

—No —dice, pero su sonrisa comienza a elevar las comisuras de su boca.

—Cuídala —digo.

—Lo intento —dice él—. Es bastante asombrosa.

—Lo es —digo—. Pero también insoportable.

Ríe.

—Si le dices que estuve de acuerdo, lo voy a negar. Hasta mi lecho de muerte.

Levanto la vista y observo la franja de cielo que luce entre los edificios. Casi está negro y sin estrellas.

—¿Están seguros de que quieren todo esto? —pregunto.

James se ata la agujeta de su zapato.

—¿Todo qué? —dice.

—Firmar con Venus Moth. Hacer giras más grandes —inhalo—. A nuestros padres no les fue tan bien.

—No somos tus padres, Fi —dice James—. Creo que podremos mantenernos unidos. Y si no lo conseguimos, entonces nos detendremos.

—¿Podrían detenerse? —digo. Todo parece tan divertido, tan reluciente, que justo ahora creo que si yo fuera ella me resultaría difícil dejarlo todo.

—Por Luna, yo me detendría —dice James. Se pone en pie y luego se para en la acera frente a mí.

Su teléfono suena. Es un mensaje de texto.

—Mierda —dice con su lindo acento.

—Archer todavía está en el restaurante hindú. Le dije que si te veía, te avisaría.

Mi corazón se agita y mi sangre comienza a hervir.

—Pues aquí estoy —digo.

James asiente y tamborilea con los dedos en la escalera.

—Así que te estoy avisando.

Titubeo. James sacude la cabeza.

—No seas dura con él. La mayoría de nosotros quedamos indefensos ante los encantos de una chica Ferris.

Entonces extiende la mano con la palma hacia fuera, como si esperara a que la estreche con la mía. Y eso hago.

Prácticamente corro por Schermerhorn y cuando llego a Court Street estoy sin aliento. Archer está parado afuera con un cigarro en la mano, el humo se eleva en espiral hacia el cielo. Tarda un segundo en divisarme, voltear hacia donde estoy, y antes de que lo haga lo observo.

Al principio guardo silencio. Camino hacia él y lo beso ahí, en la acera. Siempre he odiado los cigarros, pero en este momento Archer sabe a fogata, a noche fresca de verano con el cielo iluminado por las estrellas. Sabe a chispas de luz.

Cuando separamos los labios, retrocedo lo suficiente para verlo realmente.

—Hola —digo.

Sonríe.

—Hola.

Junto las palmas de mis manos y me llevo los dedos a los labios.

—¿Tienes un minuto?

Archer y yo caminamos hacia el sendero de la costa, y no al departamento de Luna, y ni siquiera lo discutimos. Es como si éste fuera el norte magnético y nosotros las agujas sueltas en una brújula de vidrio, impotentes ante su atracción. Ahí afuera está oscuro, por supuesto, pero los faroles resplandecen como velas, cálidas y doradas. Manhattan se abre ante nosotros, a través del río brillante rodeado de edificios con las luces encendidas. En realidad, son más ideas que edificios: columnas altas llenas de cuentas cuadradas de luz.

Al norte está el puente de Brooklyn, colgado con luces blancas en el cielo oscuro. Se ve como si fuera mágico, como si alguien enorme, gigante, tuviera una fiesta y hubiera colgado luces de colores sobre el puente. Archer toma mi mano y caminamos hacia allá.

—¿Y si te llevo al aeropuerto mañana? —pregunta Archer.

—Claro —digo—. ¿Tienes automóvil?

—No —niega con la cabeza—. Pero conozco a alguien que tiene una camioneta.

Me río.

—¡Por fin me voy a subir a la camioneta!

Archer me acerca al barandal del camino costero y desliza su mano sobre mi espalda. Me abraza y entrelaza las manos alrededor de mi cadera.

—Podrías lamentar tu entusiasmo —dice.

Permanecemos ahí parados y no decimos nada por unos momentos. Los edificios brillan y un bote diminuto viaja por el río como un barquito de juguete.

—Luna dice que eres un desastre —digo.

—¿Y tú qué piensas? —pregunta Archer. Su voz es cautelosa, suave.

—Creo que se equivoca.

Cuando volteo hacia Archer sé que me está observando. Pone su mano en mi mejilla y toca mis labios con el pulgar.

Me quedo quieta por un momento, mirándolo, y luego me acerco. Me acomodo entre sus brazos y mis labios se encuentran con los suyos.

Detrás de mí, todas las lámparas de todos los edificios de Manhattan arden en sus ventanas y colocan cuadros dorados en el cielo. Pero yo no lo veo, y Archer tampoco, porque no estamos viendo absolutamente nada.

cincuenta y uno

MEG
ENERO DE 1993

—Escucha esto —dijo Kieran al entrar. Sostenía su guitarra Gretsch a lo largo de su cuerpo con la mano izquierda en el traste. Yo estaba sentada en medio de la sala, con mi cuaderno abierto en el piso frente a mí. Me quedé sentada y escuché mientras tocaba una melodía que nunca antes había oído, clara y brillante en la sala silenciosa.

—Está bonita, ¿verdad? —preguntó.

—Me encanta —dije. Mi voz estaba rasposa, casi ronca. Había quedado así después de nuestro concierto de la noche anterior.

Kieran se veía complacido.

—¿Por qué estás ahí sentada?

Señalé la ventana.

—Éste es el único lugar desde donde puedo ver la luna —dije. Nuestro departamento estaba sobre una cochera, por decirlo de forma elegante. Un lugar en Búfalo, de renta barata, de tres recámaras, una con una cama y otra llena de amplificadores y guitarras. La tercera supuestamente era mi estudio de arte, pero la verdad era que no había pintado o esculpido nada en meses.

Afuera de casi todas las ventanas había árboles, y eran tantos que se sentía como si el departamento estuviera construido en un árbol. Ahora, en invierno, las ramas estaban desnudas. Desde ese punto podía ver sólo un recuadro de cielo y la luna en medio, como un botón de perla.

—Intento escribir sobre ella —dije.

Kieran comenzó a tararear "Moon River".

—Sí —dije—. Lo sé. Ya han escrito antes sobre la luna.

—No —dijo Kieran y se agachó junto a mí para ver por la ventana—. Es una gran idea. Sólo necesitas un nuevo enfoque —volteó a verme—. Escribe sobre los mares vacíos. El Mar de la Tranquilidad.

Escuché la tetera comenzando a silbar. Kieran se puso en pie.

—El agua está lista —dijo—. Voy a traerte un té de miel. Vamos a cuidarte esa voz.

—Sí —dije—. Tráeme algo de té, dulzura.

Sonrió y cruzó el comedor hasta la cocina.

La noche estaba tan clara y la luna tan brillante que podía ver las partes oscuras de su superficie. Parecía una locura decir que algo era un mar cuando no estaba lleno de agua, cuando ni siquiera estaba lleno de nada. Pero supuse que hacía mucho tiempo los seres humanos no lo sabían. Siempre hay tantas cosas que no sabemos y sólo las inventamos.

¿Quién necesita agua?, escribí. *Aún podemos fingir que es un océano.*

Miré por la ventana de la casa del árbol. Al parecer la luna no se había movido. Se quedaría ahí toda la noche. Al final del papel escribí *Kieran Ferris*, y encima mi nombre —el artístico—, *Meg Ferris*.

cincuenta y dos

En la mañana Luna me lleva a desayunar a un lugar de crepas en Cobble Hill. Apenas hablamos de camino, y nos sentamos en la terraza y comemos crepas doradas con miel, yogur y frutos rojos brillantes como joyas. La luz del sol se derrama sobre la mesa y unos pensamientos florecen en una maceta junto a mi silla.

Frente a mí, Luna está sentada a la mesa sonriendo, como si ella hubiera orquestado el sol y las crepas y las flores en su maceta. Tiene el cabello recogido en un moño perfecto de bailarina en la parte superior de la cabeza, e incluso después de comer su lápiz de labios está intacto, color rojo oscuro de cerezas exprimidas. Planeo decirle que quizá todo luce divino, pero que las cosas siguen siendo un desastre. Un desayuno perfecto no me va a convencer de lo contrario. Pero entonces Luna dice algo que me sorprende por completo.

—James me contó que te dijo —dice.

Aguzo la mirada, frunzo el ceño.

—¿Que me dijo qué?

—Sobre papá —dice. Aprieta los labios—. Que le dije que no nos llamara.

Parpadeo. Mi mente piensa *¿Qué demonios?* por unos momentos, pero entonces comprendo lo que está intentando hacer James. Encontró una forma de hacer que Luna hable al respecto sin que lo pretenda.

En este momento mira de frente, con el rostro y las manos perfectamente quietos.

—No lo lamento —dice, pero su voz no suena tan defensiva como yo esperaría. Suena tranquila. Inhala profundo—. Creí que era lo mejor.

—¿Todavía crees que fue lo mejor? —pregunto.

Revuelve su capuchino con una cucharita.

—No lo sé.

La vieja rabia se desliza en mi interior junto con una perfecta brisa de verano, y esta última tira mi servilleta al piso.

—Bueno, yo no creo que haya sido lo mejor, Luna —digo—. Y no era una decisión que *tú* pudieras tomar.

Los ojos de Luna están muy abiertos. Todavía estoy sosteniendo mi tenedor y sé que luce un poco raro. Pienso en lo que le dijo a James ayer en la tarde: *Pues tendrás que seguir frustrado.* Pero eso no es lo que me dice ahora.

—Lo siento —dice Luna. Es tan inesperado que suelto mi tenedor en el plato con un fuerte ruido.

Unos cuantos pétalos caen del árbol que está arriba de nosotros a mi plato. Cubro mis ojos con las manos un segundo y luego las quito. Entonces digo:

—*Okey* —no sé qué más decir.

Un gato tricolor camina por la barda. Se detiene a la mitad y me mira. Maúlla.

—Sí, hola, gato —digo. Me quedo quieta, respirando. Ahora es cuando podría decirle a Luna lo que mamá quiere que le diga: que Luna no debería irse ahora de gira, que debería volver a la escuela. Pero sé que no es mi trabajo decirle eso. Ni siquiera sé si sería lo mejor para Luna.

Busco en mi bolsillo y saco la tarjeta del metro que me dio nuestro papá. Es amarilla y brillante y vale algo, pero al final es sólo un pedazo de plástico. Se lo entrego a Luna.

—¿Para qué es esto? —pregunta.

—Todavía tiene dinero —digo—. Tal vez veinte dólares —es extraño sentir las palabras de papá en mi boca.

—¿Por qué le pusiste tanto dinero? —dice en tono de regaño—. Ya sabes que los pases ilimitados son lo mejor. Pensé que habías comprado uno de ésos en el aeropuerto.

Entonces casi le digo que fui a ver a nuestro papá otra vez. Casi abro la boca para hacerlo. Pero algo me detiene.

—No lo sé —digo—. Fue un accidente.

—Bueno —dice Luna—, deberías ser más cuidadosa.

Siento que una sonrisa se dibuja en mis labios.

—Sí —digo—, debería.

Luna me observa detenidamente.

—¿Viste a Archer anoche?

—Sí —no puedo evitar sonreír, pero en realidad no me importa.

—Está bien, está bien —dice—. Puedes tener al chico.

La miro, mi hermosa hermana, que siempre se sale con la suya.

—Gracias, Luna —digo—, pero no necesitaba tu aprobación.

Hay un destello de sorpresa en su mirada, pero entonces sonríe un poco.

—Tengo que hacer pipí —dice. Se pone en pie y entra al restaurante. Deja su bolsa sobre la mesa. Levanto la solapa y veo que adentro está el brillo labial que le compré anoche.

Volteo hacia la barda pero el gato ya no está, y no hay nadie con quién hablar. Así que tomo mi teléfono y le marco a mamá.

—Phoebe Elizabeth —dice.

—Hola —digo. Un pequeño gorrión café baja del árbol de la esquina del patio para comerse las migajas del suelo.

—Es difícil encontrarte.

—Lo sé —suspiro—. Necesitaba un poco de espacio.

Guarda silencio por un momento. Casi puedo escucharla pensando, preguntándose de qué estoy hablando.

—Bueno —dice—. Tienes toda una ciudad.

—Lo sé —digo—. Me encanta estar aquí.

Aclara la garganta.

—¿Todo sigue como lo acordamos?

—Sí —digo—. Aterrizo alrededor de las seis.

—Esa parte ya la sé —dice—. El itinerario ha estado pegado en la puerta del refrigerador desde que te fuiste —visualizo nuestra cocina: la ventana medio abierta, el fregadero de porcelana de la granja, el plato de agua de Dusty en el piso. Siento que ha pasado mucho desde la última vez que estuve ahí—. ¿Cómo irás al aeropuerto?

—Archer me va a llevar —digo.

—¿Quién es Archer?

—El bajista de Luna —digo. A estas alturas ya debe saber sus nombres. Es como si tratara de no aprendérselos, o fingir que no los sabe. Otro gato, ahora negro con las patas y la cara blanca, se para cuidadosamente sobre la barda.

Al principio mamá se queda callada.

—¿El de los ojos bonitos?

Me río.

—Sí —tomo mi vaso de agua y el hielo tintinea.

—Tendría que ser ése o el de la sonrisa bonita. Aunque ése es el baterista, ¿verdad?

—Josh, sí —estoy sonriendo y no hay nadie a la vista excepto el gato.

Normalmente, mamá y yo no hablamos sobre chicos, y se me ocurre que tal vez ésa es la razón por la que nunca me habla de papá, ni de Jake. Decido, en ese momento, que tal vez es hora de preguntar. Una cosa a la vez.

—Ya puedes contarme —inclino la cabeza a un lado como si pudiera verme, pero por supuesto no puede.

—¿Contarte qué?

—Que estás saliendo con Jake —espero—. Es tu novio, ¿verdad? —veré a mamá en unas horas, pero por algún motivo es más fácil decir estas cosas por teléfono. Imagino los satélites en el espacio, parpadeando. ¿Puede ser verdad que mi voz viajará hasta allá arriba antes de que llegue hasta mamá?

No dice nada por un momento.

—Creo que se podría decir que sí.

—¿Entonces por qué nunca hablas de él como tu novio?

—No lo sé —escucho que inhala—. Tal vez es más fácil no hacerlo. No sabía qué ibas a pensar —por primera vez suena como si ella fuera la adolescente.

—Creo que está bien —digo.

—Qué bueno —dice—. Gracias.

Las dos nos quedamos calladas. Luna sale por la puerta trasera del restaurante y se sienta a la mesa. *Es mamá*, le digo con un movimiento de la boca, y ella asiente. La mesera aparece por primera vez en largo rato y pone la cuenta al borde de la mesa. Luna la toma.

—Mamá, ¿te arrepientes de algo?

—¿A qué te refieres?

—A todo el asunto con papá y Shelter. ¿Quisieras no haberlo hecho nunca?

—Claro que no —dice—. Gracias a eso las tuve a ustedes. Y amé a su papá, aunque las cosas no resultaran.

—Quiero que me cuentes todo al respecto —digo—. Y también a Luna. ¿Lo harás? No ahora, sino pronto.

Mamá guarda silencio por tanto tiempo que no estoy segura de si sigue ahí.

—De acuerdo —dice. Más pétalos caen del árbol sobre nosotros como confeti color rosa pálido—. ¿Cómo está Luna?

—Está bien —digo—. Está bien —miro a Luna al decirlo y ella me ve a los ojos, sonriendo un poco. Lo tomo como una señal.

—¿Quieres hablar con ella? —le pregunto a mamá.

—Sí —responde de inmediato. Está completamente segura de ello.

Le entrego el teléfono a Luna. Ella espera un momento, con los labios apretados como cuando está pensando algo. Toma su taza vacía de capuchino, y abraza la porcelana con los dedos. Luego toma el teléfono. Lo sostiene junto a su oreja e inhala.

—Hola, mamá —dice.

cincuenta y tres

Dos horas más tarde, Archer gira la llave y la camioneta tiembla un poco, como si estuviera viva y adormilada y no quisiera despertar. El motor comienza a andar con un zumbido y un ronroneo. Seguro me veo preocupada.

—Betty la Camioneta está contenta de que estés aquí —dice—. Especialmente desde que Luna la evita porque no quiere ir a los ensayos y descargar todo a la mitad de la noche —avanza y la camioneta hace un rugido.

—Vamos —digo—. Eres el chico fuerte, ¿no? Si no, ella bien podría tener una banda sólo de chicas —esto me recuerda a mamá y las bandas de chicas que nunca comenzó, ella y mi hermana como las únicas en el escenario. Sé que los chicos en sus bandas deben ser buenos para algo más que cargar cosas.

Archer da la vuelta un poco rápido, y algo grande y pesado se desliza en la parte trasera de la camioneta. Me agarro fuerte a los lados de mi asiento.

—¿Estás seguro de que sabes cómo manejar esta cosa?

Niega con la cabeza pero sonríe, con la vista de frente a la calle.

—No estoy del todo seguro —dice—. Para eso tenemos a Josh.

Bajo el sol, la calle luce como un río negro brillante. Una ancianita cruza despacio frente a nosotros, y mientras camina le canta a un pequeño perro schnauzer que camina a su lado.

—Hablé con Luna —dice Archer—. Esta mañana.

Lo miro.

—¿Le llamaste?

Asiente.

—¿Sobre qué hablaron?

—Le pregunté si quería dar un concierto en Búfalo —frena suave ante un semáforo en amarillo—. Así que Luna va a pedirle a nuestro agente que llame.

—¿En serio?

—Cree que será muy fácil que consigamos una fecha —da la vuelta, un par de discos se resbalan por el tablero—. Creo que ahora ya somos un poco famosos.

Pienso en lo que dijo mamá hace unos días, que ser sólo un poco famoso es lo mejor.

—Yo creo que sí.

—He escuchado que Búfalo es precioso en diciembre —dice Archer.

—Escucha —digo—. Todo eso de la nieve y el frío es exagerado. De hecho el clima es muy lindo en diciembre —me encojo de hombros—. Casi siempre —pienso en la tormenta de nieve del cumpleaños de Luna hace tres años. Todavía puedo ver a mis papás paleando la nieve en nuestro patio.

—Estoy dispuesto a soportarlo.

—¿Entonces por qué Luna no me dijo sobre el concierto?

—Le dije que yo quería hacerlo —dice—. Hay una chica en Búfalo a quien planeo visitar —me mira de reojo en el siguiente semáforo, y sé lo que ve: a mí sentada en el asiento del copiloto sonriendo—. Además —dice—, vamos a pasar por Búfalo en octubre de camino al oeste.

Y así, sin más, sé cuándo volveré con Archer.

Cuarenta minutos después estamos afuera del aeropuerto, parados junto a Betty la Camioneta en el área de descenso para despegues.

Archer saca mi equipaje del maletero y yo espero. Siento que el calor se levanta del asfalto como vapor sobre un volcán. No voy a extrañar la sensación de infierno de esta ciudad, pero voy a extrañar casi todo lo demás.

—No soy muy bueno para las despedidas —dice Archer. Mira sus pies—. De hecho, no puedo creer que te traje al aeropuerto.

Me río.

—Muchas gracias.

Sacude la cabeza, sonriendo.

—No me refería a eso.

—Lo sé.

—Te traje algo. Quería grabarte una cinta con canciones para el avión, pero es difícil hacer eso ahora, ¿no? —habla rápido y suena nervioso—. Estoy seguro de que tu papá grabó muchas para tu mamá. Quisiera poder hacer lo mismo. Pero se me ocurrió otra cosa —me entrega un pequeño iPod shuffle. Lo tomo y se siente tan pequeño y ligero, que si mamá y papá viajaran en el tiempo desde 1994, estoy segura de que no creerían que hay canciones ahí.

—Era de Natalie —dice Archer—. Lo dejó, junto con todo lo demás. Así que es sólo un préstamo. Me lo puedes devolver cuando te vea en Búfalo.

—*Okey* —digo. Entonces me entrega un pedazo de papel a rayas, arrancado de un cuaderno. Con tinta azul e impreso en letras diminutas y perfectas, ha enlistado todas las canciones y artistas.

—Tuve que escribir todo porque en la memoria las canciones van a aparecer en orden aleatorio, así que no es perfecto —inhala—. No es una cinta, eso es seguro. A veces creo que nos estamos perdiendo de mucho.

—Creo que mamá todavía tiene su viejo walkman —digo—, así que la próxima vez puedes grabarme una cinta.

—El walkman de Meg Ferris —dice Archer—. Mi yo de trece años nunca lo hubiera creído.

—Mientras tanto, me encanta —digo—. Gracias —agregó en la lista "Tree Top", mi canción favorita del último disco de los Moons—. ¿Sólo una canción de los Moons?

—¿No nos has escuchado demasiado esta semana? Ésa es mi favorita ahora.

—La mía también.

Señala el papel.

—Incluí "Sea of Tranquility". Es una canción muy bonita y no quise dejar fuera a Shelter.

No es posible que sepa que escuché esa canción anoche, pero de todas formas me parece perfecto.

—Elegiste la correcta —digo. Recorro la lista de títulos con el dedo. Están The Lemonheads, Pavement y Juliana Hatfield para completar los noventa, junto con el supuesto papá de Luna, Paul Westerberg. Tiene a Otis Redding y Elvis Costello y David Byrne, ante cuya puerta nos paramos juntos. También hay bandas de las que nunca he escuchado, como Radiator Hospital y Waxahatchee. Y hasta debajo de la lista está la canción "Left and Leaving", de The Weakerthans, una canción que podría romperme el corazón. Es decir, si no supiera que voy a verlo de nuevo en mes y medio.

Doblo el papel y lo guardo en mi bolsa. Ya estoy pensando en la mezcla de canciones que le voy a dar cuando vuelva a casa.

—Bueno —dice Archer.

—Bueno —intento mantener mi respiración tranquila, pero mi corazón ya palpita más rápido. Es impresionante la forma en que uno puede olvidar que tiene un corazón, hasta que comienza a latir así de fuerte.

—No esperaba que todo esto sucediera esta semana —dice. Pone la palma de la mano sobre la puerta de la camioneta y yo hago lo mismo. La pintura está caliente y suave.

—Yo tampoco —digo.

—Me alegra que sucediera.

—A mí también.

Archer se ríe.

—Es una conversación maravillosa.

—Somos tan expresivos —miro alrededor—. Espero que alguien esté escribiendo esto. Es oro puro.

—Yo tengo una excusa —Archer recarga su cadera y su hombro en Betty la Camioneta—. No soy un chico de palabras —dice—. Pero tú sí.

Sonrío.

—¿Yo soy un chico de palabras?

—Chica de palabras —se endereza. De hecho luce un poco nervioso, y eso es adorable.

—Ah, claro —asiento—. Espera. ¿Eso significa que tengo que decir un gran discurso? —arqueo mi mano a través del aire como conductora de un programa de concursos y me siento como Luna, siempre gesticulando, siempre moviendo las manos al aire.

—No —dice Archer—. No, a menos que quieras hacerlo.

Pienso un minuto, y recuerdo la inscripción de Jackie en el ejemplar de *El guardián*, que todavía tengo en mi bolsa. Al cerrar los ojos puedo ver las letras cursivas en tinta azul.

—Me alegra que algunos días de nuestras vidas los hayamos pasado juntos —digo, citando a Jackie.

Archer me mira con media sonrisa en los labios, y yo intento memorizar la forma exacta en la que luce ahora: sus ojos azul mar, sus largas pestañas.

—Sólo acéptalo —digo—. Un día te lo explicaré.

—*Okey* —dice Archer—. Aunque espero que pasemos más días juntos. ¿Podemos tener más días?

Me río.

—Definitivamente.

Un avión ruge sobre nosotros y levanto la vista mientras su vientre plateado se desliza a través del cielo. Luego miro a Archer.

—Debes subirte al avión —avanza un paso, toma mi mano y me jala hacia él—. Pero tal vez primero debas besarme.

—Tal vez —digo y me encojo de hombros, como si no fuera la gran cosa. Y entonces lo beso.

Cuando me alejo de Archer, al principio no me giro. Jalo mi maleta hasta la puerta de la terminal, y luego saco mi teléfono. Quiero enviarle un último mensaje de texto mientras todavía estoy en la ciudad, uno más antes de partir. Así que escribo la letra que ha estado dando vueltas en mi cabeza todo el día. Finalmente ya sé cómo va.

Justo cuando te has perdido a ti misma, donde sea que hayas estado,

alcanzarás el final y te encontrarás lista para volver a comenzar.

Por un segundo observo las palabras en la pantalla brillante y luego presiono enviar. Sé que cuando voltee para echar el último vistazo, Archer estará parado junto a la camioneta, observándome, y los dos levantaremos las manos para despedirnos.

agradecimientos

Lo mejor que le puede suceder a un escritor es que todo se conjugue como en una muy buena canción. Y he de decirles: este libro es esa canción. Así que es momento de agradecer a los miembros de la banda.

Gracias a mi agente, Jay Mandel, quien es amable y divertido y fantástico en general, y al resto de mi equipo en William Morris Endeavor: Laura Bonner (quien ha llevado a *Chicas en la luna* al mercado internacional), Janine Kamouth (quien ofrece grandes notas) y Lauren Shonkoff (quien simplemente es genial).

Me siento afortunada por tener a mi intensa y fabulosa editora Kristen Pettit. Ella fue la primera en escuchar acerca de Meg, y una vez que comencé a escribir el libro tomó coherencia. Gracias a Elizabeth Lynch, quien mantiene todo andando con una sonrisa, y al resto del excelente equipo en Harper: Alexandra Rakaczki, Gina Rizzo, Janet Rosenberg y Elizabeth Ward.

Agradezco a la Fundación de Bellas Artes de Nueva York por las becas otorgadas en 2008 y 2015. Este apoyo y motivación iniciales fueron cruciales para mí.

Muchos amigos me ayudaron mientras escribí esta novela. Anne Marie Comaratta leyó conmigo mientras revisaba el primer borrador, capítulo por capítulo. Su entusiasmo nunca disminuyó y eso me ayudó a mantener vivo el mío. Sherry Taylor comprende lo que intento decir, aunque me cueste plasmarlo en la página. Gracias a mis amigos que leyeron el manuscrito original: Angela Hur, Kristin Jamberdino, Caitie McAneney Klimchuk, Courtney Smyton y Missy Zgliczynski, y a Brian Castner, mi amigo escritor. Jodi Byron y Brett Essler son excelentes seres humanos, y su casa es mi hogar cuando estoy en Nueva York. Jaime Herbeck siempre está de mi lado, y Kathleen Glasgow me ayuda a mantenerme cuerda. Jim Pribek me facilitó toda una colección de posibles nombres para la escuela de los chicos en esta novela. Elegí Alfred Delp, un jesuita alemán miembro de la resistencia contra los nazis, porque su valentía merece ser honrada.

Mick Cochrane, el mejor mentor y amigo del mundo, siempre me ayuda a encontrar mi camino. Mi vida sería muy distinta si no hubiera estado en su clase hace años, y me gusta mi vida como es ahora. Gracias, Mick, por creer siempre en mí.

Todavía sigo aprendiendo de Eric Gansworth, quince años después, por lo que soy muy afortunada de tenerlo como amigo. Además, es un gran lector de mi trabajo y siempre me hace reír.

Muchas gracias a mis maestros en la Universidad de Notre Dame: Valerie Sayers, Sonia Gernes, William O'Rourke y Steve Tomasula, y a mis talentosos compañeros de clase. Gracias también a mis colegas y estudiantes en el Canisius College. Me alegra mucho ser parte de esa comunidad. Hablando de comunidad: abrazos a mis compañeros autores debutantes en sus dulces dieciséis. Les agradezco mucho por su honestidad y humor. Gracias, también, a los blogueros librofílicos que hacen tanto por los escritores y lectores.

Todas las canciones que he amado corren como un torrente a lo largo de este libro, así que debo agradecer a los músicos y letristas que me han inspirado a lo largo de los años. Me parece que éste es un buen momento para mencionar que The Weakerthans dejaron de dar conciertos como banda años antes de que Luna pudiera siquiera salir de clases para acudir a su último concierto, pero si ya estoy creando un universo propio, en él The Weakerthans van a tocar juntos el mayor tiempo posible. Agradezco especialmente a John K. Samson por su amabilidad.

Gracias a toda mi familia, y en especial a mis padres, Mary Beth y Dennis McNally, quienes me leyeron alrededor de un millón de libros durante mi infancia, y quienes me han apoyado sin importar los caminos que he tomado. Mi hermano, Patrick, siempre ha sido mi admirador. Y yo también soy su admiradora.

Gracias a Juno, Daphne y Luella, quienes inspiraron el deseo de escribir una historia acerca de hermanas y madres e hijas. Y para Jesse: mucha de la música que adoro proviene de ustedes, así que estoy segura de que esta historia comenzó con nosotros. No podría hacerlo sin ustedes.